Robert E. Howard

SOLOMON KANE

A saga completa

generale

Presidente
Henrique José Branco Brazão Farinha
Publisher
Eduardo Viegas Meirelles Villela
Editora
Cláudia Elissa Rondelli Ramos
Tradução
Alexandre Callari
Projeto gráfico e editoração
S4 Editorial
Preparação de texto
Heraldo Vaz
Revisão
Regina Oliveira
Capa e ilustração de capa
Ricardo Troula
Impressão
Renovagraf

Rua Ser ipe, 401 – Cj. 1.310 – Consolação
São Paulo – SP – CEP 01243-906
Telefone: (11) 3562-7814/3562-7815
Site: http://www.editoraevora.com.br
E-mail: contato@editoraevora.com.br

DADOS INTERNACIONAIS DE CATALOGAÇÃO NA PUBLICAÇÃO (CIP)

H844s

Howard, Robert Ervin, 1906-1936
[Solomon Kane. Português]
Solomon Kane : a saga completa / Robert E. Howard ; [tradução: Alexandre Callari]. - São Paulo : Évora, 2015.
256 p. ; 16 x 23 cm.

Tradução de : Solomon Kane
ISBN 978-85-63993-57-1

1. Ficção americana. I. Callari, Alexandre. II. Título.

CDD- 813

Introdução

Em 2011, para acompanhar o lançamento do filme *Conan, o bárbaro*, a editora Generale decidiu publicar alguns textos de Robert E. Howard, da sua criação mais famosa, que ainda continuavam inéditos no Brasil. Embora o filme tenha se revelado um enorme fiasco, sua contraparte impressa não poderia ter obtido êxito melhor, o que mostrou tanto a popularidade do personagem Conan quanto a disposição do público para ler esse tipo de história.

Não demorou muito para que a editora me contatasse e encomendasse um novo volume contendo material inédito de Howard, convite que recebi com enorme júbilo; afinal, não é todo dia que uma pessoa tem a chance de fazer a tradução e a organização do material de um autor do calibre de Howard.

Se este é o seu primeiro contato com uma obra desse impressionante escritor, há algumas coisas que você precisa saber, como o fato de ele ser considerado o "pai" do gênero espada e feitiçaria, tendo precedido em muitas décadas expoentes que são referências no gênero, como J. R. R. Tolkien, Michael Moorcock e, mais recentemente, George R. R. Martin.

Um conhecido meu, após ler o volume *Conan, o bárbaro*, relatou ter ficado tremendamente impressionado com a prosa feroz do autor, mas lamentou o fato de ele utilizar clichês em demasia. Perguntei-lhe o que estava querendo dizer, e ele respondeu que coisas como ressurreição de magos e criaturas transmorfas já estavam batidas demais. Com um sorriso no rosto, pensei na palavra "clichê", lembrando-me de duas coisas: a) nas décadas de 1920 e 1930, quando Howard escreveu suas narrativas, nada disso era clichê; na verdade, ele foi a gênese disso tudo, e o fato de ter sido exaustivamente imitado transformou as situações por ele imaginadas em clichês; b) um clichê só se torna clichê quando se trata de uma boa ideia; afinal, as pessoas não costumam replicar ideias ruins, só as que funcionam.

O que faltava a esse meu conhecido era o conhecimento da informação relatada acima, para fazer uma leitura contextualizada e embasada. Sim, magos ressuscitando podem parecer clichês, mas é como escutar uma música dos Beatles hoje em dia e reclamar que a harmonia é "muito clichê".

A leitura de uma obra de Howard, até mesmo dos textos considerados "menores", é uma experiência única, uma verdadeira imersão na arte de narrar histórias, que se deve a diversos motivos, que vão desde a sua mente inventiva e genial – quase perturbada em alguns momentos – ao seu pleno domínio da linguagem. O escritor era um verdadeiro articulista de palavras e, para mim, a tradução e a organização deste volume é um privilégio.

Howard tem certos vícios de linguagem – em particular, sua apreciação por adjetivos. O escritor parece atravessar fases, nas quais adora fazer uso de determinada palavra, o que pode dificultar o trabalho do tradutor; ele usa um adjetivo com relativa constância e, às vezes, até o repete em uma mesma sentença. Porém, ao pesquisar a fundo a língua inglesa para fazer a tradução deste volume, comecei a perceber uma camada oculta dentro do texto, da qual ainda não havia me dado conta, mesmo já tendo traduzido histórias de Conan. A repetição que Howard faz de determinados termos ao longo de seu texto – um recurso que não é nem pleonasmo nem anáfora – se torna uma característica de seu discurso, como se certas palavras "pertencessem" a ele e fossem indissociáveis de sua prosa. Mas o mais notável é que raramente o termo utilizado e/ou repetido assume o mesmo significado na sentença. A língua inglesa, bem mais elástica que a portuguesa, permitiu ao escritor "brincar" com as palavras e criar um estilo que simplesmente não pode ser reproduzido ao ser traduzido, mas que impressiona pela precisão com que ele faz uso de determinadas palavras. O vocábulo pode ser o mesmo, mas seu sentido muda – e o escritor se vale disso de maneira brilhante.

Nada é casual no texto de Howard, e esse aspecto fica evidente ao se analisar os fragmentos deixados por ele – textos inacabados, esboços e anotações para armazenar ideias, de forma que elas não se perdessem. Escritos com primor, esses textos crus são tão bem acabados que rivalizam com os próprios textos completos. Pode-se dizer que Howard era um estilista de palavras!

O personagem principal deste volume, Solomon Kane, foi o primeiro herói de aventura do escritor. Embora outra grande criação sua, Bran Mak Morn, o rei dos pictos, tenha vindo cronologicamente antes, Howard não conseguiu publicá-la com facilidade; assim, Kane estreou primeiro, em agosto de 1928, na revista *Weird Tales*, publicação que lançou grande parte do material do escritor. Essa primeira história de Kane, a acachapante *Red shadows* (*Sombras vermelhas*), foi escrita em meados de 1927 e submetida à revista *Pulp Argosy* com o título *Solomon Kane*. De acordo com uma carta datada de 1928, que Howard escreveu para seu amigo, Tevis Clyde Smith, a *Argosy* ofereceu 80 dólares pelo conto, um valor baixo até mesmo para os padrões da época, e o editor apontou diversos aspectos que considerava falhos no conto e que precisariam de uma revisão.

Howard, então, apresentou o material para a *Weird Tales*, que ofereceu ao escritor um pagamento mais polpudo e também a capa daquele mês. A única alteração solicitada pelo editor da *WT*, Farnsworth Wright, foi uma mudança de título. Surgiu, assim, *Red shadows*. Uma curiosidade interessante é que a versão francesa do livro *The savage tales of Solomon Kane* (*Contos selvagens de Solomon Kane*) – o primeiro da editora Wandering Star – apresentou o título original da aventura, nunca antes publicado. De acordo com Patrice Louinet, tradutor e organizador do volume, ele se sentia mais conectado ao título *Solomon Kane* do que a *Red shadows* e, tendo em vista a proximidade do filme de 2009, julgou que seria um bom momento para a mudança. A iniciativa funcionou, e, posteriormente, outras edições para o mercado americano seguiram a alteração.

Howard escreveu nove contos do puritano, tendo publicado sete deles em vida. Os dois restantes só foram apresentados ao público décadas mais tarde, nos anos 1960, depois do sucesso de Conan. Após a morte do escritor, quatro fragmentos inacabados foram encontrados: *Death's black riders*, *The castle of the devil*, *The children of Asshur* e *Hank of Basti*. Alguns escritores labutaram para completar esses textos em diferentes países, ocasiões e publicações, mas nunca conseguiram atingir o brilhantismo da prosa original. Por fim, Howard também escreveu três poemas com o puritano Kane: "The one black stain" (A mancha negra), "The return of sir Richard Grenville" (O retorno de *sir*

Richard Grenville) e o melancólico "Solomon Kane's homecoming" (A volta ao lar de Solomon Kane), este fundamental para a cronologia do herói, pois narra seu retorno à Inglaterra após anos de andanças pelo mundo.

Uma das melhores aventuras desta edição, *A chama azul da vingança*, tem uma história de bastidores particularmente interessante. Escrita em 1929, Howard tentou vendê-la para a *Argosy* e depois para a *Adventure*, mas o conto foi recusado por ambas. A seguir, como de costume, ele alterou o personagem principal – de Solomon Kane para Malachi Grim –, alguns aspectos do texto e o título original, de *The blue flame of vengeance* (*A chama azul da vingança*) para *Blades of the brotherhood* (*Lâminas da irmandade*), e tentou efetuar nova venda. Essa mesma estratégia já havia funcionado em outras ocasiões, como na primeira aventura de Conan, releitura de uma história do Rei Kull. Contudo, dessa vez, Howard não conseguiu vender a história e morreu sem ver este excelente conto publicado.

Em 1964, a editora norte-americana Arkham House decidiu incluir o conto em uma coletânea chamada *Over the edge* (*No limite*), mas, por se tratar de um selo essencialmente de terror e fantasia, encarregou o escritor John Pocsik de fazer uma revisão completa na história, alterando o que fosse necessário para inserir elementos sobrenaturais que combinassem com o tema do livro. A versão de Pocsik descaracterizou por completo o texto de Howard, e embora na introdução do livro o editor August Derleth afirme que a história se baseia em um rascunho deixado pelo escritor, a verdade é que Howard havia redigido uma versão completa, e Pocsik a adulterou. Ele omitiu elementos importantes, como a luta de facas, e também mudou a natureza do vilão *sir* George, além de inserir elementos sobrenaturais na trama.

Revisões nos escritos de Howard, infelizmente, não são novidade, sendo o caso mais famoso o dos escritores Lin Carter e L. Sprague de Camp. Na década de 1960, ambos se apropriaram do material original e deram início a um longo processo de republicação, no qual fizeram dezenas de revisões e releituras, em especial nas histórias de Conan. As versões revistas descaracterizavam totalmente a base de conceitos e de ideias originais de Howard, mas, lamentavelmente, durante anos, esse foi o principal material do autor que esteve disponível nos Estados Unidos e na Inglaterra.

A versão intocada de Howard de *A chama azul da vingança* só foi publicada na íntegra quatro anos depois, quando Donald M. Grant lançou a emblemática coletânea *Red shadows*, belamente ilustrada por imagens coloridas de Jeff Jones, que trouxe todos os textos de Kane, exceto por um fragmento. Foi essa edição que resgatou o conto original de Howard; entretanto, para distingui-lo daquele lançado alguns anos antes pela Arkham, Grant preferiu trazer de volta o título *Blades of the brotherhood*, que Howard havia adotado em sua versão da história com Malachi Grim. Esse título se manteve e foi utilizado em outras republicações durante anos, até que Rusty Burke, ao editar o livro da Wandering Star, *The savage tales of Solomon Kane*, achou por bem resgatar a denominação original. A versão adulterada de John Pocsik jamais voltou a ser publicada e hoje subsiste como mera curiosidade, pela confusão que causou na bibliografia de Kane.

As histórias de Solomon Kane diferem bastante da costumeira aventura de espada e feitiçaria. O puritano é, possivelmente, o personagem mais complexo de Howard, superando até mesmo o bárbaro Conan, cujas aventuras são dirigidas pela ação, mas carecem de aprofundamento psicológico, embora o escritor tenha usado seu bárbaro mais famoso para tecer críticas sociais, políticas e religiosas.

Kane carrega dentro de si uma obsessão que o próprio Howard não consegue explicar; algo antinatural, cujo nível exacerbado beira o fanatismo. A alma de Kane, tão educado e polido, arde em fúria selvagem, e suas ações promovem uma intensidade que atravessa todas as páginas e não dá descanso ao leitor. Ao ler histórias de Conan, as motivações do bárbaro estão sempre claras; porém, ao ler Solomon Kane, subsiste a pergunta: o que move esse homem? Será o puritanismo apenas uma fachada, um verniz, uma desculpa para ocultar a verdadeira natureza do que há dentro dele? Na verdade, padecerá Solomon Kane de todos os males que enfrenta tão ferozmente? Será mero acaso que seus ímpetos se voltem para a proteção dos fracos e não para o seu abuso?

Não há respostas simples. Kane vive por suas próprias regras em um mundo de trevas e misticismo. Sua crença inabalável no Divino é um aspecto a ser ressaltado, principalmente se levado em conta que Howard era ateu. A forma com que o escritor conduz os textos deixa quase transparecer que ele, Howard, admira Kane, talvez por ser algo que ele próprio não consiga.

O mundo de fantasia de Solomon Kane foi apresentado aos leitores brasileiros nas revistas de Conan lançadas pela editora Abril a partir de 1984, sempre como coadjuvante. Assim como outros personagens de Howard, ele jamais recebeu o devido destaque em nosso país, nem mesmo quando um filme com base em suas aventuras chegou aos cinemas em 2009.

As histórias são apresentadas nesta edição na ordem de sua publicação, e não na ordem em que Howard as escreveu, mas, curiosamente, *A chama azul da vingança* parece fechar com perfeição a saga do puritano, deixando ainda um gostinho de "quero mais".

A fim de melhor apresentar aos leitores a história desse escritor tão maravilhoso e complexo que foi Robert E. Howard, esta edição, assim como outras posteriores que trarão seus trabalhos, apresenta um apêndice, com material complementar. Para este volume, foram selecionadas duas cartas que jogam certa luz sobre a controversa relação que o escritor tinha com a morte. Como o suicídio de Howard é assunto de tremenda discussão e desperta enorme curiosidade nos fãs, esse me pareceu um tema adequado a ser abordado. Uma das cartas é de maio de 1936, ou seja, apenas um mês antes de sua morte, e foi endereçada ao antologista e editor August Derleth, lembrado comumente por ter sido o primeiro editor de H. P. Lovecraft. A missiva é ainda mais notável por apresentar um fragmento de um poema inédito de Howard, no qual ele critica a civilização e os rumos que a vida do homem tomou longe da natureza. A outra carta, redigida pelo pai de Howard para o escritor H. P. Lovecraft, anuncia e justifica a morte de seu filho; uma melancólica narrativa, que impressiona pela forma como o doutor Isaac Mordecai Howard descreve o comportamento de seu filho e lida com a inevitabilidade do fato. O apêndice também inclui uma dissertação sobre o filme *Solomon Kane, o caçador de demônios*, seus erros e acertos, além de comentários sobre o *fan film The return of sir Richard Grenville*, com a inclusão do poema original, de forma que o leitor possa assistir ao filme *on-line* e acompanhá-lo com a leitura da obra.

Boa leitura!
ALEXANDRE CALLARI

Sumário

Solomon Kane

Sombras vermelhas

Publicado originalmente em *Weird Tales*,
agosto de 1928.

1. A vinda de Solomon

A luz do luar brilhava vagamente, criando névoas prateadas de ilusão em meio às sombras das árvores. Uma brisa fraca sussurrava pelo vale, carregando uma sombra que não era a bruma da Lua. Um odor mortiço de fumaça se fazia sentir.

O homem, cujas passadas longas, despreocupadas, porém constantes, o havia carregado por muitos quilômetros, desde o pôr do sol, parou repentinamente. Uma agitação chamou sua atenção nas árvores, e ele moveu-se em silêncio, em direção às sombras, com uma das mãos levemente pousada no cabo de seu longo florete.

Avançou com cautela, os olhos lutando para penetrar as trevas que se aninhavam sob as árvores. Aquele era um país selvagem e ameaçador, e a morte poderia estar à sua espera sob aquelas árvores. Então, sua mão largou o cabo do florete, e ele se inclinou para a frente. Sem dúvida, a morte estava ali, mas não em uma forma que lhe pudesse causar medo.

– Por todos os demônios – ele murmurou. – Uma garota! O que a machucou, menina? Não tenha medo de mim.

A garota olhou para ele; seu rosto parecia uma rosa branca no escuro.

– Você... Quem é você? – as palavras dela saíam em arfadas.

– Ninguém além de um viajante, um homem sem terra, mas amigo de todos em necessidade – a gentil voz soou, de algum modo incoerente, vinda do homem.

A garota buscou sustentar seu corpo usando o cotovelo, e ele imediatamente se aproximou, ajoelhando-se, para colocá-la sentada, com a cabeça apoiada em seu ombro. A mão dele, ao tocar no peito da garota, ficou vermelha e molhada.

– Diga-me... – a voz dele era macia e tranquilizadora, como alguém falando com um bebê.

– Le Loup – ela resfolegou, com a voz esmorecendo rapidamente. – Ele e seus homens atacaram nossa vila, um quilômetro e meio, vale acima. Roubaram, mataram, queimaram...

– Foi essa, então, a fumaça que eu vi – murmurou o homem. – Prossiga, criança.

– Eu corri. Ele, o Le Loup, me perseguiu... e me alcançou – as palavras morreram em um silêncio comovente.

– Entendo, criança. E então...?

– Então, ele... ele me esfaqueou... Com seu punhal. Oh, santos benditos! Misericórdia...

De repente, seu corpo esguio amoleceu. O homem deitou-a sobre a terra e tocou sua fronte suavemente.

– Morta! – murmurou.

Levantou-se devagar, enxugando mecanicamente as mãos em seu manto. Uma soturna máscara abateu-se em seu rosto. Contudo, ele não fez nenhum voto selvagem e temerário, nem fez promessas a santos ou a demônios. Apenas disse friamente:

– Homens morrerão por causa disso.

2. O covil de Le Loup

– Você é um tolo! – as palavras vieram em um rosnado gélido, que coalhou o sangue do ouvinte.

Aquele que acabara de ser chamado de tolo apenas abaixou os olhos, taciturno, sem responder.

– Você e todos os outros que eu lidero! – o orador inclinou-se para a frente, e seu punho bateu firme na mesa rústica entre eles.

Era um homem alto e esguio, flexível como um leopardo e com um rosto predatório, cruel e cavado. Seus olhos dançaram e brilharam em uma zombaria imprudente.

O companheiro respondeu mal-humorado:

– Vou lhe contar, esse Solomon Kane é um demônio vindo do inferno.

– Idiota! Imbecil! Ele é um homem... que morrerá pela bala de uma pistola ou por um golpe de espada.

– Assim pensaram Jean, Juan e La Costa – respondeu o outro com seriedade. – Onde estão eles? Pergunte aos lobos das montanhas que arrancaram a carne de seus ossos mortos. Onde esse Kane se esconde? Vasculhamos montanhas e vales por quilômetros, mas não achamos sinal algum dele. Vou lhe contar, Le Loup, ele vem do inferno. Sabia que nada de bom viria depois de enforcar aquele frade, uma lua atrás.

Impaciente, Le Loup tamborilava a mesa. Apesar das marcas de dissipação e da vida selvagem, seu rosto era o de um pensador. As superstições de seus seguidores não o afetavam em nada.

– Idiota! Repito: o homem encontrou alguma caverna ou vale secreto, do qual não temos conhecimento, onde se esconde durante o dia.

– E durante a noite, ele sai e nos chacina – comentou o outro, de forma pessimista. – Ele nos caça como um lobo caça um cervo... Por Deus, Le Loup, você chama a si próprio de Le Loup, mas acho que, enfim, encontrou um lobo mais feroz e habilidoso. A primeira vez que escutamos falar desse homem foi quando encontramos Jean, um bandido violento, pregado em uma árvore com o próprio punhal enfiado no peito, e as letras S.L.K. entalhadas em suas bochechas mortas. Em seguida, o espanhol Juan foi abatido e, mesmo moribundo quando o encontramos, ainda teve tempo para nos contar que o assassino era um inglês, chamado Solomon Kane, que jurou destruir nosso bando inteiro! E depois? La Costa, um espadachim tão bom que só perde para você, partiu no encalço de Kane. Pelos demônios da perdição, parece que ele realmente o encontrou, pois achamos seu cadáver trespassado no topo de um rochedo. E agora? Vamos todos cair diante desse demônio inglês?

– É verdade, nossos melhores homens foram mortos por ele – devaneou o chefe –, mas logo os outros retornarão daquela pequena viagem até o eremita; então, veremos. Kane não pode se esconder para sempre. Ãhn! O que foi isso?

Os dois voltaram-se rapidamente, quando uma sombra incidiu sobre a mesa. Na entrada da caverna usada como covil dos bandidos, um homem cambaleava; ele titubeava em pernas bambas, e uma escura mancha vermelha tingia sua túnica. Deu alguns passos vacilantes para a frente, então lançou-se sobre a mesa e caiu no chão.

– Demônios do inferno! – amaldiçoou Le Loup, colocando-o na posição vertical e apoiando-o em uma cadeira. – Onde estão os outros?

– Mortos! Todos mortos!

– Como? Que as pragas do diabo caiam sobre você, fale! – Le Loup sacudiu o homem selvagemente, enquanto o outro bandido observava a situação, com os olhos arregalados de horror.

– Chegamos à cabana do eremita com o nascer da Lua – o homem murmurou. – Fiquei do lado de fora, de guarda. Os outros entraram... para torturar o eremita até que ele revelasse... o local escondido... do seu ouro.

– Sim, sim! E então? – Le Loup estava colérico de impaciência.

– Então, o mundo ficou vermelho, a cabana subiu em um rugido estrondoso e, quando uma chuva vermelha inundou o vale, eu vi o eremita e um homem alto, vestido todo de preto, saindo do meio das árvores...

– Solomon Kane! – arfou o outro bandido – Eu sabia! Eu...

– Cale-se, tolo! – rosnou o chefe. – Prossiga!

– Eu fugi... Kane me perseguiu, feriu-me, mas consegui despistá-lo... Cheguei aqui primeiro – disse arfante.

O homem deu um pulo, esmurrando a mesa.

– Santos e demônios! – enfureceu-se Le Loup. – Como é esse Kane?

– Como Satanás...

A voz arrastada caiu no silêncio. O morto escorregou da mesa, amontoando-se no chão.

– Como Satanás – balbuciou o outro bandido –, eu disse a você! Ele é o próprio Chifrudo! Vou lhe dizer...

Mas parou de falar quando um rosto amedrontado, que espiava na entrada da caverna, perguntou:

– Kane?

– Sim! – Le Loup estava confuso demais para mentir para o companheiro. – Fique de olhos abertos, La Mon; logo mais, Rato e eu nos juntaremos a você.

A pessoa do rosto amedrontado se retirou, e Le Loup virou-se para o outro e falou.

– E isso termina com o bando. Você, eu e aquele ladrão, La Mon, somos tudo o que restou. O que você sugere?

Os lábios pálidos do Rato mal formavam uma palavra: "Fugir!".

– Você está certo. Vamos pegar as joias e o ouro da arca e fugir, usando a passagem secreta.

– E La Mon?

– Ele pode montar guarda até estarmos prontos para fugir. Então... por que dividir o saque em três?

Um sorriso sutil tocou as feições malévolas de Rato. Um pensamento repentino o atingiu.

– Ele – disse apontando para o cadáver no chão – falou que chegou aqui primeiro. Isso quer dizer que Kane o perseguia?

Enquanto Le Loup acenava impacientemente com a cabeça, o outro voltou-se ligeiro para as arcas. A vela tremeluzente sobre a mesa rústica iluminou uma cena estranha. A luz trepidante, como uma dança, tornava ainda mais vermelho o lago de sangue que se ampliava lentamente ao redor do cadáver estirado; ela saltitava sobre a pilha de joias e moedas sobre o chão, esvaziadas de dentro das arcas de latão enfileiradas nas paredes o mais rápido possível; e reluzia nos olhos de Le Loup com o mesmo fulgor que cintilava em seu punhal desembainhado.

As arcas estavam vazias; o tesouro acumulado formava uma massa reluzente no chão manchado de sangue. Le Loup parou e ficou na escuta. Lá fora, fazia silêncio. Não havia Lua, e a imaginação aguda de Le Loup visualizou o assassino sombrio, Solomon Kane, planando pela escuridão, uma sombra entre as sombras. Le Loup deu um sorriso torto; desta vez, o ataque do inglês seria frustrado.

– Ainda restou uma que não foi aberta – disse ele, apontando a arca.

Rato, murmurando uma exclamação de surpresa, curvou-se sobre a caixa indicada. Com um único movimento felino, Le Loup saltou sobre ele, afundando seu punhal até o cabo nas costas do comparsa, bem entre os ombros. Rato foi ao chão sem emitir som algum.

– Por que dividir o saque em dois? – resmungou Le Loup, limpando a lâmina no gibão do homem. – Agora, só falta La Mon.

Ele caminhou até a porta; então, parou e se encolheu. De início, pensou que fosse um homem na entrada do covil; depois, teve certeza de que era um homem mesmo, mas estava tão escuro e o homem, tão imóvel, que a luz da vela derretida lhe dava a fantástica semelhança de uma sombra.

Um homem alto, tão alto quanto Le Loup, vestido de preto da cabeça aos pés, em trajes fechados e recatados que, de algum modo, combinavam com seu rosto sombrio. Braços compridos e ombros largos indicavam que ele era um espadachim, tão nitidamente quanto o florete em sua mão. As feições do homem eram tristes e carregadas. Um tipo de palidez soturna emprestava-lhe um aspecto fantasmagórico sob a luz incerta, um efeito potencializado pela treva satânica de suas sobrancelhas franzidas. Olhos fundos, fixos, miravam o facínora sem piscar, e, olhando dentro deles, Le Loup foi incapaz de concluir de que cor eram. Estranhamente, a aparência mefistofélica das feições vincadas era contrabalançada pela testa ampla, embora esta se encontrasse parcialmente escondida pelo chapéu. Aquela fronte marcava o sonhador, o idealista, o introvertido, assim como os olhos e o nariz reto e afilado denunciavam o fanático. Um observador teria sido arrebatado pelo olhar dos dois homens que lá estavam, encarando um ao outro. Os olhos de ambos denotavam imensas profundidades de poder, mas a semelhança parava aí. Os olhos do bandido eram duros, quase opacos, ainda cintilantes, que refletiam luzes e brilhos mutáveis, como uma estranha gema; havia zombaria naquele olhar, crueldade e imprudência. Por sua vez, os olhos do homem de preto, sob as proeminentes sobrancelhas, eram frios, porém intensos; ao fitá-los, tinha-se a impressão de ver incontáveis braças de gelo.

Agora, os olhos colidiam, e Le Loup, tão habituado a ser temido, sentiu um estranho arrepio na espinha. A sensação era nova para ele, uma excitação diferente para alguém que não admitia provocações, e ele riu repentinamente.

– Suponho que você seja Solomon Kane – ele disse, tentando fazer com que suas palavras soassem polidamente indiferentes.

– Sou Solomon Kane – ressoou a voz de maneira poderosa. – Você está pronto para encontrar seu Deus?

Le Loup respondeu, curvando-se em uma saudação:

– Asseguro, *monsieur*, que estou tão preparado quanto posso imaginar. Faço ao *monsieur* a mesma pergunta.

– Sem dúvida, fiz a pergunta de forma errada – disse Kane, franzindo a carranca, antes de reformular a questão. – Está preparado para encontrar seu mestre, o Demônio?

– Quanto a isso, *monsieur* – Le Loup examinou as próprias unhas com despreocupação elaborada –, devo dizer que, no momento, posso prestar satisfatoriamente minhas contas à sua Excelência Chifruda, embora, de fato, não tenha intenção de fazê-lo... Pelo menos por ora.

Le Loup não se perguntou sobre o destino de La Mon; a presença de Kane na caverna era uma resposta óbvia, que nem sequer precisava dos traços de sangue em seu florete para ser verificada.

– O que gostaria de saber, *monsieur* – disse o bandido –, é por que diabos você acossou meu bando inteiro e como foi que dizimou aquele último grupo de tolos.

– Sua última questão é facilmente respondida, senhor – replicou Kane. – Eu mesmo espalhei a história de que o eremita possuía um estoque de ouro, sabendo que isso atrairia a sua escória como a carniça seduz os abutres. Por dias e noites eu vigiei o vale, até que, ao ver seu bando chegando, avisei o eremita e, juntos, fomos para trás das árvores, nos fundos da cabana. Quando os vilões entraram na casa, eu bati a pederneira no aço, acendendo a trilha que havia preparado, e as chamas correram pelo mato como uma cobra vermelha até atingir o barril de pólvora deixado sob a cama. Então, a cabana e 13 pecadores foram para o inferno em um estrondoso rugido de chamas e fumaça. É verdade, um escapou, mas este eu teria matado na floresta se não tivesse tropeçado em uma raiz, o que lhe deu tempo de fugir.

– *Monsieur* – disse Le Loup com outra longa saudação –, entrego-lhe a admiração que se deve outorgar a um bravo e arguto inimigo. Contudo, diga-me o seguinte: por que você me seguiu como um lobo segue um veado?

– Algumas luas atrás– explicou Kane, contraindo o semblante, em tom ameaçador –, você e seus demônios saquearam uma pequena vila no sopé do vale. Você conhece os detalhes melhor do que eu. Havia uma garota lá, uma criança, que, na esperança de escapar da sua luxúria, fugiu vale acima; mas você, seu chacal do inferno, a apanhou e, depois de violentá-la, deixou-a para morrer. Eu a encontrei ali, e sobre o cadáver dela decidi que o caçaria e o mataria.

– Humm – divertiu-se Le Loup. – Sim, me lembro da donzela. *Mon Dieu*, então sentimentos mais nobres se envolvem na questão! *Monsieur*, não pensava em você como um homem amoroso; não seja ciumento, companheiro, há muitas outras donzelas.

– Cuidado, Le Loup! – exclamou Kane, com voz terrivelmente ameaçadora – Até hoje nunca matei um homem pela tortura, mas, por Deus, você está me tentando!

O tom e, em especial, a inesperada promessa de Kane moderaram o linguajar de Le Loup; seus olhos se estreitaram, e a mão moveu-se em direção à sua espada. O ar ficou tenso por um momento. Então, Le Loup relaxou e perguntou de forma solene:

– Quem era a menina? Sua esposa?

– Nunca a tinha visto antes – respondeu Kane.

– *Nom d'un nom!* – praguejou o bandido. – Que tipo de homem é você, *monsieur*, que se dedica a uma contenda desse tipo para vingar uma meretriz que nem sequer conhecia?

– Isso, senhor, é problema meu; portanto, é suficiente que eu o faça!

Kane não poderia esclarecer melhor a situação. Na verdade, ele também nunca buscou uma explicação dentro de si mesmo. Como um verdadeiro fanático, seus incitamentos eram motivos suficientes para suas ações.

–Você está certo, *monsieur* – Le Loup tentou ganhar tempo, recuando, pé ante pé, com habilidade teatral tão consumada que não despertou a menor suspeita do falcão que o observava. – *Monsieur*, possivelmente você me dirá que é apenas mais um nobre cavaleiro, vagando como um verdadeiro Galahad, que protege os mais fracos; mas nós dois sabemos que não é verdade. Ali, no chão, há o equivalente ao resgate de um império. Vamos dividir o montante pacificamente. Então, se desgostar de minha companhia – *nom d'un nom!* –, vamos cada um para um lado, seguindo nossos caminhos.

Kane inclinou-se para a frente, com uma terrível ameaça crescendo em seus olhos frios, como um grande condor prestes a se lançar sobre sua vítima.

– Senhor, acredita que sou um vilão tão torpe quanto você?

De repente, Le Loup jogou a cabeça para trás e, em selvagem zombaria, com seus olhos dançando e saltitando, manifestou um tipo de despreocupação insana ao soltar gargalhadas que ecoaram pelo ar.

– Deuses do inferno! Não, seu tolo, não o comparo a mim mesmo. *Mon Dieu, monsieur* Kane, você decerto tem uma grande tarefa se pretende vingar todas as meretrizes que conheceram meus favores!

– Sombras da morte! Perco meu tempo tagarelando com um canalha! – Kane rosnou, com voz sedenta de sangue, e sua estrutura delgada lampejou para a frente como um arco curvado que é subitamente solto.

No mesmo instante, Le Loup, com uma gargalhada indômita, curvou-se para trás com um movimento tão rápido quanto o de Kane. Seu *timing* foi perfeito; suas mãos agarraram a mesa e a viraram de ponta-cabeça, mergulhando a caverna na escuridão quando a vela caiu no chão. O florete de Kane cantou como uma flecha no escuro, golpeando às cegas e ferozmente.

– *Adieu, monsieur* Galahad!

O insulto veio de algum ponto à sua frente, mas Kane, rumando em direção ao som com fúria primitiva, trombou com uma parede lisa que não cedeu aos seus golpes. De algum lugar, ele ouvia o eco de um riso zombeteiro.

Kane virou-se, com os olhos fixos na entrada do covil, imaginando que seu inimigo tentaria passar por ele sorrateiramente e fugir, mas nenhuma forma se delineou ali. Quando suas mãos, tateando, encontraram a vela e a acenderam, a caverna estava vazia.

3. O canto dos tambores

O suspiro veio atravessando as águas escuras: *boom, boom, boom*! – uma reiteração soturna. Distante e mais débil, soou um sussurro de timbre diferente: *thrum, throom, thrum*! As vibrações iam e vinham, enquanto os tambores pulsantes conversavam uns com os outros. Que histórias traziam? Que segredos monstruosos sussurravam ao longo dos recessos sombrios da selva não mapeada?

–Você tem certeza que esta é a baía na qual o navio espanhol atracou?

– Sim, senhor; o negro jura que esta é a baía onde o homem branco largou o navio e foi para a selva.

Kane acenou com a cabeça, rabugento.

– Então, deixe-me descer aqui, sozinho. Espere sete dias; se eu não retornar e você não ouvir notícias minhas, solte as velas e levante a âncora para zarpar quando quiser.

– Sim, senhor.

As ondas batiam preguiçosamente nas laterais do bote que levou Kane até a orla do rio, onde ficava o vilarejo, um pouco afastado da costa da baía e no meio da selva, escondido da visão dos tripulantes do navio.

Kane preferiu o curso mais perigoso, que era cruzar a praia à noite. Pelo que sabia, se o homem que buscava estivesse no vilarejo, ele jamais chegaria até lá na luz do dia. Por isso, tomou a medida mais desesperada: desafiar a selva noturna. Durante toda a sua vida acostumara-se a fazer escolhas desesperadas. Assim, jogava com a pequena chance de chegar ao vilarejo sombrio encoberto pelas trevas, sem que seus moradores o vissem.

Na margem, ele desceu do bote e, com gestos e sinais de comando mudos, mandou os remadores retornarem ao navio, ancorado a uma certa distância da baía. Kane deu meia-volta e se embrenhou na densidão da mata. Espada em uma mão e um punhal na outra. Seguiu em frente, na direção em que os tambores murmuravam e grunhiam. Movimentando-se com a facilidade de um leopardo, pisava com cautela, com todos os nervos alertas e tensos. O caminho não era fácil. Raízes o faziam tropeçar e folhagens estapeavam seu rosto, dificultando seu progresso. Foi forçado a tatear o percurso entre os troncos de árvores enormes, e tudo na vegetação rasteira que o cercava parecia vago, emitindo sussurros ameaçadores, com sombras em movimento. Em três ocasiões, quando seu pé tocou em algo que se movia, recuou rápido e parou para perscrutar. Ainda uma vez chegou a vislumbrar o brilho pernicioso de olhos felinos entre as árvores. Contudo, conforme avançou, eles desapareceram.

Thrum, thrum, thrum – era o enfado sem fim dos tambores. *Guerra e morte*, eles diziam. Sangue e luxúria, sacrifício humano e banquete antropófago! E os tambores ecoando a alma da África. O espírito da selva, o canto dos deuses das trevas exteriores, os deuses que rugem e gritam. Os homens-deuses sabiam quando as alvoradas eram jovens. Feras com bocarras e olhos abertos, barrigas enormes, mãos ensanguentadas, Deuses Negros... Tudo isso, além dos tambores, rugia e gritava para Kane, enquanto ele abria caminho pela floresta.

Em algum lugar de sua alma, um acorde sensível foi atingido e respondeu. *Você também é da noite*, disseram os tambores; *existe a força das trevas, a força do primitivo dentro de você, que remonta as mais antigas eras; deixe-nos ensinar-lhe, deixe-nos ensinar-lhe*, cantaram os tambores.

Kane saiu da mata fechada e desembocou em uma trilha. Além das árvores, vinha o fulgor das fogueiras do vilarejo, labaredas brilhando através das paliçadas. Kane seguiu a trilha – veloz, silencioso e atento, com a espada em riste à sua frente, apertando os olhos para captar o mínimo movimento nas trevas – entre as árvores que se assomavam como gigantes sinistros de ambos os lados. Às vezes, seus grandes galhos se entrelaçavam acima de sua cabeça, permitindo que ele visse apenas uma pequena parte do caminho diante de si.

Ele moveu-se como um fantasma escuro ao longo da trilha sombria; em alerta, observava e escutava, mas nenhum aviso chegou antes de ele ser nocauteado por uma grande massa indistinta que saiu das sombras, em silêncio.

4. O Deus Negro

Thrum, thrum, thrum! Em algum lugar, com uma monotonia ensurdecedora, uma cadência repetia sem parar, sustentando o mesmo tema: "Tolo, tolo, tolo!" Agora não estava distante – Kane quase podia alcançá-la ao estender a mão –, e se fundia com o latejar de sua cabeça até formar um mesmo eco contínuo: "Tolo, tolo, tolo, tolo!"

As névoas minguaram e desapareceram. Kane tentou apalpar a cabeça, mas descobriu que estava com mãos e pés amarrados. E deitado no chão de uma cabana... Sozinho? Contorceu-se para ver o lugar. Não, dois olhos o observavam no meio das trevas. Uma silhueta aos poucos tomou forma, e Kane, ainda tonto, por um momento acreditou ser o homem que o deixara inconsciente. Mas não era. Não. Aquele homem jamais poderia ter dado tal golpe. Ele era magro, pequeno e enrugado. A única coisa nele que parecia viva eram seus olhos, que se assemelhavam aos de uma cobra.

O homem agachou-se no chão da cabana, próximo à entrada da porta, nu, exceto por uma tanga e a parafernália usual de braceletes, tornozeleiras e braçadeiras. Enfeites bizarros de marfim, ossos e couro, animais e humanos, adornavam seus braços e pernas. De repente, e inacreditavelmente, ele falou em inglês, meio truncado.

– Argh! Você acordado, homem branco? Por que veio aqui, ahn?

Kane fez a inevitável pergunta, seguindo o hábito do caucasiano.

– Você fala a minha língua... Como pode ser?

O negro sorriu.

– Eu escravo por muito tempo, garoto. Eu, N'Longa, homem ju-ju, grande feiticeiro. Nenhum negro como eu. Você caçar irmão branco?

Kane rosnou.

– Eu! Irmão! Busco um homem, sim.

O negro acenou.

– Quem sabe você encontre, ahn?

– E ele morre!

Novamente, o negro sorriu e anunciou em troca de nada, chegando um pouco mais próximo:

– Eu poderoso feiticeiro ju-ju. Homem branco, você, caça olhos como leopardo? Sim? Ahn! Ahn! Ahn! Ahn! Ouça, homem branco: homem-com-olhos-de-leopardo, ele e chefe Songa travam conversa poderosa; eles irmãos de sangue agora. Não diga nada. Eu ajudo você, você ajuda eu, ahn?

– Por que você me ajudaria? – Kane perguntou desconfiado.

O homem se aproximou ainda mais e sussurrou:

– O braço direito de homem branco, Songa. Mais poderoso que N'Longa, Songa é. Homem branco poderoso ju-ju! Irmão branco de N'Longa mata homem-com-olhos-de-leopardo, e ser irmão de sangue de N'Longa. Então, N'Longa mais poderoso que Songa; conversa encerrada.

E, como um fantasma crepuscular, ele flutuou para fora da cabana tão rapidamente que deixou Kane em dúvida se tudo não teria sido um sonho.

Sozinho, Kane observou as chamas da fogueira. Os tambores ainda ribombavam, mas, àquela distância, os tons se misturavam e se fundiam, enquanto as vibrações produzidas se perdiam. Tudo parecia um clamor bárbaro sem rima nem propósito; contudo, ainda estava presente um tom subjacente de escárnio e de selvagem regozijo. "Mentiras", pensou Kane, com sua mente ainda mareada. "A selva mente como as mulheres da selva que atraem o homem para a sua perdição."

Dois guerreiros adentraram a cabana – gigantes negros com pinturas horríveis, portando lanças primitivas. Ergueram o homem branco e, após carregá-lo para fora, seguiram com ele ao longo de um espaço aberto, recostando-o ereto contra um poste, onde o amarraram. Em torno desse poste havia um grande semicírculo de faces negras, que surgiam e desapareciam ante a luz crepitante das chamas da fogueira que saltitavam em fagulhas. Diante de Kane, ali amarrado, avultava uma silhueta hedionda e obscena, escura e disforme; uma grotesca paródia de um ser humano. Parada, meditativa e manchada de sangue, como a alma disforme da África, ali estava o horror: o Deus Negro.

Ao olhar para o lado, Kane viu dois homens sentados em tronos rústicos de madeira. O da direita era um negro enorme, deselegante, uma massa gigantesca e desagradável de pele e músculos. Olhos pequenos como os de um suíno piscavam acima das bochechas marcadas pelo pecado, pressionando os lábios grossos e vermelhos em arrogância carnal. O outro...

– Ah, *monsieur*, encontramo-nos novamente – o falante estava longe de ser o vilão debochado que havia insultado Kane na caverna entre as montanhas. Suas roupas eram farrapos, e as marcas em seu rosto mostravam que ele havia decaído bastante nos anos que se passaram. Contudo, seus olhos ainda brilhavam e dançavam com a imprudência de outrora, e sua voz mantinha o mesmo timbre.

– Da última vez que escutei essa voz amaldiçoada – Kane falou calmamente –, foi em uma caverna, nas trevas, quando você fugiu como um rato.

– Sim, sob condições diferentes – respondeu Le Loup imperturbável. – O que você fez após tropeçar que nem um elefante na escuridão?

Kane hesitou antes de dizer:

– Eu deixei a montanha...

– Pela entrada da caverna? Sim, eu devia saber que você era estúpido demais para encontrar a passagem secreta. Com todos os demônios, se tivesse empurrado a arca com a alavanca dourada incrustada na parede a porta teria se aberto e revelado a passagem por onde saí.

– Segui seus rastros até o cais mais próximo, e lá peguei um navio para a Itália, onde descobri que você desapareceu.

– Sim, por todos os santos, você quase me encurralou em Florença – Le Loup gargalhou. – Desci por uma janela dos fundos, enquanto *monsieur* Galahad entrava pela porta da frente da taverna, logo abaixo de mim. E se não tivesse aleijado seu cavalo, você teria me alcançado na estrada para Roma. Mais uma vez, quando o navio em que zarpei para a Espanha mal havia saído, *monsieur* Galahad chegou ao cais. Por que me seguiu dessa maneira? Eu não entendo.

– Porque você é um vilão que estou destinado a matar – respondeu Kane friamente. Ele mesmo não entendia. Por toda sua vida, rodara o mundo auxiliando os fracos e lutando contra opressores, sem saber ou questionar o motivo. Aquela era sua obsessão, sua força motora vital. Crueldade e tirania contra os fracos faziam com que uma fúria ardente perdurasse em sua alma. Quando as chamas plenas de seu ódio eram despertadas e alforriadas, não havia descanso para ele até que sua vingança fosse totalmente cumprida. Sempre que pensava no assunto, considerava-se um instrumento do julgamento de Deus, um receptáculo da grande ira a ser esvaziado sobre as almas dos impuros. Entretanto, no sentido pleno da palavra, Solomon Kane não era um puritano, embora ponderasse dessa maneira sobre si mesmo.

Le Loup encolheu os ombros:

– Poderia entender se tivesse feito algum mal à sua pessoa. *Mon Dieu*! Eu também teria seguido um inimigo por todo o mundo se fosse o caso; entretanto, até o dia em que o enganei facilmente jamais tinha ouvido falar de você. Foi o senhor que declarou guerra contra mim.

Kane ficou em silêncio, possuído por sua fúria, sem perceber que Le Loup era mais do que um mero inimigo. O bandido simbolizava todas as coisas contra as quais o puritano lutara durante toda a vida: crueldade, ultraje, opressão e tirania.

Le Loup se intrometeu nas meditações vingativas do oponente:

– O que você fez com o tesouro que, pelos deuses do Hades, levei anos para acumular? Que o demônio o carregue! Só tive tempo para pegar um punhado de moedas e bugigangas quando fugi.

– Peguei o tanto que precisava para caçá-lo. O resto dei aos aldeões que você tinha saqueado.

– Santos e demônios! *Monsieur*, você é o maior tolo que já encontrei. Desperdiçar aquele vasto tesouro... Por Satanás, enfureço-me de pensar que tudo aquilo está nas mãos de camponeses e aldeões vis – praguejou Le Loup antes de gargalhar. – Ha! Ha! Ha! Ha! Eles irão roubar e matar uns aos outros por causa desse ouro! É a natureza humana.

– Sim, maldito seja – inflamou-se Kane repentinamente, mostrando que tinha recobrado parte de sua consciência. – Sem dúvida, irão fazer isso mesmo, tolos que são. Mas o que eu podia fazer? Se deixasse o tesouro ali, as pessoas poderiam ter morrido de fome. Além disso, se o ouro tivesse sido encontrado na caverna, a pilhagem e a matança teriam ocorrido da mesma maneira. A culpa, porém, é toda sua; se aquele tesouro ficasse nas mãos de seus donos por direito, tal problema não teria acontecido.

Le Loup sorriu sem responder. Como Kane não era um homem infame, suas raras profanações tinham efeito em dobro nos ouvintes e sempre os assustavam, independentemente de quão brutos ou maldosos eles fossem.

Foi Kane quem falou a seguir.

– Por que fugiu de mim mundo afora? Você não me teme de fato.

– Não, você está certo. De fato, eu não sei; talvez fugir seja um hábito difícil de ser quebrado. Errei quando não o matei naquela noite nas montanhas. Tenho certeza de que poderia tê-lo vencido em uma luta justa; contudo, nunca pensei, nem mesmo agora, em emboscá-lo. De algum modo, não tinha o desejo de encontrá-lo, *monsieur*; um capricho meu, mero capricho. *Mon Dieu*! Quem sabe eu tenha apreciado essa nova sensação, e confesso que cheguei a pensar que já havia esgotado todas as emoções da minha vida. Acredito que um homem precisa ser ou o caçador ou a caça. Até agora, *monsieur*, fui caçado, mas estava ciente de meu papel... Achei que não o veria mais no meu encalço.

– Um escravo africano contou ao capitão de um navio português sobre um homem branco que desceu de um galeão espanhol e ganhou a selva. Quando soube disso, contratei o navio, pagando o capitão para trazer-me até aqui.

– *Monsieur*, eu o admiro por sua determinação, mas você tem que me admirar também! Sozinho cheguei até esta vila e, sozinho, entre tantos selvagens e canibais, eu, com um leve conhecimento da língua aprendida com um escravo a bordo, ganhei a confiança do rei Songa e suplantei aquele mascarado, N'Longa. Sou um homem mais corajoso que você, *monsieur*, pois não tenho um navio para o qual me retirar, e você ainda tem um à sua espera.

– Admiro a sua coragem – disse Kane –, mas você se satisfaz por reinar entre canibais. Você é a alma mais negra dentre todos. Pretendo retornar ao meu próprio povo após matá-lo.

– Sua confiança seria admirável se não fosse divertida. Gulka, ho!

Um gigante negro se colocou entre ambos. Ele era o maior homem que Kane havia visto em sua vida, embora se movesse com leveza e agilidade. Seus braços e pernas eram grossos como árvores, com músculos maciços e sinuosos que ondulavam a cada movimento. Sua cabeça animalesca, escorada entre ombros colossais, era enorme, e as grandes mãos escuras pareciam garras poderosas. Fronte inclinada acima dos olhos bestiais, nariz achatado e lábios grossos e vermelhos completavam aquela figura de primitiva selvageria.

– Este é Gulka, o matador de gorilas – disse Le Loup. – Foi ele quem o nocauteou no meio da trilha. Você mesmo é um felino, *monsieur*, mas tem sido vigiado por muitos olhos desde que seu navio foi avistado. A não ser que tivesse todas as capacidades de um leopardo, jamais teria visto ou escutado Gulka. Ele caça as feras mais terríveis e habilidosas das florestas nativas, por toda a região norte; bestas que caminham como homens, como aquela que ele matou alguns dias atrás.

Kane, seguindo os dedos de Le Loup, avistou uma curiosa carcaça parecida com um homem, pendendo das vigas do teto de uma cabana. Uma extremidade dentada trespassava o corpo da coisa, mantendo-a lá. Kane mal podia distinguir suas características à luz tênue do fogo, mas havia uma estranha semelhança humana naquela coisa peluda e hedionda.

– Uma fêmea de gorila que Gulka matou e trouxe ao nosso vilarejo – esclareceu Le Loup.

O gigante negro aproximou-se de Kane e olhou dentro dos olhos do homem branco. Kane devolveu o olhar de forma ameaçadora e, então, o negro mirou o chão, mal-humorado, e recuou alguns passos. A expressão feroz do puritano apunhalou a alma do matador de gorilas, que, pela primeira vez na sua vida, sentiu medo. Para dissipá-lo, Gulka lançou um olhar desafiador à sua volta e, com inesperada selvageria, golpeou o próprio peito colossal ressonantemente, sorriu cavernoso e flexionou os poderosos braços. Ninguém falou nada. A cena foi primordialmente bestial, e os demais, que eram mais desenvolvidos, observaram tudo com sentimentos diversos de espanto, tolerância ou desprezo.

Gulka mirou Kane furtivamente para ver se o homem branco ainda o encarava; então, com um repentino rugido, mergulhou para a frente e arrastou um homem para o semicírculo. Enquanto a vítima tremia e implorava por misericórdia, o gigante o arremessou sobre o altar bruto, diante do ídolo sombrio. Uma lança se ergueu e afundou em seu peito, cessando os guinchos. O Deus Negro contemplava o morto. Suas feições monstruosas pareciam lúbricas à luz do fogo, enquanto ele sorvia o líquido de uma taça. Estaria o Deus Negro satisfeito com o gole... com o sacrifício?

Gulka virou-se e parou diante de Kane, exibindo a lança ensanguentada diante do rosto do homem branco. Le Loup riu. Então, de repente, N'Longa apareceu de lugar nenhum; apenas ficou em pé ali, ao lado do poste onde Kane estava amarrado. Uma vida inteira estudando a arte da ilusão havia dado ao homem ju-ju um conhecimento altamente técnico de aparecer e desaparecer – mas, no final das contas, consistia apenas em cronometrar a atenção do público. Ele afastou Gulka para o lado com um grande gesto, e o homem gorila escapuliu, aparentemente para fugir do olhar de N'Longa... Com incrível rapidez, porém, retornou e golpeou o feiticeiro com um terrível tapa na cabeça. N'Longa caiu como um boi abatido e, em um instante, já havia sido agarrado e amarrado a um poste próximo a Kane. Um murmúrio elevou-se entre a multidão, que esmoreceu ao ver o rei Songa encará-la raivosamente. Le Loup inclinou-se de seu trono e gargalhou de forma ruidosa.

– A trilha acaba aqui, *monsieur* Galahad. Aquele tolo ancião achava que eu não sabia sobre suas tramoias. Escondido do lado de fora da cabana, escutei a interessante conversa que os dois tiveram. Ha! Ha! Ha! Ha! O Deus Negro precisa beber, *monsieur*, mas eu persuadi Songa a queimar ambos; isso será muito mais divertido, embora temo que tenhamos de renunciar ao banquete de costume. Por uma simples razão: após acender as fogueiras sob seus pés, nem o próprio diabo poderá impedir que suas carcaças se tornem estruturas carbonizadas até o último osso.

Songa gritou alguma ordem imperiosa, e os negros vieram trazendo madeira, que empilharam aos pés de N'Longa e de Kane. O homem ju-ju havia recobrado a consciência e agora gritava algo em sua língua nativa. Novamente, o murmúrio levantou-se em meio à multidão lôbrega. Songa rosnou algo em resposta.

Kane observou a cena de forma quase impessoal. Em algum lugar de sua alma, profundezas primitivas turvas se remexiam, memórias de tempos idos, veladas nas brumas de eras perdidas. Já estivera ali antes, pensou Kane; ele conhecia tudo aquilo – as chamas lúridas golpeando a noite escura, as faces bestiais em expectativa, e um deus, o Deus Negro, ali, nas sombras! Sempre o Deus Negro, à espreita. No passado, durante o alvorecer do mundo, ele conhecera os gritos, o cântico frenético dos adoradores, o discurso dos tambores berrantes, dos sacerdotes entoantes, o odor repelente, inflamado e onipenetrante do sangue recém-derramado. "Tudo isso eu já conheci em algum lugar, em algum momento", pensou Kane, "Agora sou o protagonista..."

Percebeu que alguém conversava com ele em meio ao rugido dos tambores, mas não havia notado que o batuque voltara a retumbar. O falante era N'Longa:

– Eu poderoso homem ju-ju! Observe agora: trabalho com minha magia. Songa! – sua voz se ergueu em um guincho, que apaziguou o clamor dos tambores.

Songa sorriu depois das palavras de N'Longa, o rufar dos tambores decaiu para uma sinistra monotonia, e Kane escutou Le Loup falar:

– N'Longa diz que fará sua magia agora, tão ameaçadora que leva à morte dos incrédulos. Mas ela jamais foi feita diante da visão de homens vivos; é a inominável magia ju-ju. Observe atentamente, *monsieur*; é possível que espantemos.

Le Loup riu sardonicamente. Um negro se inclinou, encostando uma tocha à madeira que cercava os pés de Kane. Pequenos jatos de chamas começaram a saltitar e se espalhar. Outro curvou-se para fazer o mesmo com N'Longa, mas hesitou. O feiticeiro se dobrou em suas amarras, com a cabeça despencada sobre o peito. Ele parecia morto. Le Loup praguejou:

– Demônios! O canalha está nos privando do prazer de vê-lo arder nas chamas?

O guerreiro tocou o mago com cautela e disse algo em sua própria língua. Le Loup gargalhou:

– Ele morreu de medo. Um grande feiticeiro, pelo...

Sua voz repentinamente desapareceu. Os tambores pararam como se os percussionistas tivessem morrido de súbito. O silêncio caiu como uma névoa sobre o vilarejo e, na quietude, Kane escutou apenas o estalar agudo das flamas, cujo calor ele começava a sentir. Todos os olhos voltaram-se para o morto sobre o altar; o cadáver se movia!

Primeiro, o espasmo de uma mão, seguido por um movimento a esmo de um braço e, em ato contínuo, contrações convulsivas se espalharam gradualmente por todo o corpo. Lentamente, com gestos cegos e incertos, o cadáver virou-se de lado, e seus membros encontraram o chão. Então, horrífico tal qual uma coisa nascendo, algo pavoroso e reptiliano explodindo as couraças da não existência, o corpo cambaleou e se endireitou, ficando de pé sobre pernas separadas e rigidamente apoiadas, enquanto os braços ainda faziam movimentos inúteis e infantis. Silêncio total, salvo a respiração ofegante de um homem em algum lugar, que soava alta na quietude.

Pela primeira vez na vida, Kane observava um acontecimento de maneira inerte e sem fala. Para sua mente puritana, aquela era a mão de Satã manifesta. Le Loup, sentado em seu trono, com os olhos esbugalhados e a mão ainda meio levantada no gesto interrompido, congelou em silêncio após tal visão inacreditável. Songa, ao seu lado, com boca e olhos abertos, mexia os dedos fazendo curiosos movimentos espasmódicos sobre os braços do trono.

Agora, o cadáver estava ereto, vacilando sobre membros que eram como pernas de pau; o corpo inclinou-se para trás até que os olhos embaçados encararam diretamente a Lua, que se levantava vermelha sobre a selva negra. A coisa cambaleou incerta diante de um amplo semicírculo, com os braços abertos que se agitavam grotescamente buscando equilíbrio, até que se virou para mirar os dois tronos – e o Deus Negro. Um galho em chamas aos pés de Kane estalou como o estrondo de um canhão no tenso silêncio. O horror jogou um pé à frente – ele deu um passo vacilante – e depois outro. Então, com passos irregulares e autômatos, as pernas afastadas, o morto seguiu na direção de Le Loup e de Songa, que estavam sem fala, horrorizados, um de cada lado do Deus Negro.

– Ahhh! – veio o suspiro explosivo de algum lugar no meio do semicírculo, onde se ajoelhavam os adoradores fascinados pelo terror. O espectro sinistro seguiu em linha reta e, quando estava a três passos dos tronos, Le Loup enfrentou o medo pela primeira vez em sua vida sanguinária, aninhando-se em sua cadeira. Songa, com um esforço sobre-humano, rompeu as correntes invisíveis que o mantinham indefeso e, rasgando a noite com um grito selvagem, ficou de pé, com uma lança erguida, e vociferou uma ameaça selvagem. Como a coisa pavorosa não deteve seu avanço, ele arremessou a arma com todo o poder de seus amplos músculos, e a ponta afiada irrompeu pelo peito do cadáver com um lacerar de carne e ossos. Mesmo assim, a coisa não parou nem por um instante – porque os mortos não morrem –, e o rei Songa ficou congelado, de braços estendidos, tentando afastar aquele terror.

Por um instante, o tempo parou diante da luz do fogo saltitante e sob o luar misterioso, gravando a cena para sempre nas mentes dos que a observaram. Os olhos imutáveis do cadáver fitaram dentro das órbitas arregaladas de Songa, que refletiam todos os infernos do horror. Então, com um movimento indolente, os braços da coisa se ergueram, e duas mãos mortas caíram sobre os ombros de Songa. Ao primeiro toque, o rei pareceu se encolher e murchar, e deu um grito que assombraria os sonhos de todos os presentes até o final dos tempos. Songa se amarrotou e caiu no mesmo instante em que o morto cambaleou hirto e tombou com ele. Os dois permaneceram inertes aos pés do Deus Negro. Para a mente entorpecida de Kane, parecia que os grandes olhos inumanos do ídolo estavam fixos neles, com uma gargalhada terrível e silenciosa.

No momento em que o rei caiu, um forte grito partiu dos negros, e Kane, com uma claridade emprestada pelas profundezas do ódio à sua mente subconsciente, viu Le Loup pular de seu trono e desaparecer nas trevas. Então, sua visão foi borrada por uma correria de figuras amedrontadas que passaram pelo espaço diante do deus. Pés jogaram de lado as brasas, desfazendo a fogueira, cujas chamas Kane até mesmo se esquecera, e mãos escuras o libertaram; outros soltaram o feiticeiro e o deitaram no chão. Kane entendeu que os negros acreditavam que aquilo era trabalho de N'Longa, uma vingança terrível. Ele se inclinou e colocou a mão no ombro do feiticeiro. Não havia dúvida: estava morto, com sua carne já gelada. O puritano olhou para os demais cadáveres. Songa estava morto também, e a coisa que o assassinara jazia agora sem moção.

Kane começou a se levantar, mas então parou, pensando se estaria sonhando ou se, de fato, sentira um súbito calor na pele que havia tocado. Com a mente titubeando, mais uma vez ele tocou o corpo do feiticeiro e, lentamente, sentiu um calor possuir os membros, e o sangue tornar a fluir pelas veias.

Então, N'Longa abriu os olhos e fitou Kane, com a expressão vazia de um recém-nascido. O inglês o observou com arrepios na pele e viu aquele resplendor reptiliano retornar, enquanto os lábios do mago abriam um sorriso amplo. N'longa sentou-se, e um estranho cântico emergiu dos negros.

Kane olhou à sua volta. Todos estavam se ajoelhando, oscilando os corpos para a frente e para trás, e, em seus gritos, o puritano captou uma palavra – "N'Longa! N'Longa!" – sendo repetida indefinidamente, como um refrão de adoração e temor. Quando o feiticeiro se levantou, todos caíram prostrados. N'Longa consentiu com a cabeça, mostrando-se satisfeito.

– Grande feiticeiro ju-ju sou eu! – ele anunciou para Kane. – Você vê? Meu espírito sai... Mata Songa... Retorna para mim! Grande magia! Grande feiticeiro, eu!

Kane olhou de relance para o Deus Negro, espreitando nas sombras, e de volta para N'Longa, que agora abria seus braços em direção ao ídolo, como em uma invocação. "Eu sou para sempre", Kane pensou ter ouvido seu ídolo dizer. "Eu bebo, não importa quem governe; chefes, matadores, feiticeiros, eles passam como fantasmas dos mortos pela selva cinzenta; eu permaneço, eu governo. Sou a alma da selva", disse o Deus Negro.

De repente, Kane deixou de vagar pelas névoas da ilusão.

– O homem branco. Em que direção ele seguiu?

N'Longa gritou algo. Um grupo de mãos negras apontou para um lado; de algum lugar, o florete de Kane retornou e lhe foi devolvido. As brumas haviam desaparecido; mais uma vez ele era o vingador, o flagelo dos injustos. Com a velocidade vulcânica de um tigre, ele apanhou sua espada e partiu.

5. O fim da trilha vermelha

Galhos e videiras golpeavam a face de Kane. O calor opressivo da noite tropical erguia-se como neblina ao seu redor. A Lua, agora flutuando alta, iluminava a selva, delineava as sombras negras com seu brilho branco e modelava o chão da mata em desenhos grotescos. Kane não sabia se o homem que buscava estava à sua frente, mas galhos quebrados e arbustos pisoteados mostravam que alguém tomara aquele caminho, alguém que passara com pressa, sem parar para escolher o rumo. Kane seguiu esses sinais com determinação.

Acreditando na justiça de sua vingança, ele não duvidou que os seres sombrios que governam os destinos dos homens finalmente o colocariam face a face com Le Loup. Atrás dele, os tambores cresciam e diminuíam. Quantas histórias teriam para contar sobre aquela noite! O triunfo de N'Longa, a morte do rei negro, o destronar do homem-com-olhos-de-leopardo e, ainda mais sombria, uma fábula a ser sussurrada em vibrações mais baixas: o inominável ju-ju.

Teria ele sonhado? Kane se perguntava enquanto seguia em frente. Seria tudo parte de um sonho tenebroso? Havia visto um morto se levantar, matar e morrer novamente; ele vira um homem ser assassinado e voltar à vida. N'Longa, de fato, enviara seu espírito, sua essência vital através do vácuo, dominando um cadáver para cumprir sua vontade? Sim, N'Longa morreu de verdade ali, amarrado ao poste de tortura, e aquele que jazia morto no altar se levantou e agiu como N'Longa teria feito se estivesse livre. Então, a força invisível que animava o morto desapareceu, e N'Longa viveu de novo.

Sim, Kane pensou, ele tinha que admitir tal fato. Em algum lugar dos recessos sombrios da selva e do rio, N'Longa havia tropeçado no maior de todos os segredos – o segredo do controle da vida e da morte – e superado as algemas e limitações da pele. Como aquela sabedoria tenebrosa, nascida da escuridão e das sombras manchadas de sangue naquela terra terrível, poderia ter sido dada ao feiticeiro? Qual sacrifício haveria sido tão amável ao Deus Negro? Qual ritual tão monstruoso teria acontecido a ponto de fazê-lo ceder o conhecimento daquela magia? Quais jornadas impensadas e intemporais N'Longa teria empreendido ao decidir transferir seu ego e enviar seu espírito através dos países nebulosos alcançados somente pela morte?

Há sabedoria nas sombras, cantavam os tambores. *Sabedoria e magia. Mergulhe nas trevas em troca de sabedoria; magia antiga esquiva-se sob a luz, mas nós lembramos das eras perdidas*, sussurravam os tambores. Homens outrora sábios se tornaram tolos; é só se lembrar dos deuses-feras – os deuses serpentes e deuses macacos –, além daqueles inomináveis, os Deuses Negros, que bebem sangue e cujas vozes rugem através das colinas sinistras em meio a banquetes e luxúria. *Os segredos da vida e da morte pertenciam a eles; nós lembramos, nós lembramos*, cantaram os tambores.

Kane os escutava em sua pressa. Mas a história que contavam aos guerreiros negros de chapéus sem penas, na região bem acima do rio, ele não conseguia traduzir. Falavam com ele à sua própria maneira, era aquela linguagem mais profunda, a mais básica.

O luar no céu azul iluminou seu caminho e permitiu-lhe uma visão clara quando partiu, até que, em uma planície, ele viu Le Loup parado. A lâmina prateada de Le Loup cintilou sob a Lua, e ele estava com os ombros jogados para trás, com o antigo e desafiador sorriso ainda em seu rosto.

– Um longo caminho, *monsieur* – ele falou. – Começou nas montanhas da França e termina nas selvas da África. Mas, enfim, cansei-me desse jogo, *monsieur*... E você morrerá. Não teria fugido do vilarejo se não fosse pela abominável feitiçaria de N'Longa que abalou meus nervos, admito. Além disso, percebi que toda a tribo se voltaria contra mim.

Kane avançou com cautela, perguntando-se sobre que resquício de cavalheirismo esquecido na alma do vilão havia feito com que se arriscasse de peito aberto. Ele suspeitava de alguma traição, mas seus olhos hábeis não conseguiam detectar nenhuma sombra de movimento em ambos os lados da planície.

– *Monsieur*, em guarda – a voz de Le Loup foi ríspida. – É hora de terminarmos essa dança tola que rodou o mundo. Aqui estamos, sozinhos...

Os duelistas estavam, agora, no raio de alcance um do outro. Le Loup, parando no meio da sentença, mergulhou para a frente com a velocidade da luz, estocando viciosamente. Um homem mais lento teria morrido, mas Kane bloqueou os golpes e, com ímpeto, movimentou sua própria lâmina em uma faixa prateada que triscou a túnica de Le Loup, que se retraiu.

Le Loup admitiu o fracasso de seu truque com uma gargalhada selvagem e investiu com velocidade de tirar o fôlego e a fúria de um tigre, criando um leque de aço ao seu redor. As lâminas colidiram em nova sequência de luta. Os dois espadachins eram como fogo e gelo, opostos. Le Loup lutava com selvageria, mas habilidosamente, sem deixar aberturas e aproveitando cada oportunidade. Ele era uma chama viva, recuando, saltitando, fintando, estocando, protegendo-se e golpeando. Ria como um selvagem, praguejando e amaldiçoando.

A habilidade de Kane era friamente calculada e cintilante. Ele não desperdiçava movimentos, não fazia nada além do que fosse absolutamente necessário. Parecia devotar mais tempo e esforços em suas defesas do que Le Loup; contudo, não havia hesitação em seu ataque e, quando disparava estocadas, seu florete era mais rápido que o bote de uma cobra.

Havia pouca diferença de altura, de força e de alcance entre os homens. Le Loup era mais rápido por uma escassa margem, mas a habilidade de Kane chegava perto da perfeição. A esgrima de Le Loup era feroz e dinâmica, como o calor de uma fornalha. Kane era mais constante, um lutador menos instintivo e que raciocinava mais, embora ele também fosse um assassino natural, com a coordenação que somente alguém nascido para lutar possuiria.

Atacar, bloquear, esquivar-se em um súbito turbilhão de lâminas...

– Ah! – Le Loup disparou uma impetuosa gargalhada quando sangue começou a escorrer de um corte no rosto de Kane. Como se a visão lhe despertasse uma fúria ainda maior, ele atacou tal qual a fera que lhe emprestara o nome. Kane foi forçado a recuar diante daquela ofensiva que cobiçava seu sangue, mas sua expressão não se alterou.

Os minutos voaram, e o clangor nas colisões do aço não diminuía. Ambos estavam no centro da planície: Le Loup intocado, e as vestes de Kane vermelhas do sangue que jorrava de feridas na bochecha, no peito, no braço e na coxa. Le Loup sorria feroz e zombava à luz do luar, mas passava a ter dúvidas.

Seu fôlego começava a se tornar um ligeiro sibilo, e o braço encetou cansaço; quem era aquele homem de aço e de gelo que nunca parecia se enfraquecer? Le Loup sabia que os ferimentos infligidos a Kane não eram profundos, mas, ainda assim, o fluxo constante de sangue deveria ter minado parte das forças e velocidade do homem àquela altura. Mas se Kane sentia suas forças declinarem, não demonstrava. Suas feições concentradas não mudavam, e ele pressionava a luta com a mesma fúria glacial do começo.

Le Loup sentiu sua disposição esmorecer e, em um último e desesperado esforço, mobilizou toda sua força e fúria em um único mergulho. Um ataque súbito e inesperado, selvagem e veloz demais para os olhos acompanharem, um rompante dinâmico de rapidez e cólera que nenhum homem poderia ter suportado. Pela primeira vez, Solomon Kane cambaleou ao sentir o aço frio lacerar seu corpo. Recuou, e Le Loup, com um grito selvagem, investiu contra ele, com sua espada avermelhada livre e provocações ofegantes nos lábios.

A espada de Kane, retraída por força do desespero, encontrou Le Loup em pleno ar; encontrou, conteve e deu um rodopio.

O grito de triunfo de Le Loup morreu em seus lábios quando a espada voou de suas mãos em um silvo. Por um instante fugaz, ele parou, de braços abertos como um crucifixo, e Kane escutou sua gargalhada selvagem e zombeteira ressoar pela última vez: o florete do inglês desenhou uma linha prateada ao luar.

De longe, veio o ribombar dos tambores. Kane limpou mecanicamente a espada em suas vestes esfarrapadas. A trilha terminava ali, e ele tomou consciência de um estranho sentimento de futilidade. Sempre sentia aquilo após matar um inimigo. De alguma maneira, sempre parecia que nenhum bem verdadeiro havia sido feito – como se o inimigo tivesse, afinal, escapado de sua justa vingança.

O inglês, encolhendo os ombros, voltou sua atenção para os ferimentos de seu corpo. Agora, passado o calor da batalha, começou a sentir a fraqueza e exaustão devido à perda de sangue. Aquele último golpe havia passado perto; se ele não evitasse ser atingido em cheio com uma torcida de corpo, a lâmina do rival o teria transfixado. Da forma como foi, a espada atingiu de soslaio suas costelas e afundou nos músculos atrás das escápulas, causando uma ferida longa, mas superficial.

Kane olhou ao seu redor e viu que um pequeno córrego corria pela clareira na lateral mais distante. Ali, ele cometeu um erro, o único daquele tipo em toda a sua vida. Talvez estivesse aturdido por causa da perda de sangue ou ainda espantado por causa dos estranhos acontecimentos daquela noite. De qualquer maneira, ele deixou seu florete no chão e caminhou desarmado até a água. Lavou seus ferimentos e fez curativos da melhor forma que conseguiu, usando tiras feitas de sua própria roupa.

Então, quando se levantou prestes a refazer seus passos entre as árvores da clareira, voltando por onde havia vindo, algo chamou sua atenção. Uma enorme figura saiu da selva, e Kane reconheceu sua perdição. Era Gulka, o matador de gorilas. Kane lembrou-se de não ter visto o negro entre aqueles que prestaram homenagens a N'Longa. Como o ingês poderia compreender o ódio e a astúcia contidos naquele crânio crepuscular e enviesado que levaram o gigante a escapar da vingança da sua tribo, apenas para caçar o único homem que ele já chegou a temer? O Deus Negro foi gentil com seu neófito, guiando-o até sua vítima indefesa e desarmada. Agora, Gulka poderia matá-lo lentamente, em vez de, como no ataque de um leopardo, golpeá-lo de forma fatal, silenciosa e repentina como havia planejado.

Um amplo sorriso rasgou a face do gigante negro, e ele umedeceu os lábios. Kane, observando-o, pesava fria e deliberadamente as suas chances. Gulka já havia visto o florete, mais próximo dele do que de Kane. O inglês sabia que não teria chance de vencer uma repentina corrida até sua espada. Por isso, um ódio lento e mortal surgiu dentro dele – a fúria dos indefesos. O sangue se agitou nas têmporas, e seus olhos queimaram com uma terrível luz enquanto observava o adversário. Seus dedos se abriram e fecharam como garras. Eram fortes aquelas mãos; homens já haviam morrido sob sua esganadura. Até mesmo o pescoço rotundo de Gulka, duro como um pilar, quebraria como um galho podre naquelas mãos. Contudo, uma onda de fraqueza mostrou a futilidade daqueles pensamentos; mesmo se a luz da Lua não tivesse brilhado na lança que Gulka trazia em suas mãos, Kane não poderia sequer ter fugido, caso tivesse a intenção de fazê-lo – e ele jamais correria de inimigo algum.

O matador de gorilas moveu-se na planície. Maciço e terrível, ele era a personificação da primitiva Era da Pedra. Abriu a bocarra, um antro profundo e vermelho, portando-se com a arrogância altiva da poderosa selvageria.

Kane ficou tenso, porque só havia uma maneira de a luta acabar. Esforçou-se para reagrupar suas forças minguadas. Era inútil; havia perdido sangue demais. Ao menos, encontraria a morte de pé. De algum modo, enrijeceu os joelhos bambos e ficou ereto, embora a planície tremulasse diante dele em ondas incertas, e a luz do luar se tornasse bruma rubra no meio da qual ele divisava turvamente a aproximação do gigante negro.

Kane inclinou-se, e o próprio esforço fez seu rosto arfar. Apanhou água nas mãos em forma de concha e molhou o rosto. Isso o reviveu, e ele se endireitou, esperando que Gulka o atacasse e acabasse com aquilo tudo antes que sua fraqueza o levasse ao chão.

Gulka ocupava o centro da planície, movendo-se com o caminhar lento e suave de um grande felino, espreitando sua vítima. Não estava com pressa alguma para consumar seu propósito. Queria brincar com sua vítima, ver o medo chegar àqueles olhos austeros que o haviam feito olhar para baixo, mesmo quando o dono de tais olhos estava amarrado a um poste. Queria matá-lo, enfim, esquartejá-lo lentamente, saciando ao máximo a sua sede de sangue e tortura.

Então, de repente, ele parou, virou-se devagar, olhando para o lado oposto da planície. Kane, confuso, seguiu o olhar do outro.

A princípio, percebeu uma silhueta mais escura entre as sombras da selva. De início, não houve movimento ou som, mas Kane soube instintivamente que alguma terrível ameaça espreitava nas trevas que mascaravam e se fundiam às árvores mudas. Um taciturno horror se aninhava ali, e Kane sentiu como se, no meio daquela sombra monstruosa, olhos inumanos secassem sua alma. Ao mesmo tempo, teve a fantástica sensação de que aqueles olhos não estavam direcionados para ele. O puritano olhou de volta para o matador de gorilas.

Gulka, aparentemente, se esquecera de Kane; permanecia meio agachado, com a lança erguida, olhos fixos na escuridão. O puritano continuou a assistir. Agora, havia movimento nas sombras; elas mesclavam-se fantasticamente e moviam-se para fora da mata fechada, ganhando a planície. Kane piscou: aquela seria a ilusão que precede a morte? A forma para a qual ele olhava era como a que já havia visto em terríveis pesadelos, quando as asas do sono o transportaram através das eras perdidas.

No começo, Kane até pensou que fosse uma zombaria blasfema de um homem, pois o monstro andava ereto e era tão alto quanto um homem. Contudo, era mais largo e volumoso como nenhum homem pode ser, e seus braços gigantes estavam pendurados quase na altura dos pés disformes. Então, a luz da Lua caiu diretamente sobre o rosto bestial. A mente anestesiada de Kane pensou que a coisa fosse o Deus Negro, saindo das sombras, animado e sedento de sangue. Ao perceber todo o corpo coberto de pelos, lembrou-se da coisa parecida com um homem pendurada na viga do teto da cabana, lá no vilarejo. Ele olhou para Gulka.

O gigante negro estava de frente para o mastodôntico gorila, com a lança em riste, e não demonstrava medo, mas sua mente lerda se perguntava qual milagre havia trazido aquela fera tão longe de suas selvas nativas. Havia uma terrível majestade nos movimentos do poderoso macaco à luz do luar. Ele estava mais próximo de Kane do que Gulka, mas não parecia estar preocupado com o homem branco. Seus olhos ardentes e pequenos mantinham-se fixos em Gulka com arrepiante intensidade. Ele avançou com passos curiosamente balançantes.

Ao longe, os tambores sussurravam na noite, como um acompanhamento para aquele severo drama da Era da Pedra. O selvagem se ajoelhou no meio da planície, observando a fera que saía da mata com olhar injetado de sangue, sedento de morte, e ficou frente a frente com uma coisa mais primitiva do que ele. Novamente, fantasmas de memórias sussurraram para Kane: *você já viu tais sinais antes*, eles murmuraram, *naqueles dias turvos do passado, quando fera e homem-fera batalhavam pela supremacia.*

Agachado, Gulka afastou-se do macaco em um semicírculo. Com a lança pronta e toda sua habilidade, buscava enganar o gorila para obter uma morte rápida, pois jamais encontrara um monstro como aquele. Embora não tivesse medo, começou a ter dúvidas. O macaco não fez tentativas de espreitar ou de circular; apenas rumou diretamente contra Gulka.

O negro que o encarava, e o branco que assistia à cena não tinham como saber sobre o ódio brutal que guiara o monstro desde as colinas baixas cobertas de florestas do norte para seguir uma trilha de léguas atrás daquele que era o flagelo de sua espécie – o assassino de sua parceira, cujo corpo jazia agora pendurado no teto de uma cabana do vilarejo da tribo.

Ambos estavam próximos agora, fera e homem-fera, e, de repente, com um rugido capaz de fazer o chão tremer, o gorila atacou. Um grande braço peludo defletiu a estocada da lança, e o macaco agarrou o gigante. Houve um som esmigalhador, como se muitos galhos se partissem simultaneamente, e Gulka caiu no chão bruscamente, com braços, pernas e corpo retorcidos em posições estranhas, antinaturais. O símio ficou sobre ele por um instante como uma estátua de triunfo primordial.

Kane escutou os tambores murmurando ao longe. *A alma da selva, a alma da selva*. Essa frase apareceu em sua mente com reiteração monotônica. Ao se lembrar dos acontecimentos daquela noite, perguntou-se: onde estarão os três que ocupavam o poder diante do Deus Negro? Lá no vilarejo, onde os tambores tocavam, estava Songa – o rei Songa –, outrora senhor da vida e da morte, agora um cadáver murcho, com a face tornada uma máscara de horror. Deitado de costas no meio da planície estava aquele a quem Kane havia seguido por muitas léguas, por terra e mar. E Gulka, o matador de gorilas, estava aos pés de seu assassino, quebrado afinal pela selvageria que o tornara um filho verdadeiro daquela terra sinistra, a qual, enfim, o sobrepujara.

Entretanto, o Deus Negro ainda reinava, pensou Kane vertiginosamente, olhando de volta para as sombras daquele país escuro, sanguinário e bestial. Reinava e não se importava com quem vivia ou morria, contanto que tivesse o que beber. Kane observou o poderoso macaco, perguntando-se quanto tempo levaria antes que notasse sua presença e o atacasse. Mas o gorila não dava sequer evidência de tê-lo visto, tomado por algum impulso obscuro de vingança que o impulsionava. Curvou-se e ergueu o negro. Então, seguiu preguiçosamente até a selva, com os membros flácidos de Gulka arrastados grotescamente. Ao chegar até as árvores, o macaco parou, girando sem esforço o corpo no ar, e arremessou o gigante para o alto, entre os galhos.

Houve um som dilacerante quando um dos membros foi arrancado do corpo após ser girado tão poderosamente, e o matador de gorilas ficou ali, morto e estraçalhado, pendurado hediondamente. O brilho da Lua delineou o grande macaco, que encarava sua vítima silenciosamente; então, como uma sombra negra, ele fundiu-se à selva sem emitir som algum.

Kane caminhou lentamente até o meio da planície e apanhou seu florete. O sangue parou de escorrer de suas feridas e, recobrando parte de suas forças, ele iniciou a caminhada de volta até a costa, onde o navio o aguardava. Ainda parou na beirada da planície para uma última olhadela, mirando o rosto de Le Loup virado para cima, pálido sob o luar, e a silhueta destroçada de Gulka, deixado entre os galhos pelo capricho de uma fera, tal qual a gorila fêmea fora pendurada no vilarejo.

Ao longe, os tambores murmuravam. *A sabedoria de nossa Terra é antiga; a sabedoria da nossa Terra é obscura; a quem servimos, nós destruímos. Fuja se quiser viver, mas jamais esquecerá nosso canto. Nunca, nunca*", cantaram os tambores.

Kane virou-se para a trilha que levava à praia e ao navio que estava à sua espera.

As caveiras nas estrelas

Publicado originalmente em *Weird Tales*,
janeiro de 1929.

I

Duas estradas levam a Torkertown. A primeira, a rota mais curta e direta, passa no meio de uma charneca árida de terras altas, enquanto a outra, bem mais longa, segue seu caminho tortuoso entre as cristas e os atoleiros dos pântanos, contornando as colinas baixas em direção ao leste. Era uma trilha perigosa e tediosa; então, Solomon Kane fez uma pausa, surpreso, quando um rapaz sem fôlego, vindo da aldeia da qual ele acabara de sair, o alcançou e implorou, em nome da graça de Deus, que tomasse o caminho do pântano.

– O caminho do pântano!? – espantou-se Kane, fitando o rapaz.

Solomon Kane era um homem alto e magro, de rosto pálido e sombrio. Os profundos olhos melancólicos pareciam ainda mais sombrios devido ao traje fastidioso que o puritano vestia.

– Sim, senhor. É muito mais seguro – o jovem respondeu à sua exclamação de surpresa.

– Então, a trilha pela charneca deve ser assombrada pelo próprio Satanás, para que os homens do vilarejo me aconselhem a seguir pela outra.

– É por causa dos atoleiros, senhor, são impossíveis de ver no escuro. É melhor que o senhor volte para a aldeia e siga viagem pela manhã.

– Pelo pântano?

– Sim, senhor.

Kane deu de ombros e meneou a cabeça.

– A Lua nasce quase ao mesmo tempo em que o Sol se põe. Com sua luz, eu posso chegar a Torkertown em poucas horas, se cruzar pela charneca.

– Senhor, é melhor não ir. Ninguém segue por lá. Não há nenhuma cabana em toda a charneca, enquanto no pântano existe a casa do velho Ezra, que vive lá sozinho desde que seu primo maníaco, Gideon, embrenhou-se e morreu no lodaçal, sem jamais ser encontrado; e o velho Ezra, apesar de miserável, não recusaria dar-lhe abrigo caso decidisse descansar até de manhã. Uma vez que realmente precisa ir, é melhor tomar o caminho do pântano.

Kane olhou para o rapaz de forma penetrante. O jovem estremeceu e arrastou os pés no chão.

– Se a charneca é tão inclemente para com os viajantes – falou o puritano –, por que as pessoas da vila não me contam toda a história, em vez de balbucios vagos?

– Ninguém gosta de falar sobre isso. Nós tínhamos a esperança de que o senhor tomasse a rota do pântano, como os homens lhe aconselharam, mas, quando vimos que o senhor não tinha virado na bifurcação, eles me enviaram correndo para implorar que reconsidere.

– Maldito seja! – exclamou Kane bruscamente, mostrando sua irritação. – O caminho do pântano, o caminho da charneca... O que é que me ameaça e por que eu deveria fazer um desvio de quilômetros fora de minha rota para me arriscar pelo lodo e pela lama?

– Senhor – disse o rapaz, aproximando-se e abaixando o tom de voz –, somos pessoas simples e ninguém gosta de falar sobre essas coisas por temer que a má sorte recaia sobre nós, mas a estrada da charneca é amaldiçoada. Essa rota não é percorrida por nenhum dos nossos há mais de um ano. É morte certa andar pela charneca à noite, conforme ocorreu com diversos desafortunados. Algum horror abominável assombra a estrada e reclama os homens como suas vítimas.

– E daí? Como é essa coisa?

– Nenhum homem sabe. Ninguém jamais a viu e sobreviveu, mas quem caminha pela noite já escutou terríveis gargalhadas vindas do brejo, e os homens também escutaram os gritos das suas vítimas. Senhor, em nome de

Deus, retorne ao vilarejo, pernoite lá e amanhã tome o caminho do pântano para Torkertown.

No fundo dos olhos melancólicos de Kane, uma luz cintilante começou a brilhar, como a vela de uma feiticeira reluzindo sob braças de gelo cinzento. Seu sangue avivou-se. Aventura! O fascínio do risco e do drama! Não que Kane reconhecesse aquelas sensações como tal. Ele, sinceramente, acreditava dar voz aos seus sentimentos mais sinceros quando afirmou:

– Essas coisas são ações de um poder do mal. Os senhores das trevas jogaram uma maldição nesta Terra. É preciso um homem forte para enfrentar Satanás e seu poder. Portanto, eu irei, já que o desafiei diversas vezes.

– Senhor... – o rapaz começou a dizer, mas fechou a boca ao perceber a futilidade que seria discutir. Apenas acrescentou: – Os cadáveres das vítimas são despedaçados.

Então, ficou ali, na encruzilhada, suspirando, cheio de arrependimento, enquanto observava a figura alta e esguia subir em direção à estrada da charneca.

O Sol estava se pondo quando Kane atingiu o cume do monte baixo que desemboca no brejo. Enorme e vermelho, cor de sangue, o astro afundou atrás do horizonte sombrio da charneca, parecendo atear fogo à grama fétida. Então, por um momento, o observador pareceu contemplar um mar de sangue. A seguir, as sombras vieram deslizando do leste, o fogo no poente se extinguiu, e Solomon Kane seguiu em frente, com audácia, para as entranhas das trevas.

Apesar da falta de uso, a estrada era claramente definível. Kane avançou rápido, porém com sensatez, com a espada e duas pistolas à mão. Ventos noturnos sussurraram por entre a relva, como o choro de espectros. A Lua começou a nascer, magra e abatida, como uma caveira entre as estrelas.

Então, Kane deteve-se de súbito. De algum lugar, à sua frente, soou um estranho e sinistro eco... Ou algo que se parecia com um eco soou mais uma vez, só que agora mais alto. Kane recomeçou a caminhada. Seus sentidos o estavam enganando? Não!

Ao longe, ribombou o sussurro de uma gargalhada assustadora, que, em seguida, se repetiu, mais perto dessa vez. Nenhum ser humano jamais rira daquela maneira; não havia júbilo nela, apenas ódio e horror, um pavor de destroçar a alma. Kane deteve-se. Ele não estava com medo, mas por um segundo quase se desencorajou. Então, após aquelas gargalhadas assustadoras, veio o som de um grito que era, sem dúvida, humano. Kane seguiu adiante e acelerou o passo. Amaldiçoou as luzes ilusórias e as sombras trêmulas que velavam a charneca ao nascer da Lua, tornando impossível a acuidade da visão. As gargalhadas continuavam, cada vez mais altas, assim como os gritos. Então, ouviu-se debilmente o rufar frenético de pés humanos. Kane disparou em uma corrida. Algum ser humano estava sendo caçado até a morte no brejo, mas por qual forma de horror, somente Deus sabia. O som dos passos em fuga cessou de maneira abrupta e, insuportavelmente, os gritos cresceram, misturados a outros sons abomináveis e hediondos. O homem havia sido alcançado, e Kane, com a pele arrepiada, visualizou um monstruoso demônio das trevas agachado nas costas de sua vítima, despedaçando-a. O barulho de uma luta terrível e curta cortou o silêncio abissal da noite, e as passadas recomeçaram, porém cambaleantes e desiguais. A gritaria continuava, mas com um ofegante gorgolejo.

O suor gelou na testa e no corpo de Kane, acumulando horror e mais horror de uma forma intolerável. Deus, dai-me um momento de luz! – ele pediu. O drama aterrador estava sendo encenado a curta distância, mas aquele lusco-fusco infernal encobria tudo, de modo que a charneca parecia submersa em uma névoa de ilusões desfocadas, enquanto árvores e arbustos definhados pareciam tornar-se gigantes.

Kane gritou, apertando o passo. Os bramidos do desconhecido irromperam em um hediondo guincho estridente; mais uma vez, veio o som de luta, até que, no meio das sombras da grama alta, uma coisa saiu cambaleando – uma coisa que outrora fora um homem –, apavorada e coberta de sangue coagulado, que desabou aos pés de Kane. Após se contorcer, rastejou e ergueu seu rosto desfigurado para a Lua, articulando sons sem sentido. E caiu morto em uma poça do próprio sangue.

Com a Lua mais alta, a luz melhorou quando Kane se inclinou sobre o corpo, que jazia hirto em sua mutilação inominável. Ele estremeceu, algo raro para quem já havia visto os atos da Inquisição Espanhola e dos caçadores de bruxas.

Deveria ser algum viajante, ele supôs. Então, como se uma mão gelada tocasse sua espinha, ele ficou ciente de não estar só. O puritano olhou para a frente; seus olhos frios penetravam as sombras de onde o cadáver saíra. Não viu nada, mas sabia – e sentia – que outros olhos o encaravam de volta, olhos terríveis, que não eram deste mundo. Ele se levantou e sacou a pistola, de prontidão. O luar pálido se espalhou como um lago sobre a charneca, enquanto as árvores e a relva retornaram aos seus devidos tamanhos. As sombras se dissiparam, e Kane viu! A princípio, pensou que fosse apenas uma névoa, um tufo de brumas da charneca que oscilava na grama alta à sua frente. Ele encarou a imagem. Mais uma ilusão, ponderou. Então, a coisa começou a assumir uma configuração vaga e indistinta. Dois olhos hediondos se inflamaram diante dele – olhos que encerravam todo o tórrido horror que era a herança dos homens desde o temível alvorecer dos tempos –, olhos terríveis e dementes, com uma insanidade que transcendia qualquer loucura terrestre. A forma da coisa era nebulosa e elusiva, uma paródia enlouquecedora da silhueta humana: parecida, mas, ao mesmo tempo, horrivelmente diferente. A grama e os arbustos atrás da coisa apareciam nitidamente através dela.

Kane sentiu o sangue pulsar em suas têmporas, porém estava frio como gelo. Como um ser tão instável como aquele que tinha diante de si podia ferir fisicamente um homem? Isso era mais do que ele podia entender; contudo, o horror vermelho aos seus pés dava um testemunho mudo de que o demônio podia agir com terríveis efeitos físicos.

De uma coisa Kane tinha certeza: ele não seria caçado ao longo da sombria charneca, nem gritaria ou correria para ser apanhado pelas costas. Se tivesse que morrer, morreria em pé, com ferimentos na frente do corpo.

Em seguida, uma boca medonha e nebulosa se abriu, guinchando novamente gargalhadas demoníacas, que, tão próximas, abalaram a alma do inglês. Em meio àquela ameaça de destruição, Kane deliberadamente apontou uma de suas pistolas e disparou.

Um grito maníaco de ódio e zombaria foi a resposta aos tiros, e a coisa investiu contra ele como uma bloco de fumaça, com longos braços irreais estendidos e prontos para agarrá-lo.

Kane, movendo-se com a velocidade de um lobo esfomeado, disparou utilizando a segunda pistola com o mesmo resultado ineficaz, desembainhou seu longo florete e estocou o centro do atacante enevoado. A lâmina cantou ao atravessá-lo por completo, sem encontrar resistência sólida, mas o puritano sentiu dedos gelados apertarem seus membros e garras bestiais rasgarem suas vestes e até a pele debaixo delas.

Ele largou a espada, que se tornou inútil, e tentou lutar contra o adversário. Era como enfrentar uma névoa flutuante, uma sombra voadora, armada com garras que pareciam punhais. Os selvagens socos de Kane só encontraram o ar; seus poderosos braços esguios, em cujo aperto homens fortes já haviam morrido, varriam o nada; suas mãos agarravam o vazio. Nada era sólido ou real, exceto os dedos e as garras curvadas, que o esfolavam, e o olhar ensandecido, que queimava até as profundezas trêmulas da alma.

Kane percebeu que se encontrava, de fato, em uma condição desesperadora. Suas roupas já estavam penduradas em farrapos, e ele sangrava de diversos ferimentos profundos. Mas não hesitou, e a ideia de fugir sequer passou por sua cabeça. Ele jamais fugiu de adversário algum, e se um pensamento desse tipo lhe ocorresse, Kane teria corado de vergonha.

O puritano não viu outro resultado possível: logo, seu corpo estaria deitado ali ao lado dos pedaços da outra vítima, porém tal pensamento não o aterrorizou. Seu único desejo era dar o melhor de si antes que o fim chegasse e, se fosse capaz, que pudesse infligir algum dano ao seu inimigo de outro mundo. Ali, diante do morto despedaçado, Kane defrontou-se, sob a pálida luz do luar, com o demônio, que levava todas as vantagens, exceto uma. E essa seria suficiente para superar as outras: se o ódio abstrato podia transformar um ser fantasmagórico em uma substância material, por que então não poderia a coragem, que é igualmente abstrata, formar uma arma concreta para enfrentar tal fantasma? Kane lutou com todas as suas forças, batendo com braços, pés e mãos, e, por fim, percebeu que o fantasma retrocedeu diante dele, e que a terrível gargalhada havia se transformado em gritos de fúria perplexa. O homem não se acovardava nem diante dos portões do inferno, e sua única arma era a coragem, contra a qual nem mesmo as legiões do demônio podiam sobrepujar.

O resultado do confronto ainda era incerto, mas Kane sabia que as garras que lhe rasgavam e laceravam pareciam ficar mais fracas e vacilantes, e que uma luz selvagem crescia naqueles olhos horríveis. Cambaleando e ofegante, ele investiu; agarrou a coisa afinal e, após ambos tombarem na charneca, ela se contorceu, banhando os membros de Kane como uma serpente de fumaça. A pele dele se arrepiou e seus cabelos ficaram em pé, pois o puritano começava a entender o balbucio da coisa. Kane não a ouvia ou compreendia da maneira natural – como alguém ouve e compreende a fala de outro homem –, mas os segredos terríveis que ela lhe transmitia em sussurros e silêncios pesados, afundaram como dedos de gelo em sua alma. E ele soube!

II

A cabana do velho Ezra, o avarento, ficava ao lado da estrada no meio do pântano, meio oculta pelas árvores pavorosas que cresciam ao seu redor. As paredes estavam podres, o teto desabando, e fungos verdes monstruosos se agarravam e retorciam nas portas e janelas, como se procurassem perscrutar o que ocorria lá dentro. As árvores, como braços cinzentos, entrelaçavam a cabana, compondo uma estranha imagem na penumbra: um monstruoso anão sobre cujos ombros ogros olham de forma lúbrica.

A estrada perfurava o pântano, atravessando tocos podres, montículos de terra fétidos, charcos e atoleiros espumosos cheios de cobras, que rastejavam para além da cabana. Muitas pessoas passavam por ali naqueles dias, mas poucas viam o velho Ezra, salvo um vislumbre de um rosto amarelado, espiando pelas janelas cobertas de fungos, e ele próprio parecendo um horrível fungo.

O velho Ezra partilhava muitas características do pântano, pois era retorcido, arqueado e sombrio; seus dedos eram como plantas parasitas, e seus cabelos pendiam como musgo fastidioso acima do olhar treinado para ver no meio das trevas do pantanal. Seus olhos, contudo, eram como os de um cadáver, insinuando uma repugnante profundeza abissal, como os lagos mortos ao redor daquela estrada.

Aqueles olhos fitaram o homem parado na frente de sua cabana. O homem era alto, esguio e moreno, mas seu rosto estava desfigurado, com marcas de mandíbulas, e seus braços e pernas enfaixados por bandagens. Um pouco atrás dele havia um grupo de aldeões.

–Você é Ezra, da estrada para o pântano?

– Sim, e o que o senhor quer comigo?

– Onde está seu primo Gideon, o jovem louco que mora com você?

– Gideon?

– Sim.

– Ele fugiu para o pântano e nunca mais voltou. Sem dúvida, ele se perdeu e foi atacado por lobos, ou morreu em um atoleiro, ou foi picado por uma cobra.

– Há quanto tempo?

– Por volta de um ano.

– Sim. Escute agora, Ezra, o que chamam de avarento. Logo após o desaparecimento de seu primo, um homem do campo, voltando para casa pela charneca, foi atacado por algum demônio desconhecido e feito em pedaços. A partir de então, tornou-se morte certa cruzar aquela charneca. Primeiro, homens do campo; depois, estranhos que vagavam pelo brejo caíram nas garras da coisa. Muitos já morreram desde aquele primeiro ataque.

– Ontem à noite, eu cruzei a charneca. Escutei a fuga e perseguição de mais uma vítima, um estranho que não sabia sobre a maldição do local. Era uma coisa terrível, Ezra, pois o miserável por duas vezes escapou do demônio, apesar de terrivelmente ferido, mas, em ambas, o demônio o apanhou e o arrastou consigo. Por fim, ele caiu morto aos meus pés, morto de uma maneira capaz de abalar os nervos de qualquer um.

Os aldeões se agitaram, murmurando temerosos uns para os outros, enquanto o velho Ezra encarava furtivamente o puritano. Contudo, a expressão sombria de Solomon Kane não se alterou, e seus olhos de condor pareciam transfixar o avarento.

– Sim, sim! – apressou-se em murmurar o velho Ezra. – Uma coisa ruim, uma coisa ruim! Contudo, por que vem contar isso a mim?

– Sim, é uma história triste. Mas continue escutando, Ezra. O demônio saiu das sombras, e eu lutei contra ele diante do cadáver de sua vítima. Sim, não consigo dizer como eu o superei, pois a batalha foi árdua e longa, mas as forças do bem e da luz estavam ao meu lado, e elas são mais poderosas do que os poderes do inferno.

– Por fim, fui mais forte, e a coisa libertou-se de mim e fugiu. Eu ainda a segui, sem sucesso. Entretanto, antes de fugir, ela sussurrou-me a terrível verdade.

O velho Ezra congelou, olhou-o de forma selvagem, e pareceu encolher para dentro de si.

– Mas por que me contar isto? – ele resmungou.

–Voltei ao vilarejo e contei a minha história – disse Kane – porque sabia que agora temos o poder para livrar a charneca de sua maldição para sempre. Ezra, venha conosco!

– Onde? – resfolegou o avarento.

– Para os carvalhos apodrecidos da charneca.

Ezra recuou como se tivesse sido alvejado; gritou incoerentemente e virou-se para fugir.

No mesmo instante, ao afiado comando de Kane, dois aldeões musculosos deram um passo à frente e seguraram o avarento. Eles arrancaram um punhal de sua mão pálida e agarraram-no pelos braços, tendo arrepios quando seus dedos tocaram a pele pegajosa do velho.

Kane fez um sinal para que o seguissem e, dando meia-volta, subiu a trilha, seguido pelos aldeões, que tiveram grandes dificuldades em sua tarefa de arrastar o prisioneiro consigo. Eles cruzaram o pântano, passando por uma trilha pouco utilizada, que contornava as pequenas colinas, até a charneca.

O Sol deslizava horizonte abaixo, e o velho Ezra observou o grupo firmemente, com olhos esbugalhados, encarando-os como se não pudesse ver o bastante. Ao longe, na charneca, reinava o enorme carvalho, como um patíbulo, que agora era apenas uma casca apodrecida. Lá, Solomon Kane parou.

O velho Ezra contorceu-se nas mãos dos seus captores e emitiu sons inarticulados.

– Por volta de um ano atrás – disse o puritano –, você, temendo que seu primo, o insano Gideon, contasse aos homens sobre as crueldades que fazia com ele, o trouxe por esta mesma trilha que tomamos e o assassinou aqui, na calada da noite.

Ezra se encolheu e rosnou.

–Você não pode provar essa mentira!

Kane disse algumas palavras a um aldeão jovem, que, agilmente, escalou o tronco podre da árvore. De uma fenda lá no alto ele puxou algo que caiu ruidosamente aos pés do avarento. Ezra perdeu o controle, soltando um grito terrível.

Era o esqueleto de um homem com o crânio rachado.

–Você... Como sabia disso? Você é Satanás! – gaguejou o velho Ezra.

Kane cruzou os braços.

– A coisa contra a qual lutei na noite passada contou-me isso, enquanto nos engalfinhávamos em batalha, e eu a segui até esta árvore. Porque o demônio é o fantasma de Gideon.

Ezra gritou novamente e, no ímpeto do ódio, lutou contra seus captores.

–Você sabia – disse Kane com ar sinistro. – Sabia qual coisa cometia esses atos inomináveis. Você temia o fantasma do louco, e foi por isso que decidiu deixar seu corpo na charneca, em vez de escondê-lo no pântano. Pois sabia que o fantasma assombraria o lugar onde morreu assassinado. Ele foi louco em vida e, depois de morto, não sabia onde encontrar seu assassino; do contrário, teria ido buscá-lo em sua cabana. Ele não odeia homem algum além de você. Seu espírito confuso, porém, não distingue um homem do outro, e mata qualquer um que passe por aqui, para não permitir que seu assassino escape. Todavia, ele irá reconhecê-lo e, depois, poderá descansar em paz para todo o sempre. O ódio transformou o fantasma de Gideon em algo sólido, capaz de rasgar e matar, e ainda que ele o temesse terrivelmente em vida, agora, na morte, não sente medo algum.

Kane parou e vislumbrou o Sol.

– Foi isso o que escutei do fantasma de Gideon por meio dos seus lamentos e sussurros, que me revelaram seu segredo sinistro. Nada além de sua morte trará paz a esse fantasma.

Ezra escutava em silêncio, porém ofegante, e Kane proferiu as palavras de sua perdição.

– É algo muito difícil – afirmou Kane, taciturno – condenar um homem à morte, a sangue frio e da forma que tenho em mente, mas você terá de morrer para que outros possam viver... E Deus sabe que você merece a morte.

Após breve pausa, acrescentou:

– Não morrerá pela forca, tiro ou espada, mas pelas garras daquele que você assassinou, pois nada mais o saciará.

A sentença despedaçou o equilíbrio de Ezra. Seus joelhos cederam, e o velho caiu aos gritos, rastejando e implorando para ser morto na fogueira, para ser esfolado vivo. O rosto de Kane ficou rijo como a morte, e os aldeões, tendo sua crueldade potencializada pelo medo, amarraram o desgraçado ao carvalho. Um deles ainda lhe ordenou que fizesse as pazes com Deus. Mas Ezra não aceitou o conselho, disparando impropérios com uma insuportável voz aguda. Então, o aldeão começou a socar o rosto do avarento, mas Kane interrompeu a agressão.

– Que ele faça as pazes com Satã, a quem é mais provável que encontre – falou o puritano austeramente. – O Sol já vai se pôr. Afrouxem suas cordas de forma que ele consiga se soltar ao cair da noite, uma vez que é melhor encontrar a morte livre e solto do que amarrado, como em um sacrifício.

Quando viraram para deixá-lo, o velho Ezra, desvairado, gritou uma sequência de sons inumanos e, depois, caiu em silêncio, encarando o Sol com intensidade terrível.

O grupo caminhou ao longo da charneca, e Kane deu uma última olhadela para a figura grotesca amarrada à árvore, que, sob a luz incerta, se parecia com um fungo enorme crescendo no tronco. De repente, o avarento gritou de maneira hedionda:

– Morte! Morte! Há caveiras nas estrelas!

– A vida foi boa com ele, embora fosse retorcido, grosseiro e maldoso – suspirou Kane. – Quem sabe, Deus tenha um lugar para almas como essas, onde o calor e o sacrifício possam limpá-las de suas impurezas, como o fogo limpa a floresta dos fungos. Ainda assim, meu coração está pesado.

– Não – interveio um dos aldeões –, o senhor não fez nada além da vontade de Deus, e apenas o bem virá como consequência dos atos desta noite.

– Não – respondeu Kane, pesaroso. – Não sei... Não sei.

Depois do pôr do sol, a escuridão se espalhou com rapidez espantosa, como se grandes sombras vindas de abismos desconhecidos envolvessem o mundo em trevas vivas. Em meio à noite densa, ressoou um eco estranho. Os homens pararam e olharam para trás, observando a trilha de onde vieram.

Nada podia ser visto. A charneca era um oceano de sombras, e a grama alta que a tudo cercava se curvava em grandes ondas pela ação do vento, quebrando a quietude mortal com murmúrios de tirar o fôlego.

Então, ao longe, a Lua se ergueu como um disco vermelho. Por um instante, ao cruzar sua luz, uma silhueta sinistra ficou gravada na memória de todos: uma coisa curvada e grotesca, cujos pés mal pareciam tocar o solo, seguida por outro vulto, uma sombra fantasmagórica, um horror sem nome ou formato definido.

Por um momento, as duas figuras pareciam correr pela face da Lua; então, elas se fundiram em uma inominável massa disforme e desapareceram nas sombras.

De algum ponto remoto na charneca soou um único guincho de uma terrível gargalhada.

O chacoalhar de ossos

Publicado originalmente em *Weird Tales*,
junho de 1929.

– Olá, estalajadeiro – o grito quebrou o silêncio e reverberou por entre a floresta negra com ecos sinistros.

– Parece-me que este lugar tem um aspecto medonho.

Os dois homens estavam em frente à estalagem da floresta. A construção era baixa, longa e irregular, construída com pesadas toras. Suas pequenas janelas tinham barras grossas e, acima da porta fechada, podia ser visto o sinistro símbolo da estalagem: um crânio rachado.

A porta abriu-se lentamente, e uma face barbada espiou para fora. O dono daquele rosto deu um passo para trás e fez um sinal para que seus hóspedes entrassem – um gesto de má vontade, ao que pareceu. Uma vela brilhava sobre uma mesa; uma chama ardia na lareira.

– Seus nomes?

– Solomon Kane – disse o homem mais alto, com brevidade.

– Gaston l'Armon – respondeu o outro, de forma concisa. – Mas o que quer você com isso?

– São poucos os estranhos na Floresta Negra – grunhiu o anfitrião. – E os bandidos são muitos. Sentem-se ali naquela mesa e irei servir-lhes comida.

Os dois homens sentaram-se, com o aspecto de que vinham de muito longe. Um era alto e magro, usava um chapéu sem penas e melancólicas vestes negras, que realçavam a palidez sombria de seu rosto. O outro tinha um tipo completamente diferente, enfeitado com rendas e plumas, embora seus adornos estivessem sujos por causa da viagem. Ele era bonito e de aspecto audaz, e seus olhos inquietos se deslocavam de um lado para outro, jamais estáticos, nem por um instante.

O estalajadeiro trouxe vinho e comida para a mesa rústica e depois voltou para as sombras, ficando parado como um sombrio retrato. Suas feições, ora pouco precisas, ora lugubremente iluminadas pelo fogo quando as chamas da lareira saltavam e tremulavam, eram mascaradas por uma espessa barba quase animalesca. Um enorme nariz se curvava acima dessa barba, e dois pequenos olhos avermelhados encaravam os hóspedes sem piscar.

– Quem é você? – perguntou repentinamente o mais jovem.

– Sou o proprietário da Estalagem Crânio Rachado – respondeu o hospedeiro rabugento. O tom empregado parecia lançar um desafio por mais perguntas.

–Você tem muitos hóspedes? – prosseguiu l'Armon.

– Poucos vêm duas vezes – grunhiu o anfitrião.

Em um sobressalto, Kane olhou direto para os pequenos olhos vermelhos daquele homem, como se procurasse algum significado escondido em suas palavras. Os olhos flamejantes pareceram se dilatar, mas logo depois abaixaram, mal-humorados, diante da fria encarada do inglês.

–Vou me deitar – disse Kane de súbito, encerrando sua refeição. – Devo retomar minha viagem ao nascer do sol.

– Assim como eu – acrescentou o francês. – Estalajadeiro, mostre os nossos quartos.

Sombras negras oscilavam nas paredes enquanto os dois homens seguiam seu silencioso anfitrião ao longo de um corredor comprido e escuro. O corpo atarracado e largo do guia parecia crescer e expandir-se à luz da pequena vela que ele carregava, lançando atrás de si uma sombra longa e sinistra. Parou em frente a uma porta, indicando onde eles iriam dormir. Todos entraram; o estalajadeiro acendeu uma vela com a que trouxera, e depois retornou cambaleando pelo mesmo caminho que viera. No quarto, os dois homens se entreolharam. A mobília do cômodo era composta por dois beliches, duas cadeiras e uma mesa pesada.

–Vejamos se existe algum modo de bloquear a porta – disse Kane. – Não gosto da aparência do nosso anfitrião.

– Há encaixes na porta e no batente para um ferrolho – falou Gaston. – Mas não há ferrolho.

– Podíamos quebrar a mesa e usar seus pedaços como ferrolho – imaginou Kane.

– *Mon Dieu* – disse l'Armon. – Você está receoso, *m'sieu*.

Kane franziu a testa e respondeu zangado:

– Não me agrada ser assassinado enquanto durmo.

– Meu Deus – riu o francês –, nos encontramos por acaso; até eu cruzar a sua frente na estrada da floresta, uma hora antes do sol se pôr, nunca havíamos nos visto.

– Já o vi em algum lugar antes – respondeu Kane –, embora agora não consiga me recordar de onde. Quanto à sua outra afirmação, assumo que todos os homens são honestos até que se provem vilões; além do mais, tenho sono leve e durmo com uma pistola à mão.

– Estava me perguntando como *m'sieu* dormiria no mesmo quarto com um estranho! – o francês riu novamente. – Tudo bem, *m'sieu* inglês, vamos procurar um ferrolho em algum dos outros quartos.

Levando a vela, eles saíram para o corredor. Silêncio absoluto reinava, e a pequena chama cintilava vermelha e maligna na escuridão espessa.

– O estalajadeiro não tem hóspedes ou servos – murmurou Solomon Kane. – É uma taverna estranha. Qual é o nome dela mesmo? Não me recordo com facilidade dessas palavras alemãs... Crânio Rachado? Um nome sangrento!

Vasculharam os quartos vizinhos, mas nenhum ferrolho recompensou tal busca. Por fim, chegaram ao último quarto, no final do corredor. A porta tinha uma pequena tranca, presa pelo lado de fora com uma pesada trava, cuja extremidade estava aferrada ao batente. Eles a abriram, entraram e viram que estava mobiliado como os demais, mas...

– Devia haver uma janela para fora, mas não há – murmurou Kane. – Olhe!

O chão e as paredes tinham manchas escuras. O único beliche fora quebrado, com grandes lascas arrancadas.

– Homens morreram aqui – Kane afirmou, taciturno. – Aquilo ali, preso à parede, não é um ferrolho?

– É, mas parece bem apertado – respondeu o francês, forçando-o.

Uma seção da parede virou para trás, e Gaston soltou uma breve exclamação. Uma sala pequena e secreta foi revelada, e os dois homens se inclinaram sobre a horrível imagem deitada no chão.

– O esqueleto de um homem! – disse Gaston. – E veja como a sua canela está algemada ao solo! Ele foi aprisionado aqui e morreu.

– Não – observou Kane –, o crânio está rachado. Isso me faz pensar que nosso anfitrião tem um motivo cruel para o nome da sua estalagem infernal. Este homem, como nós, era sem dúvida um viajante que caiu nas garras daquele demônio.

– É provável – disse Gaston desinteressado, empenhando-se na tarefa inútil de soltar o grande anel de ferro da perna do esqueleto. Ao não conseguir, sacou sua espada e, em uma notável exibição de força, cortou a corrente que unia o anel da ossada a uma argola chumbada no pavimento.

– Por que ele algemaria um esqueleto ao chão? – devaneou o francês. – *Monbleu!* É um desperdício de boas correntes. Agora, *m'sieu* – ele se dirigiu com ironia à pilha branca de ossos –, você está livre e pode ir para onde quiser!

– Basta! – a voz de Kane era profunda. – Nenhum bem advém de zombar dos mortos.

– Os mortos deviam se defender – riu l'Armon. – De alguma maneira, irei matar o homem que tiver me assassinado, mesmo que meu cadáver tenha de subir quarenta braças de oceano para fazê-lo.

Kane virou-se para a porta exterior do quarto, fechando a da câmara secreta atrás de si. Ele não gostava daquele tipo de conversa que flerta com demônios e bruxaria e, ávido, queria confrontar o estalajadeiro com a acusação de seus pecados.

Quando deu as costas para o francês, o puritano sentiu o toque de aço frio em sua nuca e soube que a boca de uma pistola pressionava seu cérebro.

– Não se mova, *m'sieu!* – A voz era baixa e acetinada. – Não se mova, ou vou espalhar seus poucos miolos pelo quarto.

O inglês, ardendo de raiva por dentro, ficou parado com as mãos para o alto, enquanto l'Armon tirava suas pistolas e o florete das bainhas.

– Agora já pode se virar – afirmou Gaston, dando um passo para trás.

Kane dirigiu um olhar ameaçador ao elegante companheiro, que estava com a cabeça exposta agora, segurando o chapéu na mão e com a pistola na outra, apontando para ele.

– Gaston, o Carniceiro! – disse o inglês, sombriamente. – Que tolo fui por confiar em um francês! Você viajou para muito longe, assassino! Eu me recordo de você, agora que tirou esse amaldiçoado chapéu. Foi em Calais que nos encontramos alguns anos atrás.

– De fato. E agora nunca mais tornará a me ver – retrucou o francês, ao ouvir um som estranho, como um chacoalhar de ossos. – O que foi isso?

– Ratos explorando seu esqueleto – respondeu Kane, observando o bandido como um falcão, esperando por uma única hesitação da boca negra daquela arma.

– Já basta – devolveu o outro. – Agora, *m'sieu* Kane, sei que leva consigo uma quantidade considerável de dinheiro. Cheguei a pensar em matá-lo durante o sono, mas a oportunidade se apresentou e decidi aproveitá-la. Você é fácil de ser enganado.

– Não achei que devesse temer um homem com o qual partilhei meu pão – disse Kane, com um timbre profundo de lenta fúria ribombando em sua voz. O bandido deu uma gargalhada cínica. Apertou seus olhos ao mesmo tempo em que recuava lentamente em direção à porta de saída do quarto. Os tendões de Kane se retesaram involuntariamente; ele se recompôs como um lobo gigantesco prestes a se lançar em um salto de morte, mas a mão de Gaston era como uma rocha, e sua pistola não estremeceu em momento algum.

– Não teremos mergulhos para a morte depois do tiro – alertou Gaston. – Fique parado, *m'sieu*; já vi homens serem mortos por moribundos e desejo manter uma distância suficiente entre nós para evitar essa possibilidade. Juro que vou atirar; você irá atacar e rugir, mas morrerá antes que consiga me atingir com suas mãos nuas. E o estalajadeiro terá outro esqueleto no seu nicho secreto. Isto é, se eu mesmo não matá-lo também. Além do mais, o tolo não me conhece, e nem eu a ele...

Na soleira da porta, o francês mirava Kane pelo cano da pistola. A vela, ainda enfiada em uma cavidade na parede, derramava uma luz estranha e trêmula que não chegava ao corredor. A abrupta morte veio das trevas, atrás das costas de Gaston, na forma de um gancho pontiagudo e reluzente como um raio. O francês caiu de joelhos como um touro abatido; seu cérebro vazando de dentro do crânio rachado. Diante dele, erguia-se a figura do estalajadeiro, um espetáculo selvagem e terrível, ainda segurando a arma sangrenta usada para assassinar o bandido.

– Ho! Ho! – ele rugiu. – Para trás!

Kane havia se projetado para a frente quando Gaston caiu, mas o estalajadeiro apontou para seu rosto a longa pistola que trazia na mão esquerda.

– Para trás! – ele repetiu em um rugido de tigre, e Kane se afastou da arma de fogo e da insanidade naqueles olhos vermelhos.

O inglês ficou em silêncio, com a carne crepitando, sentindo uma ameaça mais profunda e hedionda do que o francês representava. Havia algo de inumano naquele homem, que oscilava de um lado para o outro como uma grande fera da floresta, enquanto suas gargalhadas sem emoção ressoavam mais uma vez.

– Gaston, o Carniceiro! – ele gritou, chutando o cadáver aos seus pés. – Ho! Ho! O belo salteador não tornará a caçar! Havia escutado dizer que este tolo vagava pela Floresta Negra... Ele queria ouro, mas encontrou a morte! Agora, seu ouro será meu; e mais do que o ouro: a vingança!

– Não sou seu inimigo – Kane falou calmamente.

– Todos os homens são meus inimigos! Veja as marcas nos meus punhos! Veja as marcas nos meus tornozelos! E no meio das minhas costas, o beijo do açoite! E no fundo do meu cérebro, as feridas dos anos que passei em celas frias e silenciosas, punido por um crime que não cometi!

A voz quebrou-se em um soluço grotesco e hediondo. Kane não respondeu, percebendo que aquele não era o primeiro homem cujo cérebro fora despedaçado pelos horrores das terríveis prisões continentais.

– Mas eu fugi! – o grito ergueu-se em triunfo. – E aqui faço guerra contra todos os homens... O que foi isso?

Foi um lampejo de medo que Kane viu naqueles olhos medonhos?

– Meu feiticeiro está chacoalhando os ossos! – sussurrou o estalajadeiro, e depois riu de forma frenética. – Ao morrer, ele jurou que seus próprios ossos teceriam uma teia de morte para mim. Por isso, algemei seu cadáver ao chão. Mas, nas profundezas da noite, sempre escuto seu esqueleto descarnado se debater e balançar, como agora, tentando se libertar. E eu rio, e rio! Ho! Ho! Mas sei o tanto que ele anseia erguer-se e ficar à espreita, como o antigo Rei Morte, vindo por estes corredores escuros, para, quando eu dormir, assassinar-me em minha própria cama!

De súbito, os olhos insanos brilharam horrivelmente:

– Você esteve na câmara secreta, juntamente com este tolo morto! O feiticeiro falou com vocês?

Kane estremeceu. Seria loucura ou ele realmente escutara um leve chacoalhar de ossos, como um esqueleto em movimento? O puritano encolheu os ombros; os ratos roeriam até mesmo os ossos poeirentos.

O estalajadeiro ria novamente. Esgueirou-se em volta de Kane, mantendo todo o tempo o inglês sob a mira da pistola, e com a mão livre abriu a câmara secreta. Tudo era sordidez lá dentro, e Kane nem sequer conseguia ver o reluzir dos ossos no chão.

– Todos os homens são meus inimigos! – murmurou o estalajadeiro, à maneira incoerente dos loucos – Por que haveria eu de poupar algum? Quem levantou a mão para me ajudar quando fiquei durante anos aprisionado nas masmorras de Karlsruhe? E por algo jamais provado... Alguma coisa aconteceu ao meu cérebro, então. Como um lobo, tornei-me irmão da Floresta Negra, para onde fugi quando escapei da prisão.Os hóspedes que vieram aqui se banquetearam com a carne de todos os seus irmãos mortos. De todos, exceto de um: desse que agora balança os ossos, esse mago da Rússia. Para impedir que ele retornasse das sombras negras quando a noite cai sobre o mundo para me assassinar, e uma vez que não se pode matar os mortos, eu descarnei seus ossos e o acorrentei. Sua feitiçaria não foi poderosa o bastante para salvá-lo de mim, mas todos os homens sabem que um mago morto é mais terrível do que um vivo. Não se mova, inglês! Hei de deixar seus ossos nessa câmara secreta, ao lado destes, para...

O maníaco, sob o batente da câmara secreta, ainda apontava sua arma de forma ameaçadora para Kane, quando, de repente, foi derrubado para trás e sumiu dentro da escuridão. No mesmo instante, uma rajada errante de vento bateu a porta atrás dele. A vela na parede tremulou e se apagou.

As mãos de Kane, varrendo o chão, encontraram uma pistola, e ele se levantou, tocando a porta por onde o maníaco desaparecera. Em pé, na mais profunda treva, sentiu o sangue congelar ao ouvir um grito hediondo e abafado que partiu da câmara secreta, entrecortado pelo chacoalhar seco e sinistro de ossos descarnados. Então, o silêncio caiu.

Kane encontrou a pederneira e acendeu a vela. Depois, de pistola na mão, abriu a porta secreta.

– Deus do céu! – ele murmurou, sentindo suor gelado empapar seu corpo. – Essa coisa está além da razão, mas é o que vejo com meus próprios olhos! Duas promessas foram aqui cumpridas. Gaston, o Carniceiro, jurou que, mesmo após a morte, se vingaria do seu assassino, e foi a sua mão que libertou este monstro sem carne. E ele...

O estalajadeiro do Crânio Rachado, que jazia sem vida no chão da câmara secreta, tinha seu rosto bestial marcado por uma expressão de terrível pavor; e afundado profundamente em seu pescoço quebrado, estavam os dedos do esqueleto do feiticeiro.

A Lua das caveiras

Publicado originalmente em *Weird Tales*,
junho e julho de 1930.

1. *Um homem vem procurando*

O sábio sabe quais coisas perversas
São escritas no céu;
Eles avivam olhos tristes, tocam cordas tristes
Escutando pesadas asas púrpuras,
Onde os reis Serafins esquecidos
Ainda planejam como Deus deve morrer.
– CHESTERTON

Uma grande sombra negra deitou-se sobre a Terra, contrapondo-se à chama vermelha do pôr do sol. Para o homem que se movia penosamente pela trilha da selva, o ocaso assomava-se como um símbolo de morte e horror, uma ameaça terrível que surgia como a sombra de um assassino furtivo, que saltava de cima de algum muro iluminado por uma bugia.

Contudo, era apenas a sombra do grande penhasco que se erguia à sua frente, cujo posto avançado do sinistro sopé era seu objetivo. Ele parou por um momento e olhou para o alto, vendo algo ser delineado em contornos negros pelo sol moribundo. Usando a mão para proteger os olhos, ele poderia jurar ter visto um movimento no topo, mas o brilho cegante o impedia de ter certeza. Seria um homem que buscava se esconder? Um homem ou...?

Ele encolheu os ombros e agachou-se para examinar a trilha acidentada que levava ao topo do penhasco. À primeira vista, parecia que apenas uma cabra montanhesa poderia escalá-la, mas uma análise mais cuidadosa revelou inúmeros apoios para dedos perfurados na rocha sólida. Seria uma tarefa que colocaria suas forças à provação máxima, mas ele não tinha viajado 1 600 quilômetros para retornar agora.

Largou a grande bolsa que trazia no ombro e assentiu o mosquete grosseiro, guardando apenas o longo florete, a adaga e uma de suas pistolas, prendendo-a às costas. Sem olhar para o caminho de onde viera, começou a longa subida.

Era um homem alto, de braços longos e músculos poderosos; entretanto, mesmo ele era repetidamente obrigado a fazer pausas em sua subida e descansar por um momento, agarrado como uma formiga à face íngreme do penhasco. A noite caiu com rapidez, e o rochedo acima era um borrão de sombras, forçando-o a tatear às cegas em busca dos buracos que lhe serviam como precária escada.

Abaixo, irrompiam os ruídos noturnos da selva tropical, embora lhe parecesse que até mesmo aqueles sons eram subjugados e silenciados pelas grandes montanhas negras, as quais, pairando acima, lançavam um feitiço de silêncio e de medo também sobre as criaturas da selva.

Para o alto, ele seguiu em seu esforço; mas, para tornar seu caminho ainda mais duro, havia uma protuberância bem próxima ao cume do penhasco, e a tensão sobre os nervos e músculos tornou-se aflitiva. Uma vez ou outra ele escorregou, escapando de cair por um fio. Em perfeita coordenação com cada fibra de seu corpo esguio, seus dedos eram como garras de aço com a pegada de um torno. O progresso tornou-se cada vez mais lento, mas ele seguiu adiante, até ver, por fim, o cume que dividia as estrelas a meros vinte metros acima de sua cabeça.

Enquanto olhava, um volume pendeu da borda, deslocando uma grande rajada de ar à sua volta. Arrepiado, ele abraçou a face do penhasco e sentiu um sopro forte em seu ombro. Apenas um sopro de raspão. Mesmo assim, quase o arrancou do rochedo. Após lutar desesperadamente para se endireitar, escutou um estrondo reverberar entre as pedras lá embaixo. Suor frio pingava de sua testa quando olhou para o alto. Quem – ou o que – teria empurrado aquele pedregulho pela beirada do penhasco? Ele era corajoso, como os ossos de muita gente nos campos de batalha podiam atestar, mas o pensamento de morrer como uma ovelha, desamparado e sem chance de resistir, resfriava seu sangue.

Então, uma onda de fúria superou seu medo, e ele retomou sua escalada com mais velocidade, desafiando o perigo. O segundo pedregulho – que ele pensou que pudesse despencar em seguida – não veio, e também não havia nenhum ser vivo à vista quando, após superar a beirada, ficou de pé no altiplano, com a espada desembainhada como um raio.

Era uma espécie de platô que se destacava em um país cortado por montanhas, em torno de um quilômetro a oeste. O cume do rochedo que escalara parecia um promontório sombrio, acima do mar de folhagem que ondulava no sopé, agora escuro e misterioso na noite tropical.

O silêncio reinava absoluto nas alturas. Não havia brisa alguma, e nenhum passo era escutado entre os arbustos raquíticos que cobriam o platô; no entanto, aquele pedregulho que quase arrastou o escalador para a morte não tinha caído por acaso. Que seres se moviam entre aquelas ameaçadoras colinas? A escuridão tropical caiu sobre o viajante solitário como um véu pesado, e, acima dele, as estrelas amarelas piscavam maldosamente, enquanto os vapores da vegetação apodrecida flutuavam, tão tangíveis quanto uma neblina densa. Fazendo uma careta, o homem afastou-se do penhasco e avançou arrojadamente pelo platô, com a espada e a pistola nas mãos.

Sentia a incômoda sensação de ser observado. O silêncio permanecia inalterado, exceto pelo assobio suave que marcava seus passos felinos pela grama alta, mas o homem tinha a sensação de que coisas vivas planavam à sua frente e atrás, de ambos os lados. Não sabia se homem ou predador estavam no seu rastro, nem se importava, pois estava preparado para lutar contra gente ou demônios, caso cruzassem seu caminho. Ocasionalmente, parava e olhava de forma desafiadora ao redor, mas seus olhos nada encontravam além de arbustos que se agachavam como pequenos fantasmas negros em volta da trilha, misturados e borrados pela treva quente e espessa, contra a qual as próprias estrelas pareciam lutar violentamente.

Afinal, chegou ao lugar onde o platô se dividia em encostas mais altas e viu um conjunto de árvores bloqueando solidamente as sombras inferiores. Aproximou-se com cautela, mas estancou quando seu olhar, já habituado à escuridão, percebeu uma figura indistinta entre os troncos sombrios, algo que não fazia parte deles. Ele hesitou. A figura não avançou nem fugiu. Uma forma turva de ameaça silenciosa, espreitando-o como se estivesse à sua espera. Terror penetrante pairava sobre aquelas árvores.

O estranho avançou cautelosamente, com sua lâmina estendida. Mais próximo, apertou os olhos em busca de algum movimento ou de algo que o ameaçasse. Concluiu que era uma figura humana, mas sentiu-se confuso com tamanha inércia. Então, a razão ficou clara – era o cadáver de um homem negro em pé, em meio às árvores, mantido ereto por lanças que trespassavam seu corpo, pregando-o aos troncos.

Um braço estava estendido à sua frente, preso a um longo ramo por uma adaga que atravessava o antebraço, com o dedo indicador do cadáver apontando para o caminho por onde o estranho viera. O significado era óbvio; aquele sinal mudo e sombrio só podia querer dizer uma coisa: a morte está de prontidão logo adiante. O homem que observava aquele horrendo aviso raramente sorria, mas, naquele momento, permitiu-se o luxo de um sardônico sorriso. Agora, após 1 600 quilômetros de terra e mar – viagens pelo oceano e pela selva –, esperavam fazê-lo recuar com aquela palhaçada? Não teriam sucesso, quem quer que fossem. O estranho resistiu à tentação de saudar o cadáver, o que seria um ato de falta de decoro, e seguiu em frente corajosamente pelo arvoredo, esperando um ataque pelo flanco ou uma emboscada. Entretanto, não ocorreu nada parecido. Emergindo do meio das árvores, desembocou aos pés de uma inclinação acidentada, a primeira de uma série de encostas. Imperturbável, avançou noite adentro, sem parar para refletir como suas ações deveriam parecer estranhas para alguém minimamente razoável. Um homem comum teria acampado no platô e esperado o nascer do sol antes de continuar sua escalada. Mas aquele não era um homem comum. Uma vez que seu objetivo estava à vista, ele tomou a linha mais direta, sem considerar os obstáculos, quer fosse dia ou noite. O que era para ser feito teria de ser feito. Ele alcançara um posto avançado do reino do medo no crepúsculo e invadir seus recantos mais secretos durante a noite parecia ser o curso natural a ser seguido.

Conforme subia as encostas cheias de rochedos, a Lua surgiu, emprestando sua luz e seu ar de ilusão ao promontório desigual que se elevava à sua frente como pináculos negros dos castelos dos magos. Ele manteve os olhos atentos ao rastro pouco perceptível que seguia, porque não sabia quando outro pedregulho poderia ser jogado do alto das inclinações. Esperava um ataque de qualquer tipo e, naturalmente, foi algo inesperado o que realmente aconteceu.

Detrás de uma grande pedra, surgiu de súbito um homem, um gigante de ébano sob a pálida luz da Lua, portando uma longa lança, cuja lâmina prateada cintilava. Vestindo um elmo com plumas de avestruz que flutuavam como uma nuvem branca, ele ergueu a lança, fazendo uma poderosa saudação e falou no dialeto das tribos do rio:

– Esta terra não é do homem branco. Quem é o meu irmão branco e por que ele vem à Terra das Caveiras?

Meu nome é Solomon Kane – o homem branco respondeu no mesmo idioma. – E procuro a rainha-vampiro de Negari.

– Poucos a procuram. Menos ainda a encontram. Nenhum retorna – respondeu o outro de forma funesta.

– Você me levará até ela?

– Você traz uma adaga comprida na mão direita. Não há leões aqui.

– Uma serpente desalojou um pedregulho. Pensei que encontraria serpentes nos arbustos.

O gigante reconheceu aquela troca de sutilezas com um sorriso austero e, após um breve silêncio, retrucou:

– A sua vida está nas minhas mãos.

Kane reagiu, esboçando um sorriso:

– Eu carrego as vidas de muitos guerreiros nas minhas.

O olhar do negro viajou incerto para cima e para baixo, ao longo da luz difusa refletida na espada do inglês. Então, encolheu seus poderosos ombros, deixando a ponta da lança afundar na terra, e falou:

– Você não traz nenhum presente, mas siga-me se quiser que o leve até a Terrível, a Amante da Perdição, a Mulher Vermelha, Nakari, que governa a terra de Negari.

Ele afastou-se e fez sinal para que Kane seguisse na sua frente, mas o inglês, preocupado com um possível golpe de lança na retaguarda, negou com a cabeça.

– Quem sou eu para caminhar à frente do meu irmão? Somos dois chefes... Vamos caminhar lado a lado.

Em seu coração, Kane percebeu que teria de usar tal diplomacia desagradável com um guerreiro selvagem, mas não deu sinal algum do que pensava.

O gigante curvou-se com certa majestade bárbara, e a dupla subiu a trilha da colina, sem falar.

Kane percebeu que, após sua passagem, homens saíam aos pulos de seus esconderijos e vinham atrás deles. Com um movimento sub-reptício por cima do ombro, viu guarnições de guerreiros que os seguiam em duas linhas em forma de cunha. O luar refletia em seus corpos lustrosos, nos adornos que ondulavam em suas cabeças, nas lanças longas e cruéis.

– Meus irmãos são como leopardos – afirmou Kane, de maneira cortês. – Eles se deitam nos arbustos baixos, e nenhum olho pode vê-los enquanto se movem pela grama alta. Nenhum homem escuta sua chegada.

O chefe negro reconheceu o elogio e, com uma inclinação polida, fez as plumas de sua cabeça leonina sussurrarem.

– O leopardo da montanha é nosso irmão, caro capitão. Nossos pés são como a fumaça que flutua, mas nossos braços são como ferro. Quando eles atacam, o sangue jorra vermelho e os homens morrem.

Kane sentiu um tom subjacente de perigo. Não havia indicação concreta de ameaça para basear suas suspeitas, mas a nota sinistra, em tom menor, estava presente. Nada mais foi dito, e o estranho bando seguiu em silêncio colina acima, como uma cavalgada de espectros sob a luz do luar.

A trilha ficou mais íngreme, enrolando-se para dentro e para fora entre os desfiladeiros e gigantescos rochedos. De repente, um grande abismo abriu-se diante deles, com uma ponte de pedra natural sobre o vão, ao pé da qual o líder parou.

Kane olhou com curiosidade para o báratro, que tinha mais de 12 metros de largura e, ao voltar-se para baixo, sua visão foi engolida por uma escuridão impenetrável, com centenas de metros de profundidade, ou era o que ele suspeitava. Do outro lado, elevavam-se rochas escarpadas negras e proibidas. O chefe alertou:

– Aqui começam as verdadeiras fronteiras do reino de Nakari.

Kane notou que, casualmente, estava cercado pelos guerreiros. Por instinto, seus dedos pressionaram o cabo do florete, o qual ele não havia embainhado. O ar ficou sobrecarregado de tensão.

– Aqui, também – prosseguiu o chefe guerreiro –, aqueles que não trazem presentes para Nakari... morrem!

A última palavra do chefe foi um grito, como se o pensamento o tivesse transformado em um maníaco. Depois do veredito, o poderoso braço pendeu para trás e depois para a frente, com um agito de músculos possantes, e a extensa lança voou em direção ao peito de Kane.

Só um homem nascido para lutar poderia ter evitado aquele golpe. A ação instintiva de Kane salvou sua vida... Ao se desviar para o lado, a grande lâmina somente lhe arranhou as costelas, e ele devolveu o golpe com uma estocada relâmpago, que matou um guerreiro que se acotovelava entre ele e o chefe naquele instante.

As lanças brilharam sob a luz do luar, e Kane, defendendo-se entre um golpe e outro, saltou sobre a ponte estreita, onde só passava uma pessoa por vez.

Ninguém se preocupou em ser o primeiro. Todos ficaram na beirada e tentaram golpeá-lo, avançando em grupo quando Kane recuava, golpeando quando ele os pressionava. As lanças eram mais longas que o florete de Kane, mas ele compensou a diferença numérica e suas chances débeis com uma habilidade notável e a ferocidade fria de seus ataques.

Eles oscilaram para frente e para trás, mas, de repente, um gigante saltou do meio de seus companheiros e investiu pela ponte como um búfalo selvagem, de ombros arqueados, com a lança a baixa altura. Seus olhos brilhavam com uma expressão que negava a sanidade. Kane saltou para trás antes da arremetida, lutando para evitar que aquela lança o trespassasse e para encontrar uma abertura para golpear com sua lâmina. Ao pular para o lado, porém, cambaleou na beirada da ponte, com a eternidade abrindo-se abaixo de si. Os guerreiros gritaram em exultação selvagem, enquanto ele se agitava e tentava recuperar o equilíbrio; e, mais uma vez, o gigante na ponte rugiu e investiu contra seu inimigo oscilante.

O inglês, usando toda sua agilidade e força, bloqueou o ataque – um feito que poucos espadachins poderiam ter alcançado, ainda mais desequilibrado como ele estava. Kane viu a faísca cruel da lâmina da lança passar ao lado de sua bochecha e sentiu-se cair de costas para o abismo. Em um esforço desesperado, agarrou o cabo da lança, endireitou-se e trespassou o corpo do guerreiro. A caverna vermelha que era a boca do gigante cuspiu sangue e, com um esforço agonizante, ele lançou-se às cegas contra seu inimigo. Kane, com os calcanhares na extremidade da ponte, foi incapaz de evitá-lo, e ambos tombaram juntos, para desaparecer em silêncio nas profundezas abaixo.

Tudo aconteceu com tamanha rapidez que os guerreiros ficaram atordoados. O rugido de triunfo do gigante mal tinha morrido em seus lábios quando ambos caíram na escuridão. O restante dos nativos debruçou-se na ponte para espiar lá embaixo, mas nenhum som vinha do vácuo tetro.

2. O povo da morte à espreita

Os deuses deles eram mais tristes que o mar,
Deuses de uma vontade errante,
Que clamavam por sangue como feras na noite
Infelizmente, de colina a colina.
– CHESTERTON

Conforme caía, Kane seguiu seu instinto e se contorceu em plena queda, com objetivo de, ao atingir o chão, fosse a 3 ou a 300 metros, estar sobre o homem que caía com ele.

O fim veio de forma repentina, bem antes do que o inglês imaginara. Ele ficou meio atordoado por um instante, mas logo olhou para o alto, observando vagamente a ponte estreita que atava o céu com as silhuetas dos guerreiros, delineadas à luz do luar como escorços grotescos e curvados sobre a beirada. Ele permaneceu imóvel, sabendo que os raios da Lua não conseguiriam furar a escuridão que o protegia – para os nativos, Kane estava invisível. Então, quando eles saíram de sua vista, começou a examinar a situação em que se encontrava. Seu oponente estava morto, e o inglês só não morreu porque o cadáver amorteceu sua queda, pois ambos haviam caído de grande altura. Contudo, ele apresentava contusões.

Kane tirou sua espada do corpo do nativo, grato por ela não ter quebrado, e começou a tatear na escuridão. Sua mão encontrou a beirada do que parecia ser um penhasco. Em vez de estar no fundo de um poço, como imaginara, desfez a ilusão de ter caído em uma grande fissura e deu-se conta de que estava em uma cova, o que o salvou de uma queda muito maior. Em seguida, ele derrubou uma pedra pela saliência e, após o que pareceu ser um longo tempo, escutou o som distante quando ela atingiu o fundo.

Meio incerto sobre como proceder, tirou a pederneira e o aço de seu cinto e, após batê-los em uma mecha qualquer, fez um abrigo para a luz com as mãos. A iluminação fraca revelou uma grande beirada saliente da lateral do penhasco, perto de onde pensou em atravessar. Foi graças à extremidade mais estreita que ele escapou de escorregar quando ainda não sabia onde se encontrava.

Agachando-se ali, acostumando os olhos com as trevas do abismo, Kane divisou o que parecia ser uma sombra mais escura no meio da parede. Ao investigar mais atentamente, viu que se tratava de uma abertura grande o bastante para permitir que seu corpo ficasse ereto. Uma caverna, julgou; e embora sua aparência fosse carregada e repugnante, ele entrou, tateando por todo o caminho quando a mecha se apagou.

Para onde ia, ele, naturalmente, não tinha a menor ideia, mas qualquer ação era preferível a esperar sentado, até que os abutres das montanhas roessem seus ossos. Durante um longo curso, o chão da caverna inclinava-se para cima, com rocha sólida sob seus pés, e Kane foi avançando com certa dificuldade, e escorregando de vez em quando, à medida que o caminho ficava mais íngreme. A caverna parecia ser grande; em nenhum momento conseguiu tocar o teto nem foi capaz de, com a mão em uma parede, alcançar a outra.

Afinal, o chão se nivelou, e Kane percebeu que o tamanho da caverna era muito maior ali. O ar parecia melhor, embora a escuridão fosse tão impenetrável quanto antes. De repente, parou onde estava. De algum lugar à sua frente veio um estranho e indescritível ruído. Sem aviso, algo o golpeou no rosto e o talhou selvagemente. Ao seu redor, soavam os murmúrios funestos de muitas asas pequenas. De repente, Kane sorriu de forma meio divertida e desgostosa: eram morcegos, naturalmente. A caverna estava infestada deles. Foi uma experiência estremecedora. Enquanto seguia em frente e as asas sussurravam pela vastidão desoladora da furna, a mente de Kane encontrou lugar para flertar com um pensamento medonho: estaria vagando pelo inferno e aqueles morcegos, na verdade, seriam almas perdidas, voando pela noite eterna? Então, Solomon Kane acreditou que, em breve, enfrentaria o próprio Satã e, enquanto pensava nisso, suas narinas foram assoladas por um cheiro horrível, fétido e repugnante. O cheiro aumentava à medida que ele avançava lentamente, e Kane praguejou em voz baixa, embora não fosse um homem profano. Percebeu que o odor era o presságio de alguma ameaça oculta, alguma malevolência invisível, inumana e letal, e sua mente sombria tirou conclusões sobrenaturais.

Apesar disso, ele se sentia perfeitamente confiante em sua habilidade para lidar com qualquer inimigo ou demônio, armado por fé inabalável e pelo conhecimento da retidão de sua causa. O que veio a seguir, aconteceu repentinamente. Ele tateava ao longo do caminho quando, bem diante de si, dois olhos amarelos saltaram da escuridão. Olhos que eram frios e sem expressividade, tão contraídos e horrivelmente próximos um do outro, para serem de um rosto humano, e altos demais para pertencerem a qualquer fera de quatro patas. Que horror, então, se ergueu diante dele daquela maneira?

"É Satã", pensou Kane, observando aqueles olhos em convulsão. No instante seguinte, ele se viu lutando pela própria vida contra a escuridão que parecia ter assumido uma forma tangível, lançando-se contra seu corpo e membros em grandes espirais viscosas. Aquelas espirais se enrolaram no braço em que ele empunhava a espada, tornando-o inútil; com a outra mão, ele buscou sua adaga ou pistola e ficou com a pele arrepiada quando seus dedos escorregaram por escamas lisas, e o silvo do monstro preencheu a caverna com um hino gélido de terror.

Lá, nas trevas densas que acompanhavam o bater das asas dos morcegos, Kane lutou como um rato preso por uma serpente, sentindo suas costelas cederem e perdendo o fôlego, antes de sua frenética mão esquerda se fechar no cabo da adaga.

Então, com uma guinada vulcânica e uma violenta torcida dos músculos de aço de seu corpo, ele libertou parcialmente o braço esquerdo e mergulhou a lâmina afiada no sinuoso terror que o envolvera em contorções, golpeando-o repetidamente até o cabo, até sentir, afinal, as trêmulas espirais se afrouxarem e se desprenderem de seus membros, caindo a seus pés como enormes correntes.

A poderosa serpente açoitou selvagemente em sua luta mortal, e Kane, evitando os golpes, que poderiam despedaçar ossos, afastou-se cambaleando na escuridão, lutando para respirar. Se seu antagonista não fora o próprio Satã, tratava-se de seu correspondente terreno mais próximo, pensou Solomon, esperando devotamente não ter de lutar contra outro ser infernal naquela escuridão.

Sentiu como se viesse caminhando no escuro há eras e começou a se perguntar se a caverna tinha fim, quando um bruxuleio de luz rompeu as trevas. Ele pensou tratar-se de uma entrada externa bem distante e começou a avançar com rapidez, mas, para seu espanto, deu de frente para uma parede lisa após poucos passos.

Ele percebeu que a luz vinha de uma estreita rachadura na parede e, ao tateá-la, sentiu que era feita de um material diferente do resto da caverna, aparentemente, blocos de pedra regulares, ligados por argamassa ou algo do tipo – sem dúvida, uma parede construída pelo homem. Um raio de luz passava entre duas pedras em um ponto em que a argamassa havia desmoronado. Kane correu as mãos pela superfície, com um interesse que excedia suas necessidades imediatas. O trabalho parecia muito antigo e superior ao que se espera de uma tribo de selvagens ignorantes. Ele sentiu a emoção do explorador e desbravador. Certamente, nenhum homem branco teria visto aquele lugar e vivido para contar, pois, quando ele desembarcou na fria e úmida Costa Oeste, alguns meses atrás, preparando-se para mergulhar no interior da região, não ouviu insinuação alguma sobre um país como aquele. Os poucos brancos com quem conversou, e que conheciam qualquer coisa sobre a África, nunca haviam sequer mencionado a "Terra das Caveiras" ou a mulher-demônio que a governava.

Kane empurrou, inicialmente com cautela, a estrutura que parecia enfraquecida por causa da idade e, após um impacto vigoroso, ela cedeu. Em seguida, o puritano jogou todo seu peso contra a parede, que caiu com um estrondo, precipitando-o para dentro de um corredor mal-iluminado, em meio a um monte de pedras, pó e argamassa.

Ele ficou em pé e olhou à sua volta, esperando que o barulho atraísse uma horda de lanceiros selvagens. O mais profundo silêncio reinava. O corredor onde caiu parecia ser uma longa caverna, exceto pelo fato de ser um trabalho realizado pelo homem, com um teto que estava muitos metros acima da cabeça de Kane. A poeira no chão chegava à altura do tornozelo, como se pé algum houvesse pisado lá por incontáveis séculos, e a tênue luz, Kane concluiu, era filtrada de alguma maneira pelo teto, pois ele não viu portas ou janelas em lugar nenhum. Enfim, percebeu que sua origem era o próprio teto, que tinha uma peculiar qualidade fosforescente.

Corredor abaixo, o inglês seguiu meio desconfortável, como um fantasma cinzento, caminhando ao longo das paredes pálidas da morte e da decadência. A evidente antiguidade da construção o deprimia, fazendo com que sentisse vagamente a efêmera e fútil existência da humanidade. Ele acreditava estar debaixo da terra, uma vez que nenhum tipo de luz entrava, mas onde? Não era capaz sequer de conjecturar. Aquela era uma terra de encantamentos, uma terra de horror e de mistérios assustadores, tal qual os nativos da selva e do rio lhe haviam relatado, e ele escutara sugestões de seus terrores sussurradas desde que partira da Costa dos Escravos para se aventurar sozinho no interior do país.

De vez em quando, captava um murmúrio grave e indistinto, que parecia vir de uma das paredes, até que finalmente concluiu que havia trombado com a passagem secreta de algum castelo ou casa. Os nativos que ousaram falar com ele a respeito de Negari sussurraram informações sobre uma cidade de pedra, localizada no meio dos sombrios rochedos negros das colinas enfeitiçadas.

Então, Kane pensou: "Pode ser que eu tenha trombado com a própria coisa que estava buscando, e que esteja no epicentro daquela cidade do terror". Ele parou e, escolhendo um lugar ao acaso, começou a escavar a argamassa com seu punhal. Conforme trabalhava, tornou a escutar o ruído, que se tornava mais alto, até que a lâmina rompeu de uma vez a barreira, atravessando-a. Olhando pela abertura, Kane viu uma cena estranha e fantástica.

No interior de uma grande câmara, com paredes e piso de pedra e teto sustentado por gigantescas colunas, estranhamente esculpidas, guerreiros negros emplumados enfileiravam-se junto às paredes. Estavam em coluna dupla, parados como estátuas, e vários deles se posicionavam diante de um trono, entre dois dragões de pedra maiores do que elefantes. Pelo porte e pela aparência geral, ele reconheceu os homens como sendo guerreiros das tribos contra os quais lutara no precipício. Mas seu olhar foi atraído de forma irresistível para o grande trono grotescamente ornamentado. Lá, diminuída pelo pesado esplendor que a cercava, uma mulher jazia reclinada. Era uma jovem fulva, com a graciosidade de uma tigresa. Estava nua, exceto pelo elmo emplumado e pelo cinto com penas coloridas de avestruz, além de braçadeiras e tornozeleiras. Ela se esparramava sobre almofadas de seda, com seus membros largados em voluptuoso abandono. Mesmo àquela distância, Kane pôde discernir que suas feições eram régias, ainda que bárbaras; arrogante e imperiosa, porém sensual, e com um toque de crueldade impiedosa em seus lábios carnudos e vermelhos. Kane sentiu sua pulsação se acelerar. Ela não podia ser outra além daquela cujos crimes se tornaram quase míticos: Nakari de Negari, a rainha-demônio de uma cidade demoníaca, cuja monstruosa sede de sangue fez estremecer metade do continente.

Pelo menos, ela parecia bastante humana, bem diferente do aspecto sobrenatural que as histórias das tribos assustadas que viviam à beira-rio lhe emprestavam. Kane esperava ver um monstro semi-humano, asqueroso, saído de uma era demoníaca do passado, mas não.

O inglês olhava a sala do trono fascinado, embora com repulsa. Nem mesmo nas cortes da Europa ele vira tamanha grandeza. A câmara e todos os seus adornos, desde as serpentes gêmeas nas bases dos pilares até os dragões, que também podiam ser vistos no teto, haviam sido entalhados em uma escala gigantesca. O esplendor era impressionante, obtuso, em um tamanho inumano, quase entorpecedor para a mente de alguém que buscasse medir e conceber a magnitude de tudo. Para Kane, parecia que tais coisas eram trabalho de deuses, e não algo feito por homens, pois só aquela câmara já era suficiente para diminuir a maioria dos castelos que ele conhecera na Europa.

Os guerreiros que se aglomeravam na enorme sala pareciam grotescamente incongruentes. Não eram os arquitetos daquele antigo lugar. Ao perceber isso, Kane reduziu a sinistra importância da rainha Nakari. Deitada naquele trono augusto, em meio à terrível gloria de outra era, ela assumia suas verdadeiras proporções: uma criança mimada e petulante, envolvida em um jogo de faz de conta, e usando a seu bel-prazer um brinquedo descartado pelos mais antigos. Ao mesmo tempo, um pensamento penetrou a mente de Kane: quem eram aqueles que a antecediam? Ainda assim, a rainha poderia se tornar mortal em seu jogo, como o inglês logo viu. Um guerreiro alto e forte veio por entre as fileiras e, após se curvar quatro vezes diante do trono, permaneceu de joelhos, evidentemente esperando permissão para falar. O ar de indiferença e preguiça da rainha desapareceu quando ela se endireitou com um movimento tão rápido que fez Kane se lembrar da agilidade de um leopardo. Ela falou com o nativo, e o inglês, esforçando-se para escutar, percebeu que ela usava linguagem similar à das tribos do rio.

– Fale!

– Grande e terrível rainha– saudou o guerreiro de joelhos, reconhecido por Kane como o chefe que o abordara no platô, o líder dos guardas nos rochedos –, não permita que o fogo de sua fúria consuma seu escravo.

Os olhos da jovem mulher se estreitaram viciosamente.

– Você sabe por que foi convocado, filho de um abutre?

– Fogo da Beleza, o forasteiro chamado Kane não trouxe presentes.

– Presentes? – ela cuspiu as palavras. – De que me interessam presentes?

O chefe hesitou, sabendo agora que havia algo de importante naquele forasteiro.

– Gazela de Negari, ele chegou escalando os penhascos na noite como um assassino, trazendo na mão uma adaga tão longa quanto o braço de um homem. O bloco que rolamos para baixo não o atingiu. Quando o encontramos no platô, nós o levamos até a Ponte-sobre-o-Céu, onde, como é nosso costume, pensamos em matá-lo, pois suas ordens eram de que estava cansada de homens que viessem cortejá-la.

– Tolo! – ela rosnou. – Tolo!

– Seu escravo não sabia, Rainha de Beleza. O forasteiro lutou como um leopardo da montanha. Matou dois homens, caiu no abismo, juntamente com o último, e pereceu, Estrela de Negari.

– Sim – o tom de voz da rainha era venenoso –, era o primeiro grande homem a vir até Negari! Um que poderia ter... Levante-se, imbecil!

O homem ficou de pé:

– Poderosa Leoa, não poderia ele ter vindo procurar...

A frase nunca foi completada. Conforme ele se levantava, Nakari fez um gesto veloz com a mão. Dois guerreiros saíram das fileiras silenciosas e duas lanças se cruzaram no corpo do chefe, antes mesmo que ele pudesse se virar. Um grito gorgolejante explodiu de seus lábios, o sangue jorrou para o alto e o cadáver estendeu-se à base do grande trono.

As fileiras não vacilaram, mas Kane captou o brilho enviesado de olhos estranhamente vermelhos e o umedecer involuntário dos lábios grossos. Nakari havia se erguido parcialmente quando as lanças dispararam, mas, agora, ela se afundava novamente, com uma expressão de cruel satisfação em seu belo rosto, além de um estranho e melancólico fulgor em seus olhos cintilantes.

Após um gesto indiferente de sua mão, o cadáver foi arrastado para longe pelos calcanhares, e os braços mortos, flácidos, deixaram um rastro sangue, indicando a passagem do corpo. Kane viu outras manchas que se estendiam ao longo do chão de pedra, algumas quase indistintas, outras menos opacas. Quantas cenas selvagens e sangrentas, de cruel frenesi, os olhos esculpidos dos grandes dragões de pedra do trono já haviam assistido?

Kane já não tinha a menor dúvida sobre as lendas narradas pelas tribos do rio, falando daquele povo criado em meio à rapinagem e ao horror, cuja intrepidez lhes arrebentara o cérebro. Tal qual uma terrível fera, eles viviam apenas para destruir. Havia um brilho estranho por trás de seus olhos que, às vezes, o iluminava com fogos crescentes e sombras do inferno. O que as tribos do rio, pilhadas durante incontáveis séculos, haviam dito sobre aquele povo das montanhas? "Que eram os capangas da morte, que espreitava entre eles, e a quem eles cultuavam."

Ainda pairava o mesmo pensamento na mente de Kane, enquanto ele refletia sobre quem havia construído tudo aquilo e por que aquele povo tomara posse daquele lugar. Guerreiros como eles jamais poderiam ter alcançado a cultura que os entalhes evidenciavam. Contudo, as tribos do rio não haviam mencionado nada além dos homens que ele observava naquele instante. O inglês fez força para se desvencilhar do fascínio da cena bárbara. Não tinha tempo a perder e, como eles pensavam que estava morto, suas chances de encontrar o que viera procurar se tornaram maiores. Ele virou-se e seguiu pelo corredor escuro. Nenhum plano de ação se oferecia à sua mente, e uma direção era tão boa quanto qualquer outra. A passagem não seguia uma linha reta; Kane notou que ela fazia curvas e serpenteava, seguindo as paredes, e encontrou tempo para se questionar sobre a enorme espessura daquela construção. A qualquer momento, ele esperava deparar-se com guardas ou escravos, mas os corredores se alongavam vazios diante de si. Com o chão empoeirado e sem marcas de pegadas, ele julgou que aquela passagem não era do conhecimento do povo de Negari ou, por algum motivo, não era usada.

Manteve-se atento, em busca de portas secretas, até que, afinal, encontrou uma, embutida na parte interna, com um ferrolho enferrujado preso em uma ranhura da parede. Manipulou-o com cuidado e, com um rangido que pareceu terrivelmente alto na quietude, abriu a porta. Olhando para dentro, Kane não viu ninguém, e passando cautelosamente pela abertura, puxou a porta atrás de si, percebendo que ela compunha uma fantástica imagem pintada na parede. Com seu punhal, marcou o ponto em que a mola ficava escondida, pois não sabia quando poderia ter de usar a passagem novamente.

O inglês entrou em um grande salão e, ao cruzar uma fileira de gigantescos pilares, parecidos com os da câmara do trono, sentiu-se como uma criança em uma grande floresta; contudo, eles passavam uma leve sensação de segurança, pois Kane acreditava que, ao passar furtivamente entre tantas colunas, como um fantasma em uma selva, poderia iludir os guerreiros, a despeito de suas habilidades.

O puritano estabeleceu aleatoriamente uma direção e seguiu com prudência. Chegou a escutar um murmúrio de vozes; então, saltou para cima da coluna e agarrou-se nela enquanto duas mulheres passavam. Além delas, não encontrou mais ninguém. Era uma sensação inquietante atravessar aquele vasto salão, que parecia oco, sem vida humana, mas, em alguma outra parte, Kane sabia que poderia haver multidões ocultas de sua vista pelos pilares.

Por fim, após o que pareceu ser uma eternidade seguindo por aqueles labirintos monstruosos, ele chegou a uma enorme parede que parecia ser a lateral do salão ou, talvez, uma divisória. Continuando seu caminho, deparou-se com um acesso, diante do qual dois lanceiros estavam postados como estátuas negras.

Escondido atrás da base de uma coluna, Kane observou duas janelas no alto, uma de cada lado da porta; reparando nos entalhes ornamentais que cobriam a parede, pensou em um plano desesperado.

Julgava imperativo descobrir o que havia lá dentro. O fato de estar sob guarda sugeria que atrás da porta haveria uma câmara do tesouro ou um calabouço, e descobrir o que era tornou-se seu objetivo.

Kane recuou até um ponto fora da visão dos guardas e começou a escalar a parede, usando os profundos entalhes como apoios para mãos e pés. A tarefa mostrou-se mais fácil do que esperava, e, ao chegar à mesma altura das janelas, rastejou cautelosamente, sentindo-se como uma formiga em uma parede. Os guardas lá embaixo não olharam para cima, e ele, afinal, colocou-se sobre o peitoril da janela mais próxima. Olhou pelo vidro e viu uma sala grande e vazia, porém equipada de maneira lasciva e bárbara. Sofás de seda e travesseiros de veludo se espalhavam pelo chão, com grossas tapeçarias repletas de detalhes dourados penduradas nas paredes azulejadas. Também havia ouro nos trabalhos que decoravam o teto.

Berloques brutos de marfim e pau-ferro, tão incongruentes e de estilo selvagem inconfundível, iluminavam o local; símbolos daquele estranho reino onde sinais de barbarismo competiam com uma excêntrica cultura. O acesso externo estava fechado e, na parede oposta, havia mais uma porta, também lacrada.

Kane desceu da janela, deslizando pela beirada de uma tapeçaria, tal qual um marinheiro escorrega pela corda de uma vela, e cruzou a sala. Seus pés afundaram no espesso tecido do tapete que cobria o chão, e que, a exemplo dos demais móveis, parecia tão antigo que beirava a decadência.

À porta, ele hesitou. Adentrar a sala seguinte poderia ser algo desesperadamente perigoso; se ela estivesse repleta de guerreiros, sua fuga seria impedida pelos lanceiros do lado de fora da outra porta. Ainda assim, acostumado a correr brutais riscos de toda espécie, empunhou sua espada e abriu a porta repentinamente, para surpreender, ainda que por um instante, qualquer inimigo que, por ventura, estivesse do outro lado. Kane deu um passo rápido, pronto para tudo. Mas a seguir, atônito durante um segundo, parou de súbito. Depois de cruzar milhares de quilômetros, lá estava, diante dele, o objeto de sua busca.

3. Lilith

Senhora do mistério,
Qual é sua história?
–VIERECK

Havia um divã no meio da sala e, em sua superfície de seda, uma mulher deitada. Uma mulher de pele branca, cujo cabelo de ouro avermelhado caía sobre seus ombros nus. Ela levantou-se de uma vez, deixando o medo inundar seus lindos olhos cinzentos, com os lábios abertos para proferir um grito, mas conteve-se.

–Você! – ela exclamou. – Como foi que você...?

Solomon Kane fechou a porta e caminhou em sua direção, esboçando um raro sorriso no rosto taciturno.

–Você se lembra de mim, não, Marylin?

O medo já havia desaparecido dos olhos da mulher, substituído por um olhar de incrível admiração e atordoante espanto:

– Capitão Kane! Não consigo entender... Parecia que ninguém jamais viria...

Ela levou sua pequena mão à testa, cambaleando de repente.

Kane a pegou em seus braços – ela era apenas uma criança – e deitou-a com gentileza no divã. Então, esfregando os pulsos da moça com suavidade, ele falou em tom baixo, monótono e apressado, mantendo o olho na porta o tempo todo. A porta, a propósito, parecia ser a única forma de entrar ou de sair da câmara. Enquanto falava e observava tudo à sua volta, notou que o cômodo era quase uma duplicata da outra sala externa no tocante a cortinas e mobília em geral.

– Primeiro, antes de qualquer outra coisa, diga-me: você está sendo vigiada de perto? – o puritano perguntou.

– Muito de perto, senhor – ela murmurou desesperadamente. – Não sei como chegou até aqui, mas jamais conseguiremos fugir.

– Permita-me contar rapidamente como a encontrei, e, quem sabe, você se sinta mais esperançosa quando souber das dificuldades que já superei. Deite-se em silêncio agora, Marylin, e lhe contarei como vim à procura de uma herdeira inglesa na cidade demoníaca de Negari.

"Eu matei *sir* John Taferal em um duelo. Quanto ao motivo, não importa, mas calúnia e mentiras negras estão por trás de tudo. Antes de morrer, ele confessou que cometera um crime abominável alguns anos antes. Lembra-se, é claro, da afeição que seu primo, o velho lorde Hildred Taferal, tio de *sir* John, tinha por você! Pois *sir* John temia que o antigo lorde, ao morrer sem descendentes, deixasse as grandes propriedades dos Taferal para você.

"Anos atrás, quando você desapareceu, *sir* John espalhou o boato de que havia se afogado – continuou Kane. – Entretanto, antes de morrer com meu florete atravessado em seu corpo, ele confessou tê-la raptado e vendido a um corsário da Berbéria. Portanto, parti à sua procura, percorrendo essa trilha longa e cansativa que se estendeu por longas léguas e anos amargos."

El Gar era o nome do pirata sangrento, mencionado por *sir* John e conhecido nas costas da Inglaterra.

– Primeiro, naveguei os mares em busca de El Gar, até encontrá-lo em meio à colisão e aos rugidos de uma batalha no oceano. Ele morreu, mas, pouco antes, contou-me que a havia vendido a um comerciante de Istambul.

O inglês relatou ter seguido para o Oriente, onde, por acaso, se deparou com um marinheiro grego, crucificado pelos mouros em uma praia após ser acusado de pirataria.

– Eu o libertei e repeti a mesma pergunta já feita a tantos homens: se, em suas peregrinações, ele havia visto uma menina inglesa de cachos amarelos, que se tornou prisioneira. Descobri que ele, ao embarcar em um navio de comerciantes de Istambul, viu você entre a tripulação. Na sua viagem de volta para casa, o barco foi a pique após ser capturada por um escravagista português.

Kane afirmou que o renegado grego e a jovem foram alguns dos poucos levados para bordo do outro navio.

– Esse escravagista, após singrar para o sul em busca de mármore negro, foi emboscado em uma pequena baía na Costa Oeste da África; contudo, o grego não sabia qual o destino da nau, pois conseguiu escapar do massacre, mas, ao tomar um bote e seguir por mar aberto, acabou capturado por um navio de piratas genoveses.

O puritano contou que pegou a rota da África.

– Cheguei à Costa Oeste, pensando na remota chance de que você ainda estivesse viva, e lá, entre os nativos, escutei que alguns anos atrás uma criança branca havia sido levada por um navio, cuja tripulação fora assassinada, e mandada para o interior, como parte do tributo que as tribos do litoral pagam aos chefes rio acima.

Então, todos os rastros desapareceram.

– Durante meses, vaguei sem nenhuma pista do seu paradeiro. Nada, nem sequer uma alusão de que ainda estivesse viva. Depois, escutei casualmente as tribos do rio falarem sobre a cidade demoníaca de Negari e sua rainha maligna, que mantinha uma mulher estrangeira como escrava. E cheguei até aqui.

O tom adotado por Kane em sua narração, sem polimento, não dava qualquer mostra do pleno significado daquela história... Do que havia por trás daquelas palavras calmas e elaboradas... As lutas no mar e na terra... Os anos de privação e labuta pesada, o perigo incessante, as peregrinações constantes por territórios hostis e desconhecidos; o trabalho tedioso e mortificante de investigar qualquer pista, interrogando selvagens ignorantes, carrancudos e pouco amigáveis.

– Eu cheguei até aqui – disse Kane com simplicidade.

Mas que universo de coragem e esforço aquela frase simbolizava! Uma longa trilha vermelha, sombras negras e rubras, tecendo uma dança infernal...

Marcada por espadas faiscantes e pela fumaça da batalha... Por palavras vacilantes que caíam como gotas de sangue dos lábios de moribundos.

Decerto, Solomon Kane não era um homem conscientemente dramático. Ele contou sua história da mesma maneira como havia superado terríveis obstáculos: friamente, de forma breve e sem heroísmos.

– Veja, Marylin – ele concluiu de jeito terno –, não cheguei até aqui e fiz isso tudo para encontrar a derrota. Seja forte, criança. Encontraremos uma maneira de sair desse horrível lugar.

– *Sir* John me levou na sela de seu cavalo – a jovem falou desorientada, como se sua própria língua lhe soasse estranha, por conta dos anos de desuso; mas, buscando uma cadência, tentou destravar as palavras, com um inglês obscuro de muito tempo atrás. – Ele me levou até a costa, onde o bote de uma galé estava à espera, ocupado por homens ferozes e morenos, de bigodes, e portando cimitarras e grandes anéis nos dedos. O capitão, um muçulmano com o rosto como o de um falcão, pegou-me, enquanto eu chorava de medo, e arrastou-me até sua galé. Contudo, à sua própria maneira, ele foi gentil comigo. Eu era pouco mais que uma criança. Afinal, ele me vendeu a um comerciante turco, conforme lhe contaram.

O capitão muçulmano encontrou o turco na costa sul da França após muitos dias de viagem pelo mar.

– O comerciante não abusou de mim, mas eu o temia, pois ele era um homem de feições cruéis, e fez com que eu soubesse que seria vendida a um sultão negro dos mouros – contou Marylin. – Entretanto, nos Portões de Hércules, sua embarcação foi abalroada por um navio escravagista de Cadiz, e as coisas se sucederam conforme você narrou.

"O capitão do navio negreiro achou que eu era a filha de alguma rica família inglesa – ela continuou – e tinha a intenção de me manter cativa em troca de um resgate. Mas ele morreu, com todos os seus homens, em alguma baía sombria na costa africana, sobrando apenas o grego que você mencionou e eu, que acabei aprisionada por um selvagem chefe tribal.

A jovem relatou que ficou terrivelmente amedrontada.

– Achei que ele fosse me matar, mas, sem qualquer ferimento, enviou-me país acima com uma escolta que também carregava pilhagens do navio. O saque, juntamente comigo, era, como você sabe, destinado a um rei poderoso das tribos do rio. Porém, jamais chegou até ele, pois um bando nômade de

Negari atacou os guerreiros da costa e os dizimou. A seguir, fui trazida até essa cidade e, desde então, tenho sido escrava da rainha Nakari.

"Como sobrevivi por todas aquelas pavorosas cenas de batalha, crueldade e assassinato, não sei – ela suspirou."

– A providência a resguardou, criança – disse Kane. – O poder que toma conta de mulheres fracas e de crianças indefesas, o mesmo poder que me guiou até você a despeito de todos os obstáculos, e que ainda nos levará para fora deste lugar: a vontade de Deus.

– Meu povo! – ela exclamou repentinamente, como se acordasse de um sonho. – O que foi feito dele?

– Todos gozam de fortuna e boa saúde, criança, a não ser pelo fato de que têm chorado por você durante esses longos anos. Apenas o velho *sir* Mildred está com gota e, por isso, de quando em quando temo por sua alma. Contudo, parece-me que, caso ele a veja, pequena Marylin, isso o restaurará.

– Ainda assim, capitão Kane – disse a menina –, não consigo entender por que veio só.

– Seus irmãos teriam vindo comigo, criança, mas era incerto saber se você ainda vivia, e eu não queria que nenhum outro Taferal morresse em uma terra distante do bom solo inglês. Livrei o país de um Taferal maligno... Portanto, cabia a mim e a mais ninguém colocar em seu lugar uma boa Taferal, se ela, evidentemente, ainda vivesse.

Essa explicação convencia o próprio Kane. Ele jamais buscava analisar seus motivos e nunca hesitava após tomar uma decisão. Embora, em geral, agisse por impulso, acreditava firmemente que todas as suas ações eram governadas por razões frias e lógicas. Kane era um homem nascido fora de seu tempo, uma estranha mistura de puritano e cavaleiro, com uma inspiração dos filósofos de antigamente, e com mais do que um toque pagão; esta afirmação, porém, provocaria sua ira. Ele era um representante dos tempos da cavalaria cega, um brioso errante nas cúpulas sombrias de um fanático. Havia uma fome em sua alma, forçando-o a seguir em frente; uma urgência de corrigir tudo o que estava errado, de proteger todas as coisas fracas, de vingar todos os crimes contra a retidão e a justiça. Caprichoso e incansável como o vento, mantinha-se constante em um aspecto: era fiel aos seus ideais de direito e justiça. Assim era Solomon Kane.

– Marylin – ele disse com gentileza, tomando as pequenas mãos dela em seus dedos calejados –, tenho a impressão de que você mudou muito nesses anos. Era uma donzela rosada e bochechuda quando costumava embalá-la em meu joelho, na antiga Inglaterra. Agora, sua face parece retorcida e pálida, embora ainda seja bonita como as ninfas dos livros pagãos. Vejo assombrações e fantasmas em seus olhos, criança... Eles abusaram de você aqui?

Ela recostou-se no sofá, e o sangue foi lentamente drenado de seu rosto já pálido, até ficar lívida como a morte. Kane curvou-se sobre a garota, alarmado. A voz dela saiu èm um sussurro:

– Não me faça essa pergunta. Há fatos que permanecem melhores se escondidos na escuridão da noite e do esquecimento. Há visões que destroem os olhos e, para sempre, deixam sua marca ardente no cérebro. Os muros das antigas cidades, esquecidas pelos homens, testemunharam cenas que não devem ser faladas, nem mesmo em sussurros.

Os seus olhos se fecharam de exaustão, enquanto os de Kane, sérios e preocupados, inconscientemente seguiram as finas linhas azuis das veias de Marylin, acentuadas pela palidez antinatural de sua pele. Ele murmurou:

– Há alguma coisa demoníaca aqui. Um mistério...

– Sim – sussurrou a garota –, um mistério que já era velho quando o Egito era jovem! Um mal inominável, mais antigo que a sinistra Babilônia... Que se procriou em terríveis cidades negras quando o mundo era púbere e estranho.

Kane franziu a testa de preocupação. Em face às estranhas palavras da jovem, sentiu um misterioso pavor rastejando no fundo de seu cérebro, como se indistintas memórias raciais se agitassem nos profundos golfos das eras, conjurando visões caóticas e nebulosas, ilusórias e torturantes.

De repente, Marylin sentou-se ereta, os olhos se arregalando de terror. Kane ouviu uma porta se abrir em algum lugar.

– Nakari! Rápido! Ela não pode encontrá-lo aqui. Esconda-se, depressa – sussurrou a garota, aflita, enquanto Kane se virava. – Fique em silêncio, o que quer que aconteça!

Ela deitou-se no divã, fingindo dormência, enquanto Kane cruzou a sala e se escondeu atrás de tapeçarias que, penduradas na parede, ocultavam um nicho que outrora deveria ter contido algum tipo de estátua.

Ele mal havia feito aquilo quando a única porta da sala se abriu, e uma estranha figura bárbara foi emoldurada pelo batente. Nakari, rainha de Negari, vinha atrás de sua escrava.

A mulher estava nua, do mesmo jeito que Kane a vira no trono, e os braceletes e tornozeleiras coloridos retiniram conforme ela fechou a porta. Ao entrar na câmara, Nakari se movia com a suave sinuosidade de uma felina, e ele, observando-a, foi possuído de admiração por sua beleza. Contudo, simultaneamente, um tremor de repulsa o sacudiu, pois os olhos da rainha brilhavam com maldade vibrante e magnética, mais antiga que o mundo.

"Lilith!", pensou Kane. "Ela é linda e terrível como o purgatório. Ela é Lilith... Aquela sórdida e adorável mulher da lenda anciã."

Nakari parou ao lado do divã, olhando em direção à sua prisioneira por um momento. Então, com um sorriso enigmático, abaixou-se e a sacudiu. Marylin abriu os olhos, sentou-se e escorregou do divã para o chão, ajoelhando-se diante de sua selvagem mestra, ato que fez Kane praguejar em um sussurro. A rainha riu e, sentando-se no divã, fez um sinal para que a garota se levantasse. Após envolver sua cintura com um braço, colocou-a sentada em seu colo. Kane observava intrigado, enquanto Nakari acariciava a garota de forma preguiçosa e satisfeita. Aquilo até poderia ser afeição, mas, para Kane, mais se parecia com um leopardo saciado, provocando sua vítima. Havia um ar de zombaria, de crueldade premeditada, em tudo aquilo.

– Você é muito macia e bela, Mara – Nakari murmurou preguiçosamente. – Muito mais formosa do que todas as outras jovens que me servem. A hora das suas núpcias se aproxima, pequenina. E noiva mais bela jamais foi levada até as Escadas Negras.

Marylin começou a tremer, e Kane achou que ela fosse desmaiar. Os olhos de Nakari brilhavam estranhamente sob os longos cílios de suas pálpebras caídas, e seus grossos lábios vermelhos se curvavam em um leve sorriso atormentador, como se cada ação carregasse algum significado sinistro. Kane começou a suar.

– Mara – disse a rainha –, você é honrada acima de todas as demais, entretanto, não está contente. Pense em quanto as moças de Negari a invejarão, Mara, quando os sacerdotes cantarem a canção nupcial e a Lua das Caveiras iluminar a crista negra da Torre da Morte! Reflita, pequena noiva do Mestre, quantas garotas já deram a vida para ser a noiva dele!

E Nakari riu de maneira odiosa e musical, como reação a uma insólita piada. Então, parou. Seus olhos se estreitaram até se tornarem fendas que varriam a câmara, e todo seu corpo ficou tenso. Sua mão mergulhou no cinto, de onde tirou uma longa adaga estreita. Kane mirava ao longo do cano de sua pistola, com o dedo no gatilho, pensando que a rainha estava prestes a assassinar a garota. Somente uma hesitação natural contra atirar em uma mulher o impediu de enviar a morte para dentro do selvagem coração de Nakari.

Então, ágil como um felino arisco, ela empurrou Marylin com força e movimentou-se para o outro lado da sala, fixando os olhos na tapeçaria atrás da qual Kane estava escondido. Será que aqueles olhos hábeis o descobriram? Ele logo soube.

– Quem está aí? – ela bradou ferozmente – Quem está escondido atrás dessas cortinas? Eu não o vejo nem ouço, mas sei que alguém está aí!

Kane permaneceu em silêncio; traído pelo instinto indômito de Nakari, ele estava em dúvida sobre o que faria a seguir. Suas próximas ações dependiam da rainha.

– Mara! – a voz de Nakari estalou feito um chicote. – Quem está atrás das cortinas? Responda-me ou terei de lhe dar o gosto do meu flagelo novamente?

A garota parecia incapaz de falar, encolhida no local onde caíra, contraindo seus belos olhos repletos de terror. Sem titubear, Nakari passou a mão livre por trás de si, agarrou uma corda pendurada na parede e puxou-a de forma rancorosa. Kane sentiu a tapeçaria abrir-se de ambos os lados, revelando-o. O silêncio congelou a estranha cena por um momento: de um lado da sala, o soturno aventureiro com suas vestes esfarrapadas, manchadas de sangue, e a pistola firme em sua mão direita; do outro lado, a rainha selvagem, em sua elegância bárbara, ainda agarrada à corda, segurando, com a outra mão, a adaga à sua frente; e a garota cativa em posição fetal, colada ao chão.

Então, Kane falou:

– Fique em silêncio, Nakari, ou você morre!

A rainha pareceu anestesiada e sem fala diante da súbita aparição. Kane saiu do meio da tapeçaria e, lentamente, aproximou-se do centro da sala.

– Você! – afinal, ela reencontrou a voz. – Você deve ser aquele de quem os guardas falaram! Não há dois homens brancos em Negari! Eles disseram que você caiu para sua morte! Então, como...

– Silêncio! – a voz de Kane cortou bruscamente o espanto dela.

O inglês sabia que a pistola não significava nada para a rainha, mas ela parecia sentir a ameaça da longa lâmina que ele trazia em sua mão esquerda.

– Marylin – ainda falando inconscientemente na língua das tribos do rio –, apanhe as cordas das cortinas e amarre-a...

No meio da câmara, Kane observava o rosto de Nakari. Já recuperada de sua breve desorientação, a rainha trocou a feição indefesa por um olhar em brasas, atiçando um plano traiçoeiro. Deliberadamente, deixou sua adaga cair, em sinal de rendição, e, de forma inesperada, suas mãos subiram rápido para agarrar outra corda grossa acima da cabeça. Kane escutou Marylin gritar, mas, antes que pudesse puxar o gatilho, ou sequer pensar, o chão abriu sob seus pés, e ele caiu em um negror abismal. A queda não foi longa; aterrissou de pé e ajoelhou-se após a força do baque. Enquanto descia, porém, ele sentiu uma presença na escuridão ao seu lado. Algo pesado bateu em seu crânio, e o puritano sucumbiu ao abismo ainda mais negro da inconsciência.

4. Sonhos de império

Para Roma foi dado o governo do mundo
E dele extraiu-se pouca alegria.
Mas nós, nós devemos aproveitar o mundo,
Todo o enorme mundo é um brinquedo.
– CHESTERTON

Lentamente, Kane acordou dos reinos escuros para onde fora enviado pela invisível clava do agressor. Algo impedia o movimento de suas mãos, com um retinir metálico quando tentou levá-las à sua cabeça dolorida e latejante. Na mais profunda treva, ele ficou em dúvida se era a ausência de luz ou se ficara cego pelo golpe. De forma confusa, percebeu-se deitado em um chão úmido de pedra, com os pulsos e tornozelos algemados com pesadas correntes de ferro, e, pelo toque, notou que eram ásperas e enferrujadas.

Ele jamais soube quanto tempo permanecera lá. O silêncio era quebrado apenas pelo pulsar de tambores em sua cabeça ferida e pela corrida de ratos à sua volta. Por fim, um brilho vermelho surgiu na escuridão e cresceu diante de seus olhos. Enquadrado pelo fulgor sinistro, surgiu o rosto tenebroso e sardônico de Nakari. Kane sacudiu a cabeça, lutando para se livrar da ilusão. Mas quando seus olhos se habituaram com a luz percebeu que era a rainha, com uma tocha na mão.

Com a iluminação, ele deu-se conta de que jazia em uma pequena cela fria e imunda, com paredes, teto e chão de pedra. As pesadas correntes que o mantinham cativo estavam presas a anéis de metal chumbados à parede. Havia apenas uma porta, aparentemente, de bronze.

Nakari colocou a tocha em um nicho próximo à porta e, de frente para seu prisioneiro, ficou olhando para ele, de alto a baixo, de uma maneira que era mais especulativa que zombeteira.

–Você é aquele que enfrentou os homens no penhasco – a rainha disse, mais em tom de afirmação que de pergunta. – Eles me contaram que você caiu dentro do abismo... Eles mentiram? Você os subornou para que mentissem? Ou como foi que escapou? Você é um feiticeiro e planou até o fundo do precipício para depois voar até meu palácio? Fale!

Kane continuou em silêncio. Nakari o amaldiçoou.

– Fale ou farei com que arranquem seus olhos! Cortarei fora os dedos de suas mãos e queimarei seus pés! – ela o chutou de forma rancorosa, mas Kane permaneceu calado, com seus penetrantes olhos sombrios encarando-a, até que a ferocidade do olhar dela desapareceu, substituído por ávido interesse e admiração.

Ela sentou-se em um banco de pedra, descansando os cotovelos nos joelhos e o queixo nas mãos.

– Nunca havia visto um homem branco antes – ela disse. – Todos os homens brancos são como você? Bah! Não pode ser. A maioria dos homens é tola, sejam negros ou brancos. Sei que os homens brancos não são deuses, como acreditam as tribos do rio... São apenas homens. Eu, que conheço todos os mistérios antigos, digo que não passam de homens.

"Mas os homens brancos têm mistérios estranhos também, como dizem os aventureiros das tribos do rio e Mara. Eles têm armas que fazem um barulho como o de um trovão e matam à distância... Aquela coisa que você segurava em sua mão direita era uma dessas armas?"

Kane se permitiu um sorriso austero:

– Nakari, se você conhece todos os mistérios, como posso lhe dizer alguma coisa que já não saiba?

– Como seus olhos são profundos, frios e estranhos! – a rainha reagiu, como se ele não tivesse falado. – Como é estranha toda a sua aparência... E você tem o porte de um rei! Você não me teme... Jamais conheci um homem que não me amasse ou temesse. Você jamais me temeria, mas poderia aprender a me amar. Olhe para mim, audaz... Não sou bela?

–Você é bela – respondeu Kane.

Nakari sorriu, e a seguir franziu a testa:

– Da forma como você diz, não é elogio. Você me odeia, não?

– Como um homem odeia uma serpente – Kane respondeu mitigado.

Os olhos de Nakari queimaram em uma fúria quase insana, e ela afundou as longas unhas nas palmas de suas mãos; em seguida, tão rapidamente quanto surgira, a fúria sumiu.

–Você tem o coração de um rei – ela disse calmamente. – Do contrário, teria medo de mim. Você é um rei em sua terra?

– Sou apenas um andarilho sem lar.

–Você poderia ser um rei aqui

Kane deu uma gargalhada sinistra.

–Você me oferece minha vida?

– Ofereço mais do que isso!

Os olhos de Kane se contraíram quando a rainha se curvou sobre ele, vibrando de excitação reprimida:

– Kane, o que você quer mais do que tudo no mundo?

– Pegar a garota branca, que você chama de Mara, e partir.

Nakari retrocedeu com uma exclamação impaciente:

–Você não pode tê-la; ela é a noiva prometida do Mestre. Mesmo eu não poderia salvá-la. Nem se quisesse. Esqueça-a. Irei ajudá-lo a esquecê-la. Ouça, ouça as palavras de Nakari, rainha de Negari! Você diz que é um homem sem lar... Eu o tornarei rei e lhe darei o mundo para ser seu brinquedo! Não, não; fique em silêncio até eu terminar – ela prosseguiu de forma apressada, atropelando, em sua ânsia, as palavras umas nas outras, enquanto seus olhos brilhavam e todo seu corpo tremia. – Já conversei com viajantes, prisioneiros e escravos, homens de países longínquos. Sei que esta terra de montanhas, rios e matas não é o mundo inteiro. Há nações e cidades distantes, com seus reis e rainhas, para serem esmagadas e derrotadas.

"Negari está ruindo, perdendo sua pujança, mas um homem forte, ao lado de sua rainha, pode reconstruí-la – Nakari falou, aflita – e restaurar toda a glória que se foi. Ouça, Kane! Sente-se ao meu lado no trono de Negari! Use as clavas do trovão de seu povo para armar meus guerreiros! Minha nação ainda é a soberana da África Central. Juntos, uniremos as tribos conquistadas e traremos de volta os dias em que o reino da antiga Negari se estendia pela Terra, de mar a mar! Vamos subjugar todas as tribos do rio, da planície e da costa, e, em vez de destruí-las, formaremos um poderoso exército! Então, quando toda a África estiver aos nossos pés, varreremos o mundo como um leão faminto, para rasgar, destroçar e destruir!"

O cérebro de Solomon titubeou. Talvez, fosse a personalidade feroz e magnética da mulher, o poder que instilava em suas palavras incandescentes, mas, naquele momento, o insano plano não parecia nada delirante nem impossível. Visões caóticas queimaram a mente do puritano... A Europa despedaçada por conflitos civis e religiosos, dividida, lutando contra si mesma, traída por seus líderes, oscilante... Sim, a Europa vivia situações difíceis agora, e poderia mostrar-se uma vítima fácil para alguma raça selvagem de conquistadores. Qual homem pode dizer com honestidade que, em seu coração, não espreita uma ânsia por poder e conquista?

Por um momento, as tentações do demônio cercaram Solomon Kane. Então, em meio às imagens de sua mente, surgiu o rosto triste e melancólico de Marylin Taferal, e o puritano praguejou:

– Para trás, filha de Satã! *Avaunt!* Por acaso sou uma fera da floresta para liderar seus demônios selvagens contra meu próprio povo? Não! Fera alguma jamais fez isso. Suma daqui! Se quiser minha amizade, liberte-me e deixe-me partir com a garota.

Nakari deu um pulo como uma gata, e seus olhos arderam com fúria impetuosa. Uma adaga brilhou em sua mão quando se aproximou do peito de Kane com um grito felino de ódio. A lâmina pairou como uma sombra mortal, mas a mulher abaixou o braço e riu:

– Liberdade? Ela será livre quando a Lua das Caveiras olhar para o altar negro. Quanto a você, seu tolo, apodrecerá neste calabouço. A maior rainha da África lhe ofereceu seu amor e o império do mundo... E você a ultrajou!

Será que você ama a jovem escrava? Mas ela é minha até que chegue a noite da Lua das Caveiras, e fique sabendo que ela será punida como eu já fiz antes... Pendurada pelos pulsos, nua e chicoteada até desfalecer!

Nakari riu enquanto Kane se debatia violentamente em seus grilhões. Seguiu em direção à porta, abriu-a e, hesitante, retornou para dizer:

– Este é um local torpe, audaz; e, quem sabe, você me odeie mais ainda por lhe acorrentar aqui. Talvez, na bela sala real de Nakari, com riqueza e luxúria espalhadas à sua frente, você aprecie melhor minha proposta. Muito em breve mandarei buscá-lo, mas, por enquanto, ficará aqui para refletir sobre o que você quer. Lembre-se: ame Nakari, e o reino do mundo será seu; odeie-a, e esta cela será seu reino.

Quando a porta de bronze se fechou, com a tranca rangendo funestamente, o inglês encarcerado odiou ainda mais a risada venenosa de Nakari.

O tempo passou devagar na escuridão. Após o que pareceu ser um longo período, a porta se abriu para um enorme guerreiro que lhe trouxe comida e um vinho aguado. Kane comeu e bebeu vorazmente e, a seguir, adormeceu. A tensão dos últimos poucos dias o desgastara sobremaneira, mental e fisicamente, mas, ao despertar, sentiu-se revigorado e fortalecido.

Mais uma vez abriram a porta, e dois guerreiros selvagens entraram. À luz das tochas que portavam, Kane viu que eles eram gigantes, vestidos com tangas na cintura e plumas de avestruz na cabeça, trazendo lanças afiadas nas mãos.

– Nakari deseja que você vá até ela, homem branco – eles disseram, enquanto removiam as suas correntes. Kane levantou-se exultante, com liberdade de movimentos, e, ferozmente, remoeu o cérebro buscando uma maneira de escapar.

Evidentemente, a fama de suas proezas já se espalhara; os dois guerreiros, em sinal de respeito, mandaram-no andar na frente, seguindo-o com as pontas de suas lanças espetando-lhe as costas. Mesmo em dupla e com o prisioneiro desarmado, eles não queriam se arriscar. Os olhares que lançavam para Kane eram cheios de admiração e cautela.

O trio caminhou por um corredor longo e escuro. Os captores guiaram o inglês, com leves estocadas pontiagudas, até uma escadaria estreita e sinuosa, desembocando em uma passagem que, adiante, levou a outra escada. Enfim, eles atingiram o vasto labirinto de gigantescos pilares – por onde Kane chegara da primeira vez. No enorme salão, o coração de Kane disparou quando reconheceu uma pintura estranha e fantástica, bem à sua frente. Sem despertar suspeitas, o puritano seguiu em direção à parede, acompanhado pelos guardas, e conseguiu até mesmo ver a marca que havia feito nela com sua adaga.

Os guerreiros surpreenderam-se ao ouvir Kane resfolegar subitamente, como um homem atingido por uma lança. Ele cambaleou, perdendo o passo, e começou a agarrar o ar, em busca de algo para se apoiar.

Ambos se entreolharam duvidosos e o cutucaram, porém ele gritou alto como um moribundo e, lentamente, se encarquilhou no chão, em uma posição antinatural, com uma perna dobrada para trás e retorcendo um dos braços sob o corpo amolecido.

Os guardas ficaram com medo. Tudo levava a crer que estava morrendo, mas não havia nenhum ferimento em sua pele. Ameaçaram-no com suas lanças, cutucando-o, sem obter resposta. A seguir, abaixaram as armas, ainda incertos, e um dos dois curvou-se sobre ele.

Então, aconteceu. No instante em que o guarda se inclinou, Kane avançou como uma mola de aço libertada. O punho direito fez uma curva, saindo do quadril em um sibilante semicírculo, e colidiu contra a mandíbula do guerreiro. O golpe desferido com toda a força do braço e do ombro, e impulsionado pelo movimento de suas poderosas pernas ao se levantar, explodiu como uma bomba. O guarda caiu desmaiado antes mesmo que seus joelhos se dobrassem.

O outro guerreiro avançou com um berro, mas, enquanto sua vítima caía, Kane virou-se para o lado e pressionou, com sua mão frenética, a mola secreta na pintura.

Tudo aconteceu no espasmo de um segundo. O guerreiro foi rápido, mas Kane era ainda mais ágil, pois se movia com a velocidade de um lobo faminto. Por um instante, a queda do guarda desacordado impediu o avanço do outro guerreiro e, naquele intervalo, Kane sentiu a porta oculta se abrir. Com o canto do olho, ainda viu um brilho de aço disparar contra seu coração e, girando sobre si mesmo, mergulhou naquela abertura, quando a ponta da lança cortou a pele de seu ombro.

Para o guerreiro confuso e desorientado, estático com a arma erguida, pronta para outra estocada, parecia que o prisioneiro tinha sumido através de uma parede sólida. Diante de seu olhar, havia somente uma pintura fantástica, e esta não cedeu aos seus esforços.

5. Durante mil anos...

Os deuses cegos rugem, deliram e sonham
Com todas as cidades sob o mar.
– CHESTERTON

Kane bateu a porta secreta atrás de si, comprimindo a mola, e inclinou-se sobre ela, com toda a musculatura tensionada, na expectativa de ter de segurá-la contra os esforços de uma horda de lanceiros. Mas nada disso ocorreu. Escutou o guarda tateando do lado de fora, até que o som também cessou. Parecia impossível que aquele povo vivesse no palácio por tanto tempo sem descobrir as portas e passagens secretas, mas foi essa a conclusão de Kane. Enfim, ele reconheceu que, por ora, não seria perseguido. Deu meia-volta e andou pelo longo corredor, cujo pó parecia ser eterno sob a fraca luminosidade cinzenta. Sentiu-se desconcertado e furioso, embora liberto dos grilhões de Nakari. Não tinha ideia de quanto tempo havia se passado desde que chegara ao palácio. Pareciam eras. Já devia ser dia, pois havia luz nos salões externos, e também não vira tochas após sair dos calabouços subterrâneos. Ele se perguntava se Nakari cumprira a ameaça de vingança contra a garota indefesa, e praguejou irado. Estava livre, mas desarmado e caçado como um rato naquele palácio infernal. Como poderia ajudar a si próprio ou a Marylin? Mas sua confiança não o abandonou. Estava do lado da razão, e alguma solução se apresentaria.

De repente, quando uma estreita escadaria se ramificou da passagem principal, o puritano subiu, com a claridade se intensificando, até alcançar o pleno resplendor da luz do sol da África. A escada terminava em um pequeno cômodo, de frente para uma janela gradeada. Por ela, Kane enxergou o céu azul tingido de dourado pela ardente luz do sol, uma visão que foi como vinho revigorante para ele, que respirou profundamente o ar fresco para tentar livrar seus pulmões da aura de pó e decadência encontrada pelo caminho.

Ao longe, Kane viu uma paisagem estranha e bizarra. De ambos os lados, assomavam-se enormes penhascos negros, onde castelos e torres de pedra, de peculiar arquitetura, se erigiam. Era como se gigantes de outro planeta, em selvagem e caótica orgia de criação, tivessem vomitado tais construções, apoiadas solidamente contra os rochedos. Kane sabia que o palácio de Nakari também devia ter sido construído em um penhasco e acreditava estar no lado frontal daquele palácio, em uma pequena torre, erguida sobre a parede externa. Mas como havia apenas uma janela, sua visão era limitada.

Bem abaixo, entre as ruas sinuosas e estreitas daquela estranha cidade, havia um enxame de pessoas que, do alto da torre, pareciam formigas negras. A leste, norte e sul, os penhascos formavam um barreira natural; somente do lado oeste havia uma muralha artificial.

O Sol afundava no oeste. Relutante, Kane deu meia-volta, afastando-se da janela gradeada, e retornou pela escadaria. Caminhou mais uma vez pelo corredor cinzento, sem rumo ou planos, vencendo distâncias que lhe pareceram quilômetros e mais quilômetros. Ele descia cada vez mais por passagens que ficavam sob outras passagens. Até que luz ficou mais fraca, e um musgo úmido apareceu nas paredes. Então, o puritano estancou, capturado por um fiapo de som, vindo de trás da parede. O que seria aquilo? Um brandir de metal... O brandir de correntes.

Aproximou-se da parede e, em meio à penumbra, sua mão encontrou uma mola enferrujada. Após manuseá-la com cautela, sentiu o comando que fez a porta escondida mover-se. Em seguida, viu o interior de uma cela, cópia da outra na qual ficara confinado. Uma tocha acesa, enfiada em um nicho da parede, tremulou sua luminosidade lúrida, e ele divisou uma figura no chão, com punhos e tornozelos acorrentados.

Era um homem; a princípio, Kane pensou que se tratasse de um nativo, mas ficou em dúvida ao perceber que, apesar de sua pele escura, o rosto era finamente cinzelado, com testa alta e olhos vibrantes, além de cabelos lisos e escuros.

O homem falou em um dialeto desconhecido, que era estranhamente distinto e definido, em comparação com o jargão gutural dos nativos com os quais Kane estava familiarizado. O puritano falou em inglês e, a seguir, na língua das tribos do rio.

O outro perguntou neste último dialeto:

– Quem é você, que vem através da porta antiga? Você não é um selvagem... De início, julguei que fosse alguém da Antiga Raça, mas agora vejo que não é um deles. De onde vem?

– Meu nome é Solomon Kane – respondeu o puritano. – Sou um prisioneiro desta cidade demoníaca. Venho de muito além do salgado mar azul.

Os olhos do homem brilharam ante a palavra:

– O mar! Antigo e eterno! O mar que eu jamais vi, mas que foi o berço da glória de meus antepassados! Diga-me, estranho, você, assim como eles, já navegou ao longo do seio do grande monstro azul? Seus olhos já viram as espirais douradas de Atlântida e as muralhas carmesins de Mu?

– De fato – respondeu Solomon, um pouco inseguro –, já naveguei os mares, até mesmo para o Indostão e Cathay, mas nada sei desses países que mencionou.

– Não – o outro suspirou –, eu sonho... Sonho. A sombra da grande escuridão já ataca meu cérebro, e minhas palavras vagueiam. Forasteiro, houve épocas em que estas paredes e este chão frio pareciam ecoar as profundezas verdes e ondulantes, e minha alma era preenchida pela efervescência do mar eterno. Eu, que jamais vi o mar!

Kane estremeceu de forma involuntária, pensando que o homem era insano. De repente, com sua mão seca, ele agarrou seu braço, apesar das correntes que o prendiam.

–Você, cuja pele é tão estranhamente clara, já viu Nakari, a monstruosidade que governa esta cidade arruinada?

– Eu já a vi – disse Kane com seriedade – e, agora, fujo dos assassinos dela, caçado como um rato.

–Você a odeia! – o outro gritou. – Sim, eu sei! Você procura Mara, a garota branca que é escrava dela?

– Sim.

– Ouça... – o homem acorrentado falou com solenidade –, estou morrendo. As torturas de Nakari cumpriram sua função. Eu morrerei e, comigo, morrerá também a sombra da glória que foi minha nação, pois sou o último da minha raça. Em todo o mundo, não há outro igual. Escute agora a voz de uma raça moribunda.

E Kane, inclinando-se na semiescuridão da cela, ouviu a história mais estranha que um homem poderia lhe contar, resgatada das névoas de eras obscuras e tão antigas pelos lábios de um delirante. Claras e distintas, as palavras brotavam do moribundo, e Kane ardia e congelava alternadamente ao que, visão após visão de tempo e espaço, era varrido diante dele.

– Há uma eternidade... eras e mais eras atrás... o império de minha raça se erguia com orgulho acima das ondas. Faz tanto tempo, que nenhum homem se lembra de um ancestral que saiba disso. Nossas cidades se erguiam em uma grande terra a oeste. Nossos pináculos dourados dividiam as estrelas ao meio; nossas galés de proas púrpuras quebravam as ondas ao redor do mundo, pilhando os tesouros do oriente e as riquezas do ocidente.

"Nossas legiões iam de norte a sul, de leste a oeste; e ninguém fazia frente a elas. Nosso domínio se estendeu pelo mundo; enviamos colônias a todas as terras para subjugar todos os selvagens, homens de todas as cores, e escravizá-los. Eles trabalhavam para nós nas minas e nos remos das galés. Por todo o mundo, o povo marrom de Atlântida reinava supremo. Éramos um povo do mar, e sondávamos as profundezas de todos os oceanos. Conhecíamos todos os mistérios, os segredos da Terra, do mar e do céu. Nós líamos as estrelas e éramos sábios. Filhos do mar, nós o exaltávamos acima de todo o resto.

"Adorávamos Valka e Hotah, Honen e Golgor. Muitas virgens morreram em seus altares, e a fumaça de seus santuários obscureciam o Sol. Então, o mar se ergueu agitado e trovejou de seu abismo, derrubando os tronos do mundo diante dele! Novas terras se ergueram das profundezas, e Atlântida e Mu foram engolidas pelo golfo. O oceano verde rugiu pelos santuários e castelos, e as algas do mar se incrustaram nas espirais douradas e torres de topázio. O império de Atlântida desapareceu e foi esquecido, mergulhando no abismo eterno do tempo e do esquecimento. Da mesma forma, as colônias nas terras bárbaras, cortadas de sua ligação com o reino materno, pereceram. Os bárbaros selvagens se rebelaram, queimaram e destruíram tudo, até que, em todo o mundo, apenas a colônia de Negari restou como símbolo do império perdido.

"Aqui, meus ancestrais governaram como reis, e os ancestrais de Nakari, a felina, dobravam os joelhos como escravos. Passaram-se os anos, que se alongaram para séculos. O império de Negari diminuiu. Tribo após tribo se rebelou e se libertou de seus grilhões, esmagando os descendentes do mar, até que os filhos de Atlântida, enfim, recuaram por completo e se retiraram para dentro de sua própria cidade, a última fortaleza da raça. Os ex-conquistadores foram cercados por tribos ferozes, mas, durante mil anos, ainda resistiram, acuando os nativos. Negari era invencível, e suas paredes externas se mantinham firmes. Mas, em seu interior, influências malignas estavam em andamento. Os filhos de Atlântida trouxeram seus escravos para dentro da cidade. Os governantes, que eram guerreiros, escolásticos, sacerdotes e artesãos, não faziam trabalhos servis. Para tanto, dependiam do trabalho dos escravos, e estes se multiplicavam, enquanto os filhos dos Atlantes diminuíam.

"Eles se misturaram uns com os outros cada vez mais, e a raça se degenerou, até que somente os sacerdotes estavam livres da mácula do sangue selvagem. Governantes que tinham pouco do sangue de Atlântida sentaram-se no trono de Negari e permitiram que mais e mais selvagens entrassem na cidade na condição de servos, mercenários e amigos.

"Então, chegou o dia em que esses ferozes escravos se revoltaram e mataram todos os legítimos representantes de Atlântida, exceto os sacerdotes, chamados por eles de "povo dos feitiços". Por mil anos, selvagens têm governado Negari, seguindo orientações dos sacerdotes aprisionados, que, embora cativos, ainda eram mestres dos reis."

Kane ouvia a narração encantado. Para sua mente imaginativa, a história queimava de forma vívida, como o estranho fogo do tempo e espaço cósmicos.

– Após todos os filhos de Atlântida serem mortos, com exceção dos sacerdotes, um grande rei assumiu o trono conspurcado da antiga Negari. Ele era um tigre, e seus guerreiros eram como leopardos. Chamavam a si próprios de negaris, violentando até mesmo o nome de seus antigos mestres, e ninguém ousava afrontá-los. Eles varreram a Terra de uma ponta à outra, de mar a mar, e a fumaça da destruição ofuscou as estrelas. O grande rio correu vermelho, e os novos senhores de Negari caminharam sobre os cadáveres de seus inimigos tribais. Então, o grande rei morreu, e o império ruiu, tal qual o reino atlante de Negari sucumbira anteriormente.

"Eram guerreiros habilidosos, treinados na arte da guerra pelos filhos mortos de Atlântida, seus antigos mestres. Tornaram-se invencíveis nas lutas contra os selvagens homens das tribos nativas, mas o império foi despedaçado por conflitos internos. Assassinato e intriga espreitavam nos palácios e nas ruas, e as fronteiras do império começaram a diminuir. Um após outro, reis selvagens de cérebros desvairados e sanguinários sentavam-se no trono, mas, por trás das cortinas, ocultos e ainda temidos, os sacerdotes atlantes guiavam a nação, mantendo-a coesa e evitando sua destruição completa.

"Éramos prisioneiros na cidade, pois não havia mais nenhum lugar no mundo para o qual pudéssemos ir. Movíamo-nos como fantasmas pelas passagens secretas, atrás das paredes e sob a terra, espionando as intrigas e fazendo feitiços em segredo. Nós apoiamos a causa da família real, os descendentes daquele rei tigre de outrora, contra todos os líderes conspiradores; as histórias que essas paredes silenciosas poderiam contar são tenebrosas.

"Esses selvagens não são como os outros nativos da região. Uma insanidade latente espreita no cérebro de cada um. Eles provaram a matança tão profundamente e a vitória por tanto tempo, que são como leopardos humanos, sempre sedentos de sangue. Com sua miríade de escravos miseráveis, eles saciaram toda a luxúria e os desejos, até se tornarem feras sórdidas e terríveis, que estão sempre à procura de alguma nova sensação para saciar sua hedionda sede com mais sangue.

"Como um leão, eles espreitaram por esses penhascos durante mil anos, para invadir a selva e pilhar o povo do rio, escravizando e destruindo. Eles ainda não podem ser vencidos, embora suas muralhas já sintam o efeito do tempo, mas os primeiros ataques sofridos e tentativas de invasão resumiram-se a assaltos em busca de escravos.

"Mas, enquanto eles decaíam, também definhavam seus mestres secretos, os sacerdotes atlantes, que, um a um, morreram, até que restasse somente eu. No último século, eles também se misturaram com seus governantes e escravos, e agora a vergonha recai sobre mim! Eu, o último filho de Atlântida, trago em minhas veias a contaminação do sangue bárbaro. Eles morreram; eu permaneci, fazendo magias e guiando os reis selvagens; eu, o último sacerdote de Negari. Então, a diabólica Nakari surgiu."

Kane aproximou-se mais, com interesse reanimado. Nova vida se desenrolava na história, já tocando em sua própria época.

– Nakari! – o nome foi cuspido, como o silvo de uma cobra. – Escrava e filha de um escravo! Ainda assim, ela prevaleceu quando sua hora chegou, e toda a família real pereceu.

"E eu, o último filho de Atlântida, fui aprisionado e acorrentado. Ela não temia os sacerdotes atlantes silenciosos, pois era filha de um satélite, um dos sacerdotes nativos inferiores. Eram homens que faziam o trabalho servil de seus senhores, desempenhando os sacrifícios menores, fazendo adivinhações em fígados de aves e serpentes, e mantendo as fogueiras sagradas queimando para sempre. Muito ela sabia sobre nós e nosso modo de ser, e uma cruel ambição ardia nela.

"Quando criança, ela dançou na Marcha da Lua Nova; durante a juventude, foi uma das Donzelas das Estrelas. Ela conhecia diversos mistérios menores, e aprendeu outros espionando os rituais secretos dos sacerdotes, os quais já eram velhos quando a Terra era jovem.

"Pois os descendentes de Atlântida mantiveram vivos, secretamente, os velhos cultos a Valka e Hotah, Honen e Golgor, há muito esquecidos e que não deveriam ser compreendidos por aquele povo selvagem, cujos ancestrais morriam gritando nos altares. Todos os negaris selvagens nos temiam, exceto ela. Nakari não só derrubou o rei e sentou-se no trono, como também dominou os sacerdotes, os satélites e os poucos mestres atlantes que haviam restado. Todos eles, a não ser eu, morreram sob as adagas de seus assassinos, ou torturados. Somente ela, de todos os milhares selvagens que viveram e morreram entre essas paredes, conjecturou sobre as passagens secretas e corredores subterrâneos, segredos que nós, sacerdotes, havíamos guardado diligentemente do povo durante mil anos.

"Selvagens tolos e cegos! Passar uma era eterna nesta cidade, sem nunca descobrir seus segredos! Bando de idiotas! Nem sequer os sacerdotes inferiores conhecem os longos corredores cinzentos, iluminados por tetos fosforescentes, pelos quais, ao longo dos tempos, estranhas formas passearam silenciosamente. Pois nossos ancestrais ergueram Negari como construíram Atlântida, em uma escala poderosa, fazendo uso de uma arte desconhecida não somente para os homens, mas também para os deuses que se moviam entre nós sem serem vistos. Essas antigas muralhas encerram profundos segredos!

"A tortura não conseguiria espremer tais segredos de nossos lábios; mas, acorrentados nas masmorras de Nakari, não podíamos mais andar pelos corredores ocultos. Por anos, o pó se acumulou ali, intocado por pés humanos, enquanto nós, e finalmente só eu, permanecemos presos em celas nojentas. Entre os templos e pelos altares sombrios e misteriosos de outrora, caminham os vis satélites, elevados por Nakari a glórias que eram minhas, pois eu sou o último alto sacerdote de Atlântida.

"Mas o destino deles está escrito, e vermelha será sua ruína. Valka e Golgor, deuses perdidos e esquecidos, cuja memória deverá morrer comigo, peço que derrubem suas muralhas, que sejam reduzidas a pó! Destruam os altares de seus deuses pagãos..."

Kane percebeu que o homem começava a divagar. Enfim, o cérebro sagaz começava a ruir. Ele perguntou:

– Diga-me, você mencionou a garota branca Mara. O que sabe dela?

– Ela foi trazida para Negari, anos atrás, por corsários – o outro respondeu –, pouco depois da ascensão da rainha selvagem, de quem ela é escrava. Pouco sei sobre ela, pois logo após sua chegada Nakari virou-se contra mim... E os anos que passei aqui têm sido negros, permeados de tortura e agonia. Sempre estive impedido de fugir por essas correntes, ainda que a saída fique naquela porta pela qual você entrou... que eu já conhecia. E por conta de tudo o que eu sei sobre Negari, Nakari me destroçou, usando instrumentos de tortura e fogo brando sob meu corpo.

Kane estremeceu:

–Você sabe se maltrataram a garota branca? Os olhos dela estão assombrados, e ela parece desolada.

– Ela dançou com as Donzelas das Estrelas por ordem de Nakari, e vislumbrou os terríveis e sangrentos rituais do Templo Negro. Ela tem vivido durante anos ao lado de um povo para quem o sangue é mais barato que água, gente que se deleita em matança e execrável tortura, e o que ela já testemunhou destruiria os olhos e murcharia a carne de homens fortes. Ela viu as vítimas de Nakura morrerem em meio a tormentos pavorosos, imagem que fica eternamente marcada à brasa no cérebro de quem a vê. Os selvagens se apropriaram dos rituais atlantes para homenagear seus próprios deuses brutos e, embora a essência dos ritos tenha se perdido ao longo dos anos em que os cultos foram executados pelos lacaios de Nakari, não é possível que os homens os assistam sem se sentirem abalados.

Kane pensou: "Foi um belo dia para o mundo quando essa Atlântida afundou, pois é quase certo que ela deu à luz uma raça de perversidade estranha e desconhecida". E falou:

– Quem é esse mestre de quem Nakari falou, e o que ela quis dizer ao chamar Mara de noiva dele?

– Nakura... Nakura. A caveira do mal, o símbolo da morte que eles adoram. O que sabem esses selvagens sobre os deuses atlantes do mar? O que sabem sobre os deuses medonhos e ocultos que seus mestres cultuavam com rituais majestosos e misteriosos? Não entendem nada da essência oculta, da divindade que reina no ar e nos elementos; eles têm que cultuar um objeto material, dotado de forma humana. Nakura foi o último grande mago da Negari atlante. Um renegado que conspirou contra seu próprio povo e apoiou a revolta dos selvagens. Em vida eles o seguiram e, na morte, o deificaram. No alto da Torre da Morte, jaz seu crânio descarnado, e daquele crânio se articula o cérebro de todo o povo de Negari.

"Não! Nós de Atlântida cultuávamos a morte, mas, da mesma forma, adorávamos a vida. Essa gente venera somente a morte e se intitula Filhos da Morte. E, para eles, já faz mil anos que o crânio de Nakura tem sido o símbolo de seu poder, a evidência de sua grandeza."

– Você quer dizer – Kane interrompeu já impaciente – que vão sacrificar a garota ao deus deles?

– Na Lua das Caveiras, ela morrerá no Altar Negro.

– O que, em nome de Deus, é a Lua das Caveiras? – Kane gritou impulsivo.

– É a próxima lua cheia. Na Lua das Caveiras, uma virgem morre no Altar Negro, diante da Torre da Morte, onde, séculos atrás, virgens morriam em honra a Golgor, o deus de Atlântida. Agora, da torre que no passado abrigou a glória de Golgor, o crânio do sacerdote renegado olha lubricamente, e o povo acredita que sua mente ainda vive lá dentro para guiar a estrela da cidade. Entenda, forasteiro, quando a lua cheia brilha sobre a coroa da torre, os sacerdotes se calam e, então, do crânio de Nakura troveja uma poderosa voz, despertada por um antigo cântico atlante, enquanto o povo cai de joelhos.

"Mas, escute-me, há um caminho secreto, uma escadaria que leva a um nicho oculto atrás do crânio; é lá que um sacerdote se esconde e canta. Em tempos antigos, esse era trabalho para um dos filhos de Atlântida. Então, por todos os homens e deuses, esse direito deveria ser meu. Pois embora nós, filhos de Atlântida, cultuássemos nossos antigos deuses em segredo, esses selvagens não conheciam nenhum deles. Para manter nosso poder, éramos devotos dos seus deuses imundos e, para eles, cuja memória amaldiçoamos, fazíamos cânticos e sacrifícios.

"Mas Nakari descobriu o segredo, conhecido anteriormente somente pelos sacerdotes atlantes, e agora um dos seus satélites sobe a escadaria secreta e murmura o estanho e terrível cântico que, para ele, nada mais é do que falatório sem sentido, assim como para aqueles que o escutam. Eu, e apenas eu, conheço seu significado lúgrube e tétrico."

O cérebro de Kane girava frenético para formular algum plano de ação. Pela primeira vez durante todo o tempo que durou a procura pela garota ele se sentiu em um beco sem saída. O palácio era um labirinto, uma encruzilhada na qual ele não sabia qual direção tomar, e os corredores pareciam se estender sem plano ou propósito. Como conseguiria encontrar Marilyn, que, sem dúvida, estaria aprisionada em uma daquelas muitas câmaras ou celas? Ou ela já teria cruzado a fronteira da vida, tendo sucumbido ao brutal anseio de tortura de Nakari?

Ele mal escutava os desatinos e murmúrios do moribundo.

– Forasteiro, você está vivo de fato ou é mais um dos fantasmas que têm me assombrado ultimamente e invadem minha cela na calada da noite? Não, você é de carne e osso... Mas é um selvagem, tal qual a raça de Nakari. Muito tempo atrás, quando seus ancestrais defendiam suas cavernas contra o tigre e o mamute, com lanças rudes feitas de pedra, as espirais de ouro do meu povo alcançavam as estrelas. Os atlantes desapareceram e foram esquecidos, e hoje o mundo é um refugo de bárbaros. Permita que eu também me vá, como um sonho que é esquecido nas brumas das eras...

Kane se ergueu e cruzou a cela. Seus dedos se abriam e se fechavam como garras de aço, e uma onda de fúria cega atormentava seu cérebro. "Oh, Deus!", ele se lamentou, por não ter seus inimigos diante da lâmina afiada que lhe tiraram... Enfrentaria a cidade inteira, um homem contra todos!

Kane pressionou as mãos contra as têmporas.

– A Lua estava quase cheia quando a vi pela última vez, mas não sei quanto tempo faz desde que cheguei neste palácio amaldiçoado nem quanto tempo fiquei naquela masmorra onde Nakari me jogou. A hora da lua cheia pode ter passado e, por Deus Todo-Poderoso, Marilyn já estar morta.

– Esta noite é a Lua das Caveiras – murmurou o outro. – Escutei um de meus carcereiros falando.

Kane segurou com força o ombro do moribundo:

– Se você odeia Nakari ou ama a humanidade, em nome de Deus, diga-me como salvar a garota.

– Amar a humanidade? – o sacerdote riu de forma insana. – O que um filho de Atlântida e sacerdote do esquecido Golgor tem a ver com amor? O que são os mortais, senão comida para as mandíbulas dos deuses? Garotas mais macias que a sua Mara morreram gritando sob minhas mãos, e meu coração era como ferro para seus gritos. Entretanto, o ódio... – os estranhos olhos brilharam com uma luz arrepiante. – Por meu ódio, eu contarei o que quer saber!

"Vá até a Torre da Morte quando a luz da Lua estiver no horizonte. Mate o falso sacerdote que se esconde atrás do crânio de Nakura. Então, quando o cântico dos adoradores cessar e o matador mascarado, ao lado do Altar Negro, levantar a adaga para fazer o sacrifício, fale em voz alta para todo o povo entender, dando ordens para que eles libertem a vítima e ofereçam, em seu lugar, Nakari, a rainha de Negari! Quanto ao resto, você deverá confiar em sua própria habilidade e bravura, caso se liberte."

Kane o sacudiu:

– Rápido! Diga-me como chego até essa torre!

– Volte pela porta de onde veio – o homem se abatia rapidamente, perdendo o fôlego –, vire à esquerda e dê cem passos. Suba a escadaria pela qual veio até o topo. Ao chegar ao corredor, siga por mais cem passos e, quando se deparar com o que parece ser uma parede lisa, procure uma mola escondida. Após encontrá-la, pressione para abrir a porta. Você estará fora do palácio, nos desfiladeiros em que foi construído, e no único dos corredores secretos que é conhecido pelo povo de Negari. Vire à direita e siga reto pela passagem por 500 passos. Lá, você verá uma escadaria que culminará no nicho atrás do crânio. A Torre da Morte está construída dentro do penhasco e se projeta acima dele. Há duas escadarias...

Quando a voz emudeceu, Kane se inclinou e sacudiu o homem. De repente, o sacerdote se ergueu, com enorme esforço, e abriu seus braços acorrentados, enquanto seus olhos queimavam com uma luz que não era deste mundo.

– O mar! – gritou, em voz formidável. – As espirais douradas de Atlântida e o Sol sobre as profundas águas azuis! Estou indo!

O puritano ainda tentou deitá-lo novamente, mas ele caiu para trás, morto.

6. A destruição do crânio

Pelo pensamento uma desgraça provocada
Pela vida um lamaçal pulado
Por um coração partido no seio do mundo
E o fim do desejo do mundo
– CHESTERTON

Kane limpou o suor frio de sua fronte pálida ao atravessar a passagem envolta pelas sombras. Do lado de fora daquele horrível palácio, devia ser noite. Naquele exato momento, a lua cheia – a sombria Lua das Caveiras – devia aparecer no horizonte. Ele caminhou cem passos e chegou até a escadaria que o sacerdote mencionara. Subiu e desembocou no corredor acima, mediu mais cem passos e encontrou o que parecia ser uma parede sem porta. Seus dedos frenéticos pareceram ter demorado um ano até encontrar um pedaço de metal projetado. Após um ranger de dobradiças enferrujadas, a porta oculta se abriu, e Kane vislumbrou o interior de um corredor mais lúgubre do que aquele onde estava.

Ele entrou e, quando a porta se fechou, virou à direita, seguindo seu caminho por 500 passos. Lá, o corredor era mais claro; a luz vinha de fora, e Kane distinguiu uma escadaria. Ele subiu diversos degraus e logo parou, desconcertado, em um patamar, onde a escadaria se dividia em duas: uma para a esquerda, e a outra para a direita. Kane praguejou. Sabia que não podia se dar ao luxo de errar – o tempo era precioso demais –, mas como descobrir qual das duas o levaria ao nicho onde o sacerdote estava escondido?

O atlante estava prestes a lhe falar sobre aquelas escadarias quando foi acometido pelo delírio que precede a morte. Kane desejou ardentemente que ele tivesse vivido apenas por mais alguns instantes.

De qualquer modo, ele não tinha tempo a perder; certo ou errado, precisava se arriscar. Escolheu a escada da direita e a subiu rapidamente. Não havia mais tempo para ser cauteloso.

Sentia de forma instintiva que a hora do sacrifício estava próxima. Ele saiu em outra passagem e percebeu, pela mudança na alvenaria, que chegou a uma construção do lado de fora dos penhascos – presumivelmente a Torre da Morte. Esperava que, a qualquer instante, se deparasse com outra escadaria e, de repente, suas expectativas se concretizaram – mas, em vez de subir, ela descia. De algum lugar à sua frente, Kane escutou um murmúrio vago e ritmado, e uma mão fria fisgou seu coração. O cântico dos adoradores diante do Altar Negro!

Ele correu, fez uma curva no corredor, deu de frente para uma porta e olhou através de uma pequena fechadura. Seu coração afundou. Havia escolhido a escadaria errada e vagara por dentro de alguma outra construção adjacente à Torre da Morte.

Ficou de frente para uma cena funesta e terrível. Em um largo espaço aberto, diante de uma grande torre negra, cuja espiral se erguia acima dos rochedos, duas longas fileiras de dançarinos selvagens balançavam e se contorciam. Suas vozes cresciam em um estranho cântico sem significado, e eles não saíam de seus lugares.

Dos joelhos para cima, os corpos se balançavam em fantásticos movimentos rítmicos e, em suas mãos, tochas vibravam e giravam, derramando uma sinistra luz vermelha sobre a cena. Atrás deles, se alinhava uma multidão que se mantinha em silêncio.

A dança das tochas reluzia em um mar de olhos brilhantes e rostos ansiosos. Na frente dos dançarinos, a Torre da Morte era gigantescamente alta, negra e assustadora. Não havia qualquer porta ou janela em sua superfície, mas, no alto da parede, em uma espécie de estrutura ornamentada, cintilava um símbolo medonho de morte e decadência. O crânio de Nakura! Um brilho soturno o cercava, oriundo de dentro da torre. Kane se perguntava: por meio de qual arte mística os sacerdotes haviam preservado a caveira da putrefação por tanto tempo.

Mas não foi nem o crânio nem a torre que capturou e prendeu o olhar horrorizado do puritano. Entre as linhas convergentes de fiéis gritando e se balançando, havia um grande altar negro e, nele, jazia uma figura branca e magra.

– Marylin! – a palavra explodiu dos lábios de Kane em um grande soluço.

Por um momento, ele ficou congelado, indefeso e sem ação. Não havia mais tempo para refazer seus passos e encontrar o nicho onde o sacerdote se escondia.

Naquele momento, um lampejo apareceu atrás da espiral da torre, realçando seu contorno contra o céu. A Lua havia surgido. O cântico dos sacerdotes cresceu até um frenesi sonoro e, no meio dos silenciosos observadores atrás deles, começou um hediondo retumbar de tambores. Para a mente atordoada de Kane, parecia que ele estava observando uma perversão moral vinda dos reinos inferiores do inferno.

Que culto medonho de eras passadas aqueles rituais corrompidos e degenerados simbolizavam? Kane sabia que aquele povo imitava os cerimoniais de seus senhores de outrora de uma forma grosseira, mas, mesmo em seu desespero, ele estremeceu ao pensar em como aqueles ritos originais deveriam ter sido.

Uma figura medonha surgiu ao lado do altar onde estava a garota. Alta e completamente nua, exceto por uma máscara apavorante pintada em seu rosto e um grande cocar de plumas que oscilavam. O cântico diminuiu como um zumbido para, a seguir, se elevar a alturas alucinantes. Foram as vibrações do cântico que fizeram o chão tremer sob os pés de Kane?

O inglês, com os dedos tremendo, começou a destrancar a porta. Nada mais poderia ser feito agora, senão sair com as mãos nuas e morrer ao lado da garota que ele não fora capaz de salvar. Então, sua visão foi bloqueada por uma forma colossal que surgiu diante da porta. Um homem enorme – um chefe, por seu porte e aparato – recostou-se preguiçosamente na parede, enquanto assistia aos procedimentos. O coração de Kane disparou. Era bom demais para ser verdade! Enfiada no cinto do chefe estava sua própria pistola! Ele supôs que suas armas foram divididas entre seus captores. A pistola nada significava para o chefe, que deve ter gostado de seu estranho formato; por isso, a carregava da mesma forma que os selvagens fazem com bijuterias inúteis. Ou, quem sabe, ele pensou que fosse algum tipo de clava de guerra. De qualquer modo, lá estava sua pistola. E, mais uma vez, o chão e a construção pareceram tremer.

Kane puxou a porta silenciosamente e se agachou nas sombras, atrás de sua vítima, como um grande tigre à espreita.

Sua mente trabalhou de forma veloz, formulando um plano de ação, quando também viu uma adaga no cinto, ao lado da pistola. As costas do chefe estavam viradas diretamente para ele, e o ataque teria de ser pela esquerda para atingir o coração e silenciá-lo rapidamente. Tudo isso passou pelo cérebro de Solomon como um clarão enquanto se agachava.

O chefe não havia notado a presença de seu inimigo até a mão direita de Kane voar sobre seu ombro e pressionar-lhe a boca, puxando-o para trás.

No mesmo instante, a mão esquerda do puritano arrancou a adaga do cinto e, com um mergulho desesperado, afundou a lâmina afiada.

O guerreiro se dobrou sem emitir nenhm som; no instante seguinte, a pistola voltou às mãos de seu dono, e Kane percebeu que ela ainda estava carregada e com a pederneira no lugar. Ninguém viu o rápido assassinato. Os poucos que estavam próximos da entrada mantinham-se de frente para o Altar Negro, envolvidos pelo drama que lá se desenrolava. Enquanto Kane pulava por cima do cadáver, o cântico dos dançarinos cessou abruptamente. No silêncio que reinou absoluto por um momento, ele escutou, mais alto que a palpitação de seu próprio coração, o vento da noite sussurrar nas plumas do horror mascarado ao lado do altar. Uma borda do luar brilhava acima da espiral. Então, no alto da Torre da Morte, uma voz grave irrompeu em um estranho cântico. É possível que o sacerdote que falava por detrás do crânio não soubesse o significado daquelas palavras, mas Kane acreditava que ele ao menos mimetizava a entoação daqueles acólitos atlantes mortos há tanto tempo. A voz soava profunda, mística e retumbante, como o fluxo sem fim de intensas marés nas grandes praias brancas.

Ao lado do altar, o mascarado alongou-se totalmente para o alto, erguendo uma longa lâmina reluzente. Kane reconheceu seu próprio florete, pouco antes de mirar sua pistola e atirar, não no sacerdote mascarado, mas no crânio que brilhava na torre. Porque, em um clarão ofuscante de intuição, ele lembrou-se das palavras do atlante moribundo: "Daquele crânio se articula o cérebro de todo o povo de Negari!"

O estrondo foi avassalador. Simultaneamente ao disparo da pistola, a caveira seca voou em mil pedaços, desapareceu, e, atrás dela, o cântico cessou repentinamente em um grito de morte. O florete caiu da mão do sacerdote mascarado, e muitos dos dançarinos tombaram no chão, ao passo que outros estancaram, enfeitiçados. Foi nesse instante que Kane correu em direção ao altar; então, o inferno irrompeu.

Uma babel de gritos bestiais ergueu-se até as estrelas trêmulas. Durante séculos, somente a fé no crânio de Nakura manteve a união dos negaris, tão sanguinários e selvagens. Agora, o maior de todos os símbolos sumiu, explodindo em partículas bem diante dos olhos dos nativos. Foi como romper o céu, derrubar a Lua e acabar o mundo. Todas as visões escarlates do fundo de seus cérebros corroídos ganharam vida terrível; toda a insanidade latente, que era sua herança, ergueu-se para reclamar o que lhe pertencia, e Kane viu uma nação inteira ser transformada em maníacos rugindo.

Aos berros, eles se voltaram uns contra os outros, homens e mulheres, rasgando-se com unhas furiosas, cortando-se com lanças e punhais, espancando-se com tochas flamejantes. Acima de tudo, crescia o urro de feras humanas desvairadas.

Usando a pistola como clava, Kane abriu caminho no contorcido oceano de carne, até a base das escadarias do altar. Unhas o arranhavam, facas o laceravam, tochas chamuscavam suas roupas, mas ele não dava atenção.

Então, quando chegou até o altar, uma terrível figura irrompeu da massa furiosa e investiu contra ele. Nakari, rainha de Negari, enlouquecida como todos seus súditos, correu em direção ao inglês, com uma lâmina na mão e os olhos inflamados de ódio.

– Você não vai escapar desta vez! – ela gritou.

Mas, antes que alcançasse o inglês, um grande guerreiro, pingando sangue e cego por causa de um talho na testa, cambaleou na sua frente e se interpôs em seu caminho. Ela gritou como uma gata ferida e enfiou a adaga nele. Em resposta, mãos gigantes se fecharam em sua garganta e, com um esforço final, o cego a levantou do chão, girando-a sobre a cabeça: o último grito de Nakari, rainha de Negari, ecoou quando ela colidiu contra as pedras do altar e caiu aos pés de Kane, esmagada e morta.

O puritano subiu os degraus negros, desgastados pelos pés de uma miríade de sacerdotes e vítimas e chegou ao topo. A figura mascarada, que parecia petrificada desde a explosão do crânio de Nakura, recobrou subitamente a vida. Curvou-se rapidamente, apanhou a espada caída e atacou de forma selvagem o inglês. Mas a velocidade de Solomon Kane só podia ser igualada por raríssimos homens. Esquivando seu corpo de aço, ele ficou fora do alcance do golpe e, enquanto a lâmina deslizava inofensivamente ao seu lado, acertou com extrema violência o cano da pesada pistola no meio das plumas ondulantes, arrebentando a cabeça do sacerdote, o cocar e a máscara com um único golpe. Então, antes de salvar a garota amarrada no altar, ele jogou para o lado a pistola quebrada e arrebatou sua espada roubada, que ainda estava na mão do sacerdote desfalecido. Sentiu uma emoção feroz e a confiança renovada ao empunhar seu florete, uma sensação tão familiar.

Marylin jazia pálida e muda. Seu rosto era uma máscara de morte iluminada pela Lua, que pairava sobre o palco de guerra. De início, Kane julgou que ela estivesse morta, mas seus dedos logo detectaram um fraco palpitar de batimentos. Ele cortou as amarras e a levantou com delicadeza, apenas para derrubá-la novamente e dar um rodopio veloz, quando uma hedionda figura, insana e manchada de sangue, subiu, pulando os degraus aos gritos. A criatura correu bem na direção da lâmina de Kane, e encontrou seu fim; dilacerada, caiu de volta sobre o turbilhão vermelho abaixo de si, lambendo sua ferida mortal como uma fera.

Então, sob os pés de Kane, o altar estremeceu; o súbito abalo o colocou de joelhos, e seus olhos aterrorizados contemplaram a Torre da Morte oscilar de um lado para outro. Algum horror da natureza estava em curso, fato que perfurou os cérebros arruinados dos demônios que lutavam e gritavam lá embaixo. Um novo elemento foi somado aos seus guinchos quando a Torre da Morte, com sua terrível imponência, balançou, desprendeu-se dos rochedos e cedeu com um trovão de mundos se partindo. Grandes pedras e pedaços de alvenaria caíram como chuva, trazendo mais morte e destruição para aquele enxame de gente. Uma dessas pedras se espatifou sobre o altar ao lado de Kane, cobrindo-o de poeira.

– Terremoto! – ele ofegou e, tocado por aquele novo terror, apanhou a garota sem sentidos e mergulhou de forma imprudente pelos degraus que se partiam; abriu caminho a golpes e estocadas, enfrentando o redemoinho escarlate de gente bestial e tresvariada. Foi um pesadelo vermelho, cujos horrores o cérebro de Kane, em estupor, recusou-se a gravar. Restou a impressão de ter cambaleado por séculos histéricos em meio a estreitas e sinuosas ruas, nas quais demônios gritavam, lutavam e morriam, enquanto a terra se desprendia e tremia sob seus pés vacilantes, entre paredes titânicas e colunas negras que se sacudiam contra o céu e arrebentavam em volta de Kane, em um trovejar que preenchia o mundo.

Demônios confusos sob pele humana agarravam Kane, arranhavam-no e morriam na ponta de sua espada, enquanto mais e mais pedras caíam e lancinavam. Conforme seguia cambaleando, ele tentou proteger a garota com o próprio corpo da melhor forma possível, resguardando-a das pedras cegas e dos homens, mais cegos ainda.

Enfim, quando aparentemente a resistência mortal chegou ao limite, ele viu a grande muralha externa da cidade se avolumar diante de si, surgida da terra, com seu parapeito instável. Passou no meio de uma fenda e, reunindo todo seu esforço, fez uma última corrida. Mal estava fora de alcance, a muralha desabou, caindo como uma grande onda negra.

O vento da noite alisava seu rosto e, atrás de Kane, se elevava o clamor da cidade condenada, enquanto ele seguia a trilha da colina que sacudia sob seus pés.

7. *A fé de Solomon*

O último gigante perdido, mesmo Deus
Se levanta contra o mundo.
– CHESTERTON

A aurora era uma mão branca e fresca sobre a testa de Solomon Kane. Os pesadelos desapareciam de sua alma, enquanto ele inspirava profundamente a brisa matinal que soprava da selva; lá, diante de seus pés, um vento trazia o almíscar de vegetação em decomposição. Para ele, foi como banhar a vida, sentindo os odores da desintegração natural e limpa da floresta, em vez da asquerosa aura de decadência atrás das muralhas, agora caídas, da infernal Negari... Kane estremeceu.

Ele curvou-se sobre a garota adormecida, deitada, o mais confortável possível sobre um monte de folhagem macia que ele encontrara para compor uma cama. Pouco depois, ela abriu os olhos, observando tudo à sua volta; então, quando sua visão voltou-se para o rosto de Solomon, iluminado por um de seus raros sorrisos, ela soltou um pequeno soluço de gratidão e o abraçou.

– Oh, capitão Kane! Será que, de fato, escapamos da cidade amaldiçoada? Tudo parece um sonho agora... Depois que você caiu pela porta secreta de minha câmara, Nakari me disse que iria mais tarde ao seu calabouço e, quando retornou, estava de péssimo humor. Ela afirmou que você era um tolo, pois ela lhe oferecera o reino do mundo, e você não fez nada além de insultá-la. Ela gritou, delirou e praguejou como louca, e jurou que ainda iria, sozinha, fazer de Negari um grande império.

"Então, Nakari voltou-se para mim e me ultrajou – continuou Marylin –, dizendo que você preferia uma escrava a ela, uma rainha, e toda sua glória. Apesar de minhas súplicas, ela me chicoteou até eu desmaiar. Fiquei sem sentidos por um longo período e, quando estava vagamente consciente, soube que homens foram até Nakari para lhe dizer que você havia escapado. Eles disseram que você era um feiticeiro, pois atravessou uma parede sólida como se fosse um fantasma. Nakari matou os homens responsáveis por sua escolta da cela e, durante horas, agiu como uma fera selvagem.

"Não sei por quanto tempo fiquei deitada desde então. Naquelas salas e corredores terríveis, onde a luz do Sol jamais entrou, qualquer um perde a noção do tempo. Mas, desde o momento em que você foi capturado por Nakari até quando eu fui posta no altar, pelo menos um dia, uma noite e outro dia se passaram. Somente poucas horas antes do sacrifício, chegou a notícia de que você fugira.

"Nakari e suas Donzelas das Estrelas vieram me preparar para o ritual – Marylin choramingou, ao se lembrar daquela provação horrível, e escondeu o rosto nas mãos. – Eu devo ter sido drogada. Só sei que elas me vestiram com a túnica branca de sacrifício e me carregaram para dentro de uma grande câmara negra, repleta de estátuas repulsivas.

"Lá, fiquei como se estivesse em transe, enquanto as mulheres realizavam diversos cerimoniais estranhos e vergonhosos, de acordo com sua religião sombria. Então, perdi os sentidos, e quando os recobrei estava amarrada sobre o Altar Negro; as tochas eram sacudidas e os devotos cantavam. Atrás da Torre da Morte, a Lua começou a brilhar, e tudo isso eu percebi de forma indefinida. E, tal qual em um sonho profundo, vi o crânio brilhando no alto da torre, e o sacerdote magro e nu segurando uma espada sobre o meu coração; depois, não sei de mais nada. O que aconteceu?"

– Naquela hora – Kane respondeu –, explodi a caveira infernal deles com tiro. A seguir, todo aquele povo, amaldiçoado pelos demônios desde o nascimento e igualmente possuído pelo mal começou a se matar. Em meio ao tumulto, ocorreu um terremoto, que pôs abaixo a Torre da Morte. Então, eu a apanhei e, trazendo você desmaiada em meus braços, corri e escapei por uma fenda na grande muralha externa, que também ruiu.

"Você acordou somente uma vez – o puritano continuou – após eu ter cruzado a Ponte-sobre-o-Céu, como o povo de Negari a chamava, construção que também tremia sob meus pés por causa do terremoto. Depois, cheguei até esses rochedos, mas não ousei descê-los na escuridão, com a Lua próxima de se pôr. Você acordou, gritou e me agarrou. A seguir, eu a acalmei o melhor que pude e, após um tempo, você adormeceu."

– E agora? – perguntou a garota.

– Inglaterra! – os olhos profundos de Solomon se iluminaram com a palavra. – Acho difícil ficar em minha terra natal mais de um mês toda vez que volto para lá; entretanto, embora esteja amaldiçoado pela ânsia de peregrinar, esse é um nome que sempre desperta uma incandescência em meu peito. E quanto a você, criança?

– Oh, céus! – ela gritou, entrelaçando suas pequenas mãos. – Lar! Algo que sempre sonhei, mas pensei que jamais fosse alcançar de novo. Oh, capitão Kane, como atravessaremos os vastos quilômetros de selva que estão entre nós e a costa?

– Marylin – disse Kane gentilmente, acariciando seu cabelo cacheado –, acho que você precisa ter um pouco mais de fé, tanto na Providência quanto em mim. Sozinho, sou uma criatura fraca, não tenho força ou poder dentro de mim, mas, no passado, Deus fez de mim um grande receptáculo de ira e uma espada de salvação. Como eu acredito que o fará mais uma vez.

"Veja você, pequena Marylin, em poucas horas, vimos o fim de uma raça maligna e a queda de um império aviltante. Homens morreram aos milhares à nossa volta, e a terra se ergueu sob nossos pés, demolindo torres que feriam os céus; sim, a morte caiu ao nosso redor em uma chuva escarlate, mas escapamos incólumes.

"Existe mais do que a mão do homem nisso! Sim, existe um poder... que é o maior de todos! Aquele que me guiou por todo o mundo, direto até essa cidade amaldiçoada, que me guiou até sua câmara, me ajudou a fugir novamente. E até me apresentou o único homem em toda Negari capaz de me dar a informação necessária para que eu salvasse você: o estranho sacerdote maligno de uma raça anciã, que jazia moribundo em uma cela subterrânea. Foi esse mesmo poder que me guiou até a muralha quando eu corria às cegas e ao acaso... Certamente, teríamos morrido sob os rochedos se eu tivesse me aproximado do resto do muro. Esse poder nos trouxe a salvo para fora da cidade agonizante e nos carregou ao longo da ponte, que se despedaçava e rompia, caindo dentro abismo no exato instante em que meus pés tocavam a terra firme!

"Você acha que, após me conduzir até aqui e realizar tamanhas maravilhas, o poder maior nos derrubará agora? Não! O mal floresce e governa nas cidades dos homens e nos lugares desolados do mundo, mas, em breve, o grande gigante que é Deus irá se erguer e castigar em nome dos justos, e eles continuarão fiéis a Ele. Eu lhe digo o seguinte: nós desceremos em segurança e cruzaremos a selva úmida, com a certeza de que, na velha Devon, seu povo a abraçará novamente."

Agora, pela primeira vez, Marylin sorria como uma garota normal, enquanto os fantasmas desapareciam de seus olhos antes assombrados. Kane suspirou aliviado. Ansiava pelo dia em que as horríveis experiências dela seriam como um sonho esquecido. O puritano lançou um olhar para trás, onde, além das colinas taciturnas, a cidade perdida de Negari jazia despedaçada em meio às ruínas de sua própria muralha e aos penhascos caídos, os mesmo que a mantiveram invencível por tanto tempo, mas que, afinal, foram sua condenação.

Uma aflição momentânea o aturdiu quando pensou na miríade de pessoas esmagadas e estáticas debaixo daquelas ruínas; então, a memória explosiva dos malignos crimes daquela gente avolumou-se sobre Kane, e seus olhos se embruteceram.

– *E acontecerá que, aquele que fugir da voz do medo, cairá no fosso, e aquele que sair de dentro das brumas do fosso cairá em uma cilada; porque as janelas das alturas estão abertas, e tremem os fundamentos da Terra. Porque da cidade fizeste um monte de pedras; e da cidade forte, uma ruína; a fortaleza dos forasteiros já não é cidade e jamais será reedificada. Além disso, a multidão dos teus inimigos será como o pó miúdo, e a multidão dos terríveis, será como algo sem valor que, subitamente, se foi; tudo isto ocorrerá, de repente, em um instante.Estatelem-se vocês e maravilhem-se, clamem e chorem; bêbados estão, mas não de vinho; titubeiam, mas não de bebida forte.*

"De fato, Marylin – prosseguiu Kane, com um suspiro –, com meus próprios olhos vi as profecias de Isaías acontecerem. Eles estavam bêbados, mas não de vinho. Não! O sangue era a bebida deles, e, naquela inundação vermelha, eles mergulharam profunda e terrivelmente."

As colinas dos mortos

Publicado originalmente em *Weird Tales*,
agosto de 1932.

1. Vodu

Os gravetos que N'Longa lançou ao fogo estalavam e crepitavam. As chamas altas iluminavam as feições de dois homens. Feiticeiro vodu da Costa dos Escravos, N'Longa estava muito velho, com centenas de rugas no rosto. Sua estrutura mirrada e deformada era curvada e frágil. A luz vermelha da fogueira reluzia em seu colar feito de ossos de dedos humanos.

O outro era um inglês, e seu nome era Solomon Kane. Ele era alto com os ombros largos e vestia trajes negros e fechados. As vestes de um puritano. Seu chapéu liso e desmazelado estava puxado próximo às grossas sobrancelhas, fazendo sombra em seu rosto pálido. Os olhos frios e profundos miravam a luz do fogo.

–Você vem novamente, irmão – disse o feiticeiro, falando no jargão de uma língua comum entre os negros e brancos na Costa Oeste. – Muitas luas queimaram e morreram desde que tivemos nossa conversa de sangue. Você vai até o Sol poente, mas retorna!

– Sim – a voz de Kane era densa e quase fantasmagórica. – Sombria é a sua terra, N'Longa, uma terra vermelha, barrada pela treva negra do horror e pelas sombras sangrentas da morte. Contudo, eu retornei.

N'Longa atiçou o fogo sem nada dizer e, após uma pausa, Kane continuou:

– Ao longe, na vastidão desconhecida – seu longo dedo apontou na direção da selva escura e silenciosa além da luz do fogo – , há mistério, aventura e terror inominável. Outrora eu desafiei a selva... E ela quase reclamou meus ossos. Algo entrou em meu sangue, alguma coisa invadiu minha alma em segredo, como um sussurro de pecado não nomeado. A selva! Escura e absoluta... Por muitos quilômetros, ao longo do salgado mar azul, ela me tragou, mas, ao amanhecer, saio de novo em busca do seu coração. Quem sabe, eu me depare com alguma aventura peculiar... Quem sabe, meu destino esteja à minha espera. Afinal, é melhor a morte que o desejo incessante e eterno, como o fogo que vem queimando minhas veias com saudade amarga.

– Ela chama – afirmou N'Longa. – À noite, ela se enrola como serpente ao redor de minha cabana e sussurra coisas estranhas para mim. Sim! A selva chama. Somos irmãos de sangue, você e eu. Sou N'Longa, poderoso operário da magia sem nome! Você vai à selva como todos os homens que escutam seu chamado. Talvez, você viva; é mais provável que morra. Você crê na minha feitiçaria?

– Eu não o compreendo – disse Kane carrancudo. – Mas já o vi mandar sua alma além de seu corpo para animar um cadáver.

– Sim! Sou N'Longa, sacerdote do' Deus Negro. Agora, observe, a magia que eu faço.

Kane observou o velho feiticeiro vodu, que se curvava sobre o fogo, fazendo movimentos uniformes com as mãos e murmurando encantamentos. Ao assistir à evocação, Kane pareceu ficar sonolento e, quando uma névoa ondulava à sua frente, ele viu a forma indistinta de N'Longa, delineada contra as chamas. Então, desapareceu.

O inglês acordou com um alarme, disparando sua mão em direção à pistola em seu cinto. N'Longa sorria para ele do outro lado do fogo, e havia um perfume do início da alvorada no ar. O feiticeiro segurava nas mãos um longo bastão feito de uma estranha madeira negra, entalhado de forma interessante. Uma das extremidades era cônica, até formar uma ponta afiada.

– Este, bastão vodu – disse N'Longa, colocando-o na mão do inglês. – Quando suas armas e faca falharem, isto salvará você. Quando quiser falar comigo, ponha isto em seu peito, entrelace as mãos e durma. Eu venho até você em sonhos.

O puritano sentiu o peso do objeto nas mãos, altamente desconfiado de feitiçaria. Não era pesado, mas parecia tão duro quanto ferro. Ao menos, era uma boa arma, ele concluiu, enfim. A aurora começava a mover-se sobre a floresta e o rio.

2. Olhos vermelhos

Solomon Kane tirou o mosquete do ombro, deixando a guarnição cair no chão. O silêncio o cercava como uma névoa. O rosto marcado do inglês e suas vestes esfarrapadas evidenciavam o resultado da longa viagem pela mata. Ele olhou à sua volta.

A certa distância atrás dele, apareciam a selva verde e enfileirada, arbustos baixos desbastados, árvores raquíticas e grama alta. Um pouco à sua frente, despontava a primeira de uma cadeia de colinas nuas e sombrias, repleta de pedregulhos sob o calor impiedoso do sol. Entre as colinas e a selva, havia uma larga extensão de campos ásperos e irregulares, pontilhados aqui e ali por grupos de árvores espinhosas.

Total silêncio pairava sobre a terra. O único sinal de vida vinha dos poucos abutres planando pesadamente sobre as colinas distantes. Nos últimos dias, Kane notara o número cada vez maior daqueles pássaros repugnantes. O Sol dançava para o oeste, mas de forma alguma seu calor se abrandava.

Com seu mosquete à mão, ele arrastou o passo, avançando devagar. Não tinha objetivo em vista. Aquela era uma região completamente desconhecida, e uma direção seria tão boa quanto qualquer outra. Muitas semanas atrás, havia mergulhado na selva com a certeza que brota da coragem e da ignorância. Tendo, por algum milagre, sobrevivido às primeiras semanas, Kane estava mais duro e embrutecido. E, como sempre, capaz de usar sua velocidade e ousadia para se defender de qualquer um dos habitantes sinistros da mata.

Conforme avançava, notou o rastro ocasional de um leão; contudo, parecia não haver animais nos prados, pelo menos, nenhum que deixasse trilha. Os abutres se empoleiravam, como um conjunto de imagens negras aninhadas, em algumas árvores atrofiadas, mas, de repente, ele viu certa atividade ao longe. Diversos pássaros escuros circulavam ao redor de uma moita alta, mergulhando e depois alçando voo novamente. Kane pensou que algum predador defendia sua caça em confronto com as aves de rapina. Mas a ausência de rosnados e rugidos, que normalmente acompanham cenas assim, atiçou sua curiosidade, e ele voltou seus passos para aquela direção.

Lá, chegando após abrir caminho no meio do capinzal, cuja altura batia acima de seus ombros, ele viu uma cena pavorosa. O cadáver de um homem negro, deitado de bruços, e uma grande cobra negra, que se ergueu e deslizou para dentro da vegetação, ondulante, movendo-se com tal velocidade que Kane foi incapaz de distinguir sua natureza. Mas ela tinha uma bizarra alusão humana.

Kane postou-se ao lado do corpo, percebendo que, embora os membros estivessem tortos e quebrados, a carne não havia sido destroçada, como um leão ou um leopardo teria feito. Acima de sua cabeça, viu os abutres circulando e ficou espantado ao observar diversos voos rasantes, seguindo uma ondulação no mato espesso que marcava o caminho da coisa que provavelmente matara o negro. Kane se perguntou: o que pássaros carniceiros, que só comiam os mortos, estariam caçando pelas pradarias. Mas a África é repleta de mistérios não explicados.

O puritano deu de ombros e ergueu o mosquete mais uma vez. Já tivera aventuras aos montes desde que deixara N'Longa há algumas luas, mas ainda ardia aquela ânsia paranoica, inominável, que o leva sempre em frente, cada vez mais para dentro daqueles caminhos sem rastros.

Aquele chamado, às vezes, atribuído a Satã, que atrai os homens para a destruição, nada mais era que o incansável e turbulento espírito do aventureiro, do viajante, o mesmo estímulo que levara as caravanas ciganas ao redor do mundo, que conduzira as galés *vikings* por mares desconhecidos e até guiara os voos dos gansos selvagens.

Kane suspirou. Naquela terra estéril, parecia não haver comida nem água, mas ele estava cansado do úmido e fétido veneno mortal da selva fechada. Até mesmo uma imensidão de colinas nuas era preferível, pelo menos por um tempo. Ele olhou para elas, onde as rochas queimavam sob o Sol, e retomou seu avanço.

Trazia o bastão mágico de N'Longa na mão esquerda e, embora sua consciência ainda o incomodasse por manter uma coisa supostamente tão diabólica, ele nunca foi capaz de se convencer a jogá-lo fora.

Enquanto seguia em direção às colinas, uma súbita comoção irrompeu do mato à sua frente, que, em certos pontos, era mais alto que um homem. Um grito agudo soou adiante, seguido por um rugido. Uma figura delgada veio em sua direção, como um punhado de palha soprado pelo vento: uma garota de pele marrom, vestida apenas com uma espécie de saia. Atrás dela, a alguns metros de distância, mas avançando rapidamente, vinha um enorme leão.

A garota caiu aos pés de Kane, com um grito de dor e lamúrias, agarrando-o pelos tornozelos. O inglês largou o bastão vodu, ergueu seu mosquete até a altura do ombro e mirou friamente para a face do felino selvagem. O som do estampido cortou o ar! A garota gritou mais uma vez e virou-se cobrindo o rosto. O enorme carnívoro deu o bote final, apenas para cair morto.

Kane recarregou a arma antes de olhar para seus pés. A garota, tão imóvel quanto o leão que ele matou, estava desmaiada.

Ele banhou o rosto dela com a água de seu cantil e, imediatamente, ela abriu os olhos e se sentou. O medo inundou-lhe a face, quando fitou seu salvador e ameaçou se levantar.

Kane estendeu uma mão, porém a garota se encolheu, trêmula. O estrondo de seu pesado mosquete amedrontaria qualquer nativo que jamais vira antes um homem branco, foi o que pensou.

A jovem esbelta, com um belo corpo, tinha nariz reto e afilado. A cor de sua pele era de um marrom profundo, talvez com uma forte descendência berbere.

Kane falou no dialeto do rio, uma língua simples que aprendera durante suas andanças, e ela respondeu hesitante. A tribo do interior negociava escravos e marfim com o povo do rio e estava familiarizada com esse jargão.

– Minha aldeia é ali – ela respondeu à pergunta de Kane, apontando para a selva do sul. – Meu nome é Zunna. Minha mãe me chicoteou por ter quebrado uma cadeira, e eu fugi nervosa. Estou com medo; permita que eu volte para minha mãe!

– Você pode voltar – disse Kane. – Mas irei levá-la, garota. Imagine se outro leão aparecer? Você foi muito tola em fugir.

Ela choramingou.

– Você não é um deus?

– Não, Zunna. Sou apenas um homem, embora a cor da minha pele não seja como a da sua. Guie-me até sua aldeia agora.

Ela se levantou, olhando-o de maneira apreensiva. Para Kane, parecia um animal assustado, com seus cabelos emaranhados. Ela mostrou o caminho, e ele a seguiu. Zunna indicou que sua vila ficava a sudeste, uma rota que os levou para o lado das colinas. O Sol começou a descer, e o rugido dos leões reverberava sobre os prados. Kane olhou para o céu, sabendo que o campo aberto não era lugar para se atravessar à noite. Em seguida, viu que havia uma caverna na colina mais próxima, a algumas centenas de metros dos dois.

– Zunna – ele disse vacilante –, não chegaremos até sua aldeia antes que a noite caia. No escuro, seremos apanhados pelos leões. Ali há uma caverna onde podemos passar a noite...

Ela se encolheu e estremeceu.

– Não podemos ir nas colinas, senhor! – ela choramingou. – É preferível enfrentar os leões!

– Besteira! – ele disse impaciente, já cansado das superstições dos nativos. – Vamos passar a noite naquela caverna.

Sem mais discutir, ela o seguiu. Ambos subiram por uma parca encosta e chegaram à entrada da caverna, um local pequeno, com as laterais de rocha sólida e o chão de areia escura.

– Recolha um pouco de folhagem seca, Zunna – ordenou Kane, com seu mosquete recostado na parede da entrada da caverna. – Mas não vá longe e tome cuidado com os leões. Farei uma fogueira que nos manterá a salvo das feras esta noite. Seja uma boa garota e traga os gravetos que encontrar. Vou preparar o jantar com a carne seca que tenho na minha bolsa.

Ela lançou um longo olhar sobre Kane e virou-se sem nada dizer. O inglês arrancou os poucos arbustos próximos, que estavam quebradiços de sol e, amontoando-os, bateu a pederneira e o aço. Uma flama subiu e devorou a pilha. Quando pensava como poderia manter o fogo aceso durante a noite inteira, percebeu que tinha visitas.

Mesmo acostumado a visões grotescas, Kane congelou, e um leve frio desceu por sua espinha. Dois homens pararam diante dele em silêncio. Altos, magros e totalmente nus. Suas peles eram negras e empoeiradas, tingidas com uma cor cinza, como a da morte. O rosto deles diferia de tudo o que Kane já tinha visto: testa alta e estreita, nariz grande, parecendo focinho, e olhos inumanamente grandes e vermelhos. Enquanto os dois permaneciam estáticos, pareceu a Kane que apenas aqueles olhos fulgurantes tinham vida.

O puritano falou com eles, mas não houve resposta. Convidou-os para comer, com um movimento de sua mão, e ambos silenciosamente se agacharam próximo à entrada da caverna, o mais distante possível das brasas da fogueira.

Kane pegou sua bolsa e começou a tirar as tiras de carne seca. Observando seus convidados silenciosos, teve a sensação de que eles não tiravam o olho das cinzas do fogo.

O Sol estava prestes a afundar atrás do horizonte. Um brilho vermelho e feroz se espalhou pelos prados, como ondas de um mar de sangue. Kane ajoelhou-se sobre a bolsa e viu Zunna contornar o rebordo da colina, aproximando-se com seus braços carregados de folhagem e galhos secos.

Na entrada, os olhos da garota se arregalaram, os galhos caíram no chão e seu grito cortou o silêncio, como uma advertência terrível. De súbito, as duas grandes figuras pairavam sobre Kane, que rodou sobre os próprios joelhos e se levantou ágil, saltando como um leopardo. A ponta afiada do bastão mágico, que estava em sua mão, trespassou o ombro do inimigo mais próximo com tal força que saiu pelas costas. Então, os braços magros e longos do outro agarraram Kane, e os dois caíram juntos.

As unhas do estranho eram garras que rasgavam seu rosto; os olhos vermelhos, hediondos, fitavam-no com uma terrível bravata. Kane retorceu-se e, afastando as garras com o braço, sacou sua pistola. Pressionou a extremidade da arma contra o selvagem e puxou o gatilho. Com o disparo, o corpo do forasteiro estremeceu, mas os lábios grossos simplesmente abriram um sorriso horrível.

Um braço longo deslizou sob os ombros de Kane, e a outra mão agarrou seus cabelos. O inglês sentiu a cabeça ser forçada para trás de forma irresistível. Ele agarrou os punhos do adversário com as duas mãos, mas a carne, sob seus dedos frenéticos, era tão dura quanto madeira. A mente de Kane titubeou; seu pescoço parecia prestes a quebrar se sofresse um pouco mais de pressão. Com um esforço vulcânico, jogou o corpo para trás, livrando-se do abraço letal, mas o outro continuava sobre ele, afundando as garras em seu corpo. Kane apanhou a pistola vazia e golpeou o crânio do homem com a coronha, usando toda a sua força. E, mais uma vez, os lábios contorcidos se abriram em um hórrido escárnio.

Naquele instante, Kane quase foi tomado pelo pânico. Que tipo de homem era aquele que, mesmo após ter sido baleado e mortalmente espancado, ainda ameaçava sua vida com dedos dilacerantes? Decerto, não era homem algum, mas sim um dos filhos de Satã! Com tal pensamento, Kane deu-lhe um abraço explosivo e, engalfinhados, os dois caíram no chão, rolando sobre as cinzas incandescentes na entrada da caverna. O inglês mal sentiu o calor, mas a boca de seu rival se abriu, desta vez aparentemente agonizando. Os terríveis dedos afrouxaram sua pegada, e Kane se libertou.

A criatura selvagem, com o crânio fraturado, tentava se levantar quando Kane voltou à carga como um lobo magro ataca um bisão ferido. Ele deu um salto e aterrissou nas costas do estranho, aplicando uma chave mortal com seus braços de aço. Quando os dois foram ao chão juntos, pela segunda vez, Kane quebrou o pescoço do outro, girando-o, de modo que o rosto pavoroso ficasse olhando para trás. O corpo ficou imóvel, mas, para Kane, parecia que não estava morto, pois os olhos vermelhos ainda queimavam com luz funérea.

O inglês virou-se, vendo a garota se arrastar junto a parede da caverna, e procurou seu bastão, encontrando-o ao lado de um monte de pó e ossos esfarelados. Com o cérebro confuso, ele caminhou até o bastão vodu, apanhou-o e voltou-se para o homem caído. Então, Kane atravessou o peito do selvagem com a arma. Diante de seus olhos, o enorme corpo se decompôs, em pó e ossos, da mesma forma que acontecera com o primeiro, após lhe enfiar o bastão.

3. Magia dos sonhos

– Meu Deus! – sussurrou Kane. – Os homens estavam mortos! Vampiros! Este é o trabalho manifesto do Demônio.

Zunna rastejou e agarrou-se aos joelhos dele.

– Eles são os mortos que caminham, senhor – ela lamuriou. – Tentei avisá-lo.

– Por que não pularam nas minhas costas assim que chegaram? – perguntou.

– Eles temem o fogo. Estavam esperando as brasas morrerem totalmente.

– De onde vieram?

– Das colinas. Centenas dessa espécie infestam as cavernas daquelas colinas. Eles vivem da vida humana, dos homens que matam, devorando seus espíritos no instante em que saem dos corpos palpitantes. Sim, eles sugam as almas!

"No ponto mais alto daquelas colinas há uma cidade de pedra; antigamente, nos dias de meus ancestrais, essa gente vivia lá – Zunna continuou a falar. – Eles eram humanos, mas não como nós, e durante eras governaram essa terra. O meu povo guerreou contra eles, matando muitos, mas os feiticeiros transformaram os mortos em criaturas como essas. Por fim, todos feiticeiros morreram.

"Durante eras, as criaturas caçaram as tribos da selva, espreitando do alto das colinas, saindo à meia-noite e ao pôr do sol para assombrar as trilhas da floresta, e matar e matar. Homens e feras fogem deles, e só o fogo consegue destruí-los."

– Aqui está o que irá aniquilá-los – disse Kane, erguendo o bastão vodu. – Magia negra se enfrenta com magia negra. Não sei que feitiços N'Longa colocou aqui, mas...

– Você é um deus – Zunna falou em voz alta. – Homem nenhum conseguiria vencer dois mortos caminhantes. Mestre, você pode livrar minha tribo dessa maldição? Não temos para onde fugir, e os monstros nos matam ao seu bel-prazer, capturando viajantes do lado de fora dos muros da aldeia. A morte está nessa terra, e nós fenecemos indefesos!

Na alma de Kane, se agitava o espírito do cruzado, o fogo do partidário – o fanático que devota sua vida a lutar contra os poderes da escuridão.

– Vamos comer – ele falou. – Depois, faremos uma grande fogueira na entrada da caverna. O fogo que afasta as feras também manterá longe os demônios.

Mais tarde, Kane sentou-se no centro da caverna, com o queixo descansando sobre o punho cerrado e os olhos vazios, encarando a fogueira. Atrás, nas sombras, Zunna o observava, pasma.

– Deus dos exércitos – murmurou Kane. – Envie-me auxílio! É minha a mão que deve remover a antiga maldição dessa terra sombria, mas quem sou eu para enfrentar esses demônios mortos, que não se rendem às armas mortais? O fogo os destrói, um pescoço quebrado os deixa indefesos, o bastão vodu ao trespassá-los os transforma em pó... Mas qual a valia disso tudo?

Como vencerei as centenas que assombram essas colinas? De acordo com Zunna, os guerreiros que os enfrentaram no passado não os viram fugir para suas cidades muradas, onde nenhum homem pode enfrentá-los?

A noite avançou, e Zunna dormiu com o rosto sobre seu braço roliço. O rugido dos leões sacudia as colinas, mas Kane permanecia sentado, olhando, meditativo, para o fogo. Lá fora, a escuridão revivia sussurros e rangidos, com passos leves e furtivos.

De vez em quando, Kane, saído de suas meditações, parecia captar o cintilo de grandes olhos vermelhos além das luzes trêmulas do fogo.

A aurora cinzenta chegava à pradaria quando Kane balançou Zunna para acordá-la.

– Que Deus tenha piedade da minha alma por lidar com magia bárbara – ele rosnou. – Mas trevas devem ser enfrentadas com trevas. Cuide do fogo e me avise se algo sinistro ocorrer.

Kane deitou-se de costas no chão de areia e colocou o bastão vodu sobre o peito, entrelaçando as mãos em cima dele. Ele dormiu instantaneamente. E sonhou. Parecia que caminhava por uma bruma maciça, onde encontrou N'Longa, verdadeiro como a vida. N'Longa falou, e suas palavras foram claras e vívidas, imprimindo-se tão profundamente na consciência de Kane, que atravessaram a lacuna entre a dormência e a vigília: "Mande a garota para sua aldeia logo após o nascer do sol, quando os leões tiverem ido para as tocas", disse N'Longa. "E faça com que ela traga seu amante para essa caverna. Peça que ele se deite, como se fosse dormir, segurando o bastão vodu."

O sonho esvaneceu-se, e Kane acordou subitamente, surpreso. Quão estranha e vívida havia sido a visão, e quão estranho fora escutar N'Longa falando em inglês sem o jargão! Kane encolheu os ombros. Ele sabia que N'Longa clamava ter o poder de enviar seu espírito através do espaço, e ele próprio já havia visto o feiticeiro vodu animar o cadáver de um homem. Ainda assim...

– Zunna – disse Kane, desistindo da charada –, eu a acompanharei até os limites da floresta, mas você deve seguir até sua aldeia e retornar aqui, para essa caverna, trazendo seu amante consigo.

– Kran? – ela perguntou ingenuamente.

– Qualquer que seja o nome dele. Coma e partiremos.

Novamente, o Sol se inclinava para oeste. Kane sentou-se na caverna, à espera. Ele acompanhara a garota em segurança até o local onde a selva se diluía na pradaria e, embora a consciência o apunhalasse ante a probabilidade de ela ser confrontada por perigos, ele a enviou sozinha e a seguir retornou à caverna. Agora, indagava se não seria condenado às chamas sempiternas por trabalhar com a magia negra, seja de um irmão de sangue ou não.

Passos leves soaram perto da caverna e, no instante em que Kane alcançava seu mosquete, Zunna entrou, acompanhada de um jovem alto e bem proporcionado, cuja pele parda indicava que era da mesma raça que a garota. Seus suaves olhos sonhadores estavam fixos em Kane, em um tipo de adoração reverente. Estava claro que a garota não havia minimizado a nova glória daquele deus em suas histórias.

Ele ordenou que o jovem se deitasse, enquanto colocava o bastão vodu em suas mãos. Zunna agachou-se ao seu lado, com os olhos bem abertos. Kane afastou-se, ligeiramente envergonhado da cerimônia ridícula, perguntando-se o que resultaria daquilo, se é que haveria algum resultado. Então, para seu horror, o jovem teve um sobressalto e enrijeceu-se!

Zunna gritou, levantando-se:

–Você matou Kran! – ela guinchou, e investiu contra o inglês, que estava imóvel e sem fala.

Então, ela parou de repente, titubeou, passou a mão lânguida na testa... E desmantelou-se, caindo com os braços abertos sobre o amante inerte.

E o corpo dele subitamente se moveu; executou movimentos sem propósitos com as mãos e os pés; então sentou-se, desvencilhando-se dos braços da garota, ainda desmaiada.

Kran olhou para Kane e sorriu, um sorriso espertalhão e conhecido que parecia, de alguma maneira, deslocado naquele rosto. Kane estremeceu. A expressão daqueles olhos suaves havia se alterado, e agora estava dura e fulgente, como a de uma serpente: era o olhar de N'Longa!

– Olá – disse Kran, com voz grotescamente familiar. – Irmão de sangue, você não cumprimenta N'Longa?

Kane estava quieto, com a pele arrepiada. Kran se levantou e estendeu os braços, sem jeito nem familiaridade com aqueles membros que pareciam novos para ele. Ele deu um tapa de aprovação no próprio peito.

– Eu, N'Longa! – ele falou, com o velho orgulho de sempre. – Poderoso homem ju-ju! Irmão de sangue, não me reconhece?

–Você é Satã – disse Kane, com sinceridade. –Você é Kran ou é N'Longa?

– Eu, N'Longa – assegurou o outro. – Meu corpo dorme na cabana ju-ju na costa, muitas trilhas longe daqui. Pego emprestado corpo de Kran por um tempo. Meu espírito viaja dez dias de marcha em um fôlego; marcha de vinte dias no mesmo tempo. Meu espírito sai de corpo e remove Kran.

– E Kran está morto?

– Não. Kran não está morto. Envio seu espírito para a terra das sombras por um tempo. Mando o espírito da garota também, para fazer companhia. Depois eles voltam.

– Isso é trabalho do demônio – disse Kane –, mas já o vi fazendo magias ainda mais negras. Devo chamá-lo de N'Longa ou de Kran?

– Kran, não! Eu, N'Longa... Corpos são como roupas. Eu, N'Longa, aqui, agora! – ele bateu no peito. – Depois Kran vive aqui... Então, ele volta a ser Kran e eu N'Longa, igual antes. Kran não vive agora; N'Longa vive neste corpo. Irmão de sangue, eu N'Longa!

Kane acenou com a cabeça. Aquela era de fato uma terra de horror e de encantamentos; qualquer coisa era possível, até mesmo que a voz fina de N'Longa falasse com ele através do largo peito de Kran, e os olhos de cobra de N'Longa piscassem para ele da face bela de Kran.

– Conheço terra há muito tempo – disse N'Longa, indo direto ao que interessava. – Poderosa ju-ju, essas pessoas mortas! Não precisa desperdiçar tempo de um companheiro... Eu sei... Falei com você em sonhos. Meu irmão de sangue quer destruir pessoas mortas, não?

– É algo que vai contra a natureza – disse Kane funestamente. – Eles são conhecidos em minha terra como vampiros. Jamais esperei me deparar com uma nação deles.

4. A cidade silenciosa

– Agora encontramos cidade de pedra – disse N'Longa.

– Sim? Por que não envia seu espírito para matar esses vampiros? – perguntou Kane, com indolência.

– Espírito precisa de corpo amigo para trabalhar – respondeu N'Longa. – Agora, durma. Amanhã começamos.

O Sol havia se posto; o fogo brilhava e cintilava na boca da caverna. Kane deu uma olhadela para o corpo inerte da garota, ainda deitada onde havia caído, e se preparou para dormir.

– Acorde-me à meia-noite – ele pediu –, e eu farei a vigília até o amanhecer.

Mas quando N'Longa finalmente lhe sacudiu o braço, Kane acordou para ver a primeira luz da alvorada avermelhando a terra.

– Hora de começarmos – exclamou o feiticeiro.

– Mas a garota... Você tem certeza de que ela está viva?

– Ela vive, irmão de sangue.

– Então, em nome de Deus, não podemos deixá-la à mercê de qualquer demônio rondando por aí, que possa encontrá-la por acaso. Ou algum leão talvez...

– Nenhum leão vem. Cheiro de vampiro permanece, misturado com cheiro humano. Leão não gosta de cheiro humano e teme cheiro de mortos que caminham. Fera nenhuma vem – N'Longa deitou o bastão vodu na entrada da caverna – e agora morto nenhum também.

Kane observou-o sombriamente e sem entusiasmo.

– Como esse bastão vai protegê-la?

– Aquela poderosa ju-ju – disse N'Longa. – Você viu, vampiro vira pó, atracado ao bastão! Nenhum vampiro se atreve a tocar ou se aproximar dele. Eu o dei a você porque, fora das Colinas dos Vampiros, um companheiro pode encontrar, de vez em quando, uma carcaça caminhando na selva, principalmente quando as sombras são negras. Nem todos os mortos que caminham estão aqui, mas todos precisam sugar a vida dos homens... Ou apodrecem feito madeira podre.

– Então, faça vários bastões como esse e arme meu povo com eles.

– Não pode ser feito! – N'Longa sacudiu violentamente a cabeça. – Bastão ju-ju é magia poderosa! Antiga, muito antiga! Nenhum homem vivo pode dizer que idade aquele bastão ju-ju tem. Fiz irmão de sangue dormir e fiz feitiçaria de proteção com ele, naquela vez em que foi conversar na aldeia da costa. Hoje, só explorar e correr; não precisamos dele. Deixe aqui para guardar a garota.

Kane encolheu os ombros e seguiu o feiticeiro, após olhar para trás e ver Zunna estática na caverna. Jamais teria concordado em deixá-la se não acreditasse de coração que ela estava bem, apesar de, ao tocá-la, sentir que sua carne estava fria.

Ambos subiram pelas colinas estéreis enquanto o Sol nascia. Quanto mais escalavam, mais íngremes ficavam as encostas argilosas, serpenteando o caminho entre ravinas e grandes seixos. As colinas eram alveoladas por cavernas escuras e proibidas, por onde a dupla passou com cautela. A pele de Kane se arrepiou quando pensou nos horríveis ocupantes que estavam lá dentro. Então, N'Longa disse:

– Vampiros dormem dia inteiro, até pôr do sol. Cavernas cheias de companheiros mortos.

O Sol se elevava mais alto, assando os rochedos. Um calor intolerável e o silêncio pairavam como monstro maligno sobre a Terra. Eles não haviam visto nada, mas Kane poderia jurar que uma sombra negra flutuava atrás de uma pedra enquanto eles se aproximavam.

– Eles, vampiros, escondidos de dia – afirmou N'Longa, com uma risada grave. – Com medo do amigo abutre! Abutre não é tolo! Ele conhece morte quando vê! Vai agarrar morto que caminha, rasgar e comer se estiver deitado ou andando!

Um forte tremor sacudiu seu companheiro.

– Bom Deus! – gritou Kane, acertando sua coxa com o chapéu. – Não há fim para os horrores nesse país hediondo? Essa terra é verdadeiramente dedicada aos poderes das trevas!

Os olhos de Kane ardiam com uma luz perigosa. O terrível calor, a solidão e a ciência dos horrores permanentemente à sua espreita estavam abalando até mesmo seus nervos de aço.

– Mantenha a calma, ponha chapéu, irmão de sangue – avisou N'Longa, com um pequeno gorgolejo de troça. – Amigo sol acaba com você se não tiver cuidado.

Kane trocou de lado o mosquete, que insistira em trazer, e não respondeu. Eles, finalmente, atingiram o topo e viram abaixo de si uma espécie de platô. No centro, havia uma cidade de pedra, silenciosa e cinza. Os muros e as casas eram feitos de grandes blocos de pedra, contudo, estavam em ruínas, tudo desmoronado. A grama crescia no platô e no alto das ruas daquela cidade morta. Kane não viu movimento algum.

– Esta é a cidade deles... Por que eles preferem dormir em cavernas?

– Talvez, medo de pedra cair em cima deles e esmagar. Cabana de pedra cai de vez em quando. Talvez eles não gostem de ficar junto... Talvez, comam uns aos outros também.

– Silêncio! – murmurou Kane – Você discorre sobre tudo!

–Vampiro não fala ou grita. Dorme nas cavernas, vaga no ocaso e à noite. Talvez, tribo com lanças, então vampiro luta atrás dos muros.

Kane consentiu. Em ruínas, os muros que cercavam a cidade ainda eram altos e sólidos o bastante para resistir ao ataque de homens com lanças, especialmente quando defendidos por aqueles demônios com nariz de focinho.

– Irmão de sangue – disse N'Longa solenemente –, tive pensamento mágico poderoso! Faça silêncio por um tempo.

Kane se sentou sobre uma pedra e olhou contemplativo para os rochedos e encostas nuas que os cercavam. Ao longe, no sul, viu o verde oceano frondoso que era a selva. A distância emprestava certo encanto à cena. Mais perto, avultavam-se ameaçadoramente os borrões negros, que eram as bocas das cavernas de horror.

Agachado, N'Longa traçou estranhos riscos no barro com a ponta de uma adaga, observado por Kane, que imaginava quão fácil eles poderiam ser vítimas dos vampiros caso três ou quatro saíssem das cavernas. E, no instante em que pensava aquilo, uma horrível sombra negra caiu sobre o feiticeiro acocorado. Era um vampiro.

Kane agiu sem racionalizar. Levantou-se rapidamente, como uma pedra arremessada por uma catapulta, e espatifou o cabo do seu mosquete no rosto da coisa horrenda. Assim, fez seu inimigo inumano recuar cambaleando e, sem lhe dar tempo para contragolpear, partiu para o ataque como um tigre furioso, espancando-o.

Na beirada do penhasco, o vampiro cambaleou, caindo para trás, de uma altura de 30 metros, até repousar, estorcido nas rochas do platô lá embaixo. N'Longa ficou de pé e apontou: as colinas estavam deixando seus mortos saírem.

Amontoadas, as terríveis e silenciosas formas negras estavam brotando das cavernas; elas desciam em bando do alto das encostas e escalavam os rochedos, com seus olhos vermelhos voltados na direção dos dois humanos, que se encontravam acima da cidade silenciosa. As cavernas vomitavam monstros em um profano juízo final.

N'Longa apontou para um penhasco próximo e, com um grito, começou a correr em fuga. Kane o seguiu. De trás dos pedregulhos, mãos que eram como garras os arranhavam, rasgando suas roupas. Quando ambos passaram diante de uma caverna, monstros cadavéricos saíram da escuridão, soltando sons inarticulados, para reforçar a perseguição.

Com as mãos dos mortos próximas de suas costas, eles subiram a última elevação e ficaram sobre uma saliência no topo do penhasco. Os demônios pararam silenciosamente, por um momento, e, a seguir, escalaram as rochas atrás deles. Kane, usando seu mosquete como um porrete, esmagou rostos de olhos vermelhos, distribuiu pontapés e torceu as mãos que saltavam em sua direção. Eles pareciam uma grande onda, enquanto o puritano agitava seu mosquete com fúria silenciosa que se igualava à deles. A onda quebrava e recuava, e investia mais uma vez.

"Não é possível matá-los!"

Essas palavras golpeavam seu cérebro como o martelo de uma forja, à medida que ele lanhava a carne dura como madeira e os ossos mortos com seus ataques titânicos. Mesmo nocauteados e lançados para trás, os vampiros se levantavam e voltavam. Aquilo não podia continuar por muito tempo... O que, em nome de Deus, N'Longa estava fazendo? Kane lançou um olhar rápido e torturante para cima. O feiticeiro estava no alto de uma pedra, com a cabeça pendida para trás, e os braços erguidos em uma invocação.

A visão de Kane borrou-se com o movimento rápido de semblantes hediondos com olhos vermelhos esbugalhados. Os seres que continuavam à sua frente se tornaram ainda mais horríveis, com seus crânios destroçados, rostos esburacados e membros partidos. Mesmo assim, eles avançavam, tentando derrubar o homem que os desafiava.

Kane estava todo vermelho, mas o sangue era apenas seu. Das longas veias murchas daqueles monstros não escorria uma gota de sangue vermelho e quente. De repente, ecoou um longo e penetrante som: "N'Longa!" Mais alto que o baque da coronha voadora do mosquete e que o barulho dos ossos se partindo, a única voz erguida naquela luta hedionda soou alta e clara.

A onda de vampiros empurrava os pés de Kane, arrastando-o para baixo. Garras afiadas o dilaceravam, lábios flácidos sugavam suas feridas. Ele cambaleou mais uma vez, desgrenhado e ensanguentado, tentando abrir espaço com um avassalador movimento de seu mosquete, já em pedaços. Mas, quase sufocado no meio de tantos mortos, ele caiu.

"Este é o fim!", pensou. Naquele exato instante, porém, a pressão diminuiu, e o céu foi repentinamente preenchido pelo som de grandes asas.

Então, ele ficou livre e ergueu-se, às cegas e atordoado, pronto para reiniciar a luta. Foi quando parou, petrificado. Penhasco abaixo, a horda de vampiros fugia das sombras que pairavam sobre suas cabeças e junto às suas costas. Enormes abutres voavam em bando, rasgando, despedaçando, afundando seus bicos na carne morta, e devoravam as criaturas em plena fuga.

Kane riu de forma quase insana:

– Desafiam os homens e Deus, mas não enganam os abutres, filhos de Satã! Eles sabem se um homem está vivo ou morto!

N'Longa ficou como um profeta sobre o pináculo, e grandes pássaros negros voavam à sua volta. Seus braços ainda acenavam, e sua voz lamuriante ecoava pelas colinas. Eles vinham da linha do horizonte, hordas e mais hordas sem fim. Abutres, abutres, abutres! Vinham para o banquete que há muito lhes fora negado. Enegreceram o céu com sua quantidade, e eclipsaram o Sol; uma singular escuridão abatendo-se sobre a Terra. Eles formaram grandes linhas densas, mergulhando nas cavernas com um zumbido de suas asas e o choque de seus bicos. Suas garras laceravam todos os horrores perversos que aquelas cavernas vomitavam.

N'Longa viu que todos os vampiros fugiam para sua cidade. A vingança, atrasada durante eras, havia caído sobre eles, e sua última esperança eram as paredes maciças que mantiveram afastados os desesperados inimigos humanos. Sob aqueles tetos em ruínas, poderiam encontrar abrigo. O feiticeiro, observando a vazante, riu até que os penhascos o ecoassem.

Todos os vampiros se esconderam, mas os pássaros estabeleceram-se sobre a cidade condenada como nuvens, pousando em sólidas alas ao longo das muralhas, afiando seus bicos e garras nas torres.

N'Longa bateu a pederneira e o aço em um maço de folhas secas que havia trazido. As chamas arderam instantaneamente, e ele arremessou para longe o maço, que caiu como um meteoro falésias abaixo, chovendo faíscas. A grama alta do platô incendiou-se.

Na cidade silenciosa, o medo fluiu em ondas como uma névoa branca. Kane sorriu soturnamente.

– A grama está seca e quebradiça por causa da estiagem – ele disse. – Choveu menos que o normal nesta estação; ela queimará com velocidade.

Como uma serpente escarlate, o fogo correu pela grama alta e morta. As chamas espalharam-se continuamente, e Kane, em pé lá, no alto, sentiu a intensidade do medo dos olhos vermelhos que o observavam da cidade de pedra.

A cobra vermelha alcançou as muralhas e subiu como se pretendesse engolir os mortos. Os abutres se elevaram, batendo pesadamente as asas, voando relutantes. Uma rajada de vento açoitou as chamas, que cobriram a construção com um longo lençol vermelho. A cidade estava sitiada de todos os lados por uma sólida barricada de labaredas. O rugido chegou até os dois homens no alto do penhasco.

Faíscas voavam pelas paredes, incendiando a grama alta das ruas. Um conjunto de flamas brotou e cresceu com velocidade aterradora. As ruas e as construções foram vestidas por um véu vermelho e, em meio ao turbilhão da bruma escarlate, Kane e N'Longa viram centenas de figuras escuras pular e se contorcer, sendo varridas para o meio do fogo. Então, ergueu-se um odor intolerável de carne podre torrada.

Kane observava, intimidado. Aquilo era, de fato, o inferno na Terra. Como em um pesadelo, ele olhava para o explosivo caldeirão rubro, no qual insetos escuros lutavam contra seu destino e pereciam. As chamas subiam a cem metros de altura. De repente, mais alto que seu rugido, um grito bestial e inumano soou, como um guincho vindo com a rapidez cósmica dos golfos inomináveis: um vampiro moribundo, quebrando as correntes do silêncio que o prenderam por incontáveis séculos, ergueu-se alto e assombroso; era o lamento final de uma raça em extinção.

Logo depois, as chamas minguaram de modo repentino. A conflagração fora um típico fogo de grama, curto e feroz. Agora, o platô exibia uma face enegrecida, e a cidade, uma massa carbonizada e esfumaçada na ruína de pedras. Nem ao menos um cadáver estava à vista, nem sequer um osso incinerado.

Acima de tudo, circulavam os grupos sombrios de abutres, mas eles também começavam a se dispersar.

Kane olhou para o céu azul e claro. Parecia que um forte vento marinho limpava um nevoeiro de horror. De algum lugar, ecoou o débil e longínquo rugido de um leão. Os abutres voaram para longe, em fileiras negras irregulares.

5. Conversa encerrada!

Kane sentou-se na entrada da caverna, onde Zunna permanecia deitada, e se submeteu às ataduras do feiticeiro.

As roupas do puritano estavam em farrapos; seus membros e peito foram profundamente machucados e traziam contusões roxas, mas nada além disso, apesar de ter enfrentado um mortífero combate em cima do penhasco.

– Nós, homens poderosos! – declarou N'Longa com profunda aprovação. – Cidade vampira em silêncio! Mais nenhum morto caminhante nas colinas.

– Eu não entendo – disse Kane, descansando o queixo na mão. – Conte-me, N'Longa, como você fez aquelas coisas? Como falou comigo em meu sonho, como entrou no corpo de Kran e como, enfim, convocou os abutres?

– Irmão de sangue – respondeu N'Longa, deixando, de lado, seu inglês pobre para falar na linguagem do rio, que Kane compreendia. – Sou tão velho que, se dissesse minha idade, você me chamaria de mentiroso. Durante minha vida inteira, operei magias: primeiro, sentando-me aos pés dos poderosos homens ju-ju do sul e do leste; depois, fui escravo dos Buckra e aprendi ainda mais. Meu irmão, como cobrir todos esses anos em um momento e fazê-lo entender, com uma só palavra, o que levou tanto tempo para eu aprender? Não conseguiria sequer fazê-lo intuir como aqueles vampiros mantiveram seus corpos longe da decadência bebendo a vida dos homens.

"Quando durmo, meu espírito viaja sobre selvas e rios para conversar com os espíritos adormecidos dos meus amigos – contou o feiticeiro. – Existe uma poderosa magia no bastão vodu que eu lhe dei... Uma magia da antiguidade da Terra, que atrai minha alma para ela, tal qual o ímã do homem branco atrai o metal."

Kane escutava sem falar nada, vendo, pela primeira vez, nos olhos brilhantes de N'Longa, algo mais forte e mais profundo do que o fulgor ávido daquele que trabalha com magia negra. Para Kane, era como se ele olhasse dentro dos místicos e remotos olhos de um profeta dos tempos idos.

– Falei com você em sonhos – prosseguiu N'Longa – e fiz com que um sono profundo se abatesse sobre as almas de Kran e Zunna. Ambos foram removidos para uma terra distante e indistinta, de onde retornarão em breve, sem memórias. Todas as coisas se curvam à magia, irmão de sangue, e feras e pássaros obedecem às palavras dos mestres. Realizei um forte trabalho vodu, magia de abutres, e o povo alado respondeu ao meu chamado.

"Essas coisas eu sei, e delas faço parte, mas como posso falar-lhe sobre elas? Irmão de sangue, você é um poderoso guerreiro, mas, nos caminhos da magia, é como uma criança perdida – disse o feiticeiro. – E o que levou longos e penosos anos para que eu conhecesse, não posso relatar de forma que você entenda. Meu amigo, você só pensa em maus espíritos, mas, se minha magia fosse má, por que eu deixaria de tomar para mim este corpo jovem e perfeito no lugar do meu, velho e enrugado? Mas Kran terá seu corpo de volta em segurança.

"Guarde o bastão vodu, irmão de sangue. Ele tem extremo poder contra todos os feiticeiros, serpentes e coisas malignas. Agora, retornarei para a aldeia na costa, onde meu verdadeiro corpo está adormecido. E quanto a você, irmão de sangue?"

Kane apontou silenciosamente na direção leste.

– O chamado não esmorece. Eu vou.

N'Longa meneou a cabeça e estendeu a mão. Kane segurou-a. A expressão mística desapareceu do rosto do feiticeiro, e seus olhos piscaram como os de uma cobra, em uma espécie de júbilo reptiliano.

– Agora vou partir, irmão de sangue – disse o feiticeiro, voltando ao seu amado jargão, do qual tinha mais orgulho de conhecer do que seus truques de conjuração. – Tome cuidado... A selva ainda pode arrancar seus ossos! Lembre-se do bastão vodu, irmão. Sim, conversa encerrada!

N'Longa caiu de costas na areia.

Ao ver a expressão afiada e manhosa de N'Longa desaparecer do rosto de Kran, o inglês sentiu um frêmito no corpo e, mais uma vez, sua pele se arrepiou. Em algum lugar na Costa dos Escravos o corpo de N'Longa, murcho e enrugado, agitou-se na cabana ju-ju e levantou-se, como se acordasse depois de uma grande noite de sono.

Kran sentou-se, bocejou, espreguiçou-se e sorriu.

Ao seu lado, a garota Zunna levantou-se e esfregou os olhos.

– Mestre – disse Kran, desculpando-se –, devemos ter adormecido.

Então, tomando a mão da garota, ele se dirigiu para a beirada do rochedo. Por aquele mesmo ponto, ele havia subido durante a noite, e parecia que tinha sido muito tempo atrás.

As roupas de Kane pendiam esfarrapadas em sua volta. Ele estava arranhado, lacerado e contundido. Mas em seus olhos brilhava a luz clara e calma da serenidade, enquanto o Sol nascia e inundava os penhascos e a mata com sua luz dourada, que era como uma promessa de felicidade e alegria.

Passos interiores

Publicado originalmente publicada em *Weird Tales*, setembro de 1931.

Solomon Kane olhou de forma sombria para a nativa morta aos seus pés. Era pouco mais que uma garota, mas seus membros machucados e os olhos arregalados indicavam que tinha sofrido muito, antes de obter o misericordioso alívio da morte. Kane reparou nas escoriações que as correntes fizeram em seu braço, nas profundas queimaduras entrecruzadas nas costas e na marca do laço em seu pescoço. Os olhos frios do homem ficaram estranhamente intensos, mostrando reflexos de uma luz fria, como nuvens ao cruzar abismos de gelo.

– Eles vieram até mesmo a essa terra erma – sussurrou. – Não fazia ideia...

Ele ergueu a cabeça e olhou para o leste. Pontos negros destacados contra o azul giravam e circulavam.

– Os falcões marcam sua trilha – falou o inglês em voz alta. – A destruição os precede, e a morte vem logo a seguir. Ai de vocês, filhos da iniquidade, pois a ira de Deus recairá sobre vocês. As coleiras foram afrouxadas nos pescoços de ferro dos cães do ódio, e o arco da vingança está retesado. São orgulhosos e fortes, e as pessoas choram aos seus pés, mas a retaliação virá na escuridão da meia-noite e na vermelhidão do alvorecer.

Kane deslocou o cinto que prendia suas pesadas pistolas e sua afiada adaga, tocando instintivamente o longo florete que trazia na cintura, e seguiu para o leste, de forma furtiva, porém veloz. Ira cruel queimava profundamente em seus olhos, como chamas azuis vulcânicas abaixo de léguas de gelo, e a mão que pressionava seu longo bastão com cabeça de gato endureceu como ferro.

Após algumas horas de firme caminhada, escutou o comboio de escravos que abria seu laborioso caminho mata adentro. Gritos tristes, berross, maldições proferidas por condutores e estalidos de chicotes chegavam claramente aos seus ouvidos. Mais adiante, emparelhou com o bando e, deslizando entre a relva, ao lado da trilha tomada pelos escravagistas, ele os observou em segurança. Kane havia lutado contra índios, em Darien, e aprendido muito com o conhecimento que eles têm sobre as matas.

Havia mais de cem nativos, homens e mulheres jovens, escalonados ao longo da trilha, nus e presos uns aos outros por cruéis jugos de madeira. Os jugos, grosseiros e pesados, se encaixavam em seus pescoços e os acoplavam de dois em dois. As peças, por sua vez, eram acorrentadas a um só conjunto, que constituía uma longa cadeia. Havia 15 condutores árabes e por volta de 70 guerreiros negros, cujas armas e incríveis vestes indicavam que vinham de alguma tribo oriental, uma daquelas conquistadas e islamizadas, transformadas em grupo aliado pelos árabes colonizadores.

Cinco árabes caminhavam à frente do comboio, ao lado de cerca de 30 guerreiros, e cinco cobriam a retaguarda com o resto dos combatentes negros. Os outros marchavam ao lado dos escravos exaustos, instando-os aos gritos e pragas e, com açoites longos e cruéis, arrancavam jatos de sangue em quase todos os golpes. Kane ponderou que aqueles escravos eram tão tolos quanto patifes, porque não mais que metade sobreviveria ao suplício da viagem até a costa.

Kane ficou espantado com a presença daqueles homens ali, pois o país ficava muito ao sul dos locais que eles costumavam frequentar. Todavia, a avareza leva os homens ao longe, conforme sabia o inglês, que já havia lidado com aquela gente no passado. Enquanto observava, algumas velhas cicatrizes arderam em suas costas; cicatrizes feitas por chicotes muçulmanos em uma galé turca. Era profundo e inextinguível o ódio ardente de Kane.

Nas sombras, o puritano seguiu seus inimigos como um fantasma e, conforme deslizava pela selva, exauriu seu cérebro em busca de um plano. Como poderia prevalecer diante daquela horda? Todos os árabes e diversos de seus aliados portavam armas de fogo; espingardas de pederneira longas e desajeitadas, é verdade, mas ainda assim armas de fogo, motivo suficiente para imputar medo em qualquer tribo de nativos que pensasse se opor a eles. Alguns traziam em seus largos cinturões pistolas longas e prateadas, de padrão mais eficaz, manufaturadas por mouros e turcos.

Kane seguia como um fantasma meditativo; raiva e ódio devoravam-lhe a alma como um cancro. Para ele, cada estalido dos chicotes parecia um golpe desferido em seus próprios ombros. O calor e a crueldade dos trópicos pregam peças estranhas. Paixões comuns se tornam coisas monstruosas, e a irritação cresce até virar uma fúria frenética. As chamas da raiva também se transformam em inesperada loucura, o que leva os homens a matarem outros em uma névoa vermelha de cólera e, só depois, questionarem o que fizeram, horrorizados. A fúria que Solomon Kane sentia teria sido suficiente, em qualquer momento e lugar, para abalar a estrutura de qualquer um. Agora, assumia proporções monstruosas, e Kane tremia como se sentisse calafrios. Garras de ferro arranhavam seu cérebro, e ele via os escravos e os escravagistas por trás de uma névoa rubra. Contudo, não poderia colocar sua insanidade nascida do ódio em ação, a não ser por um revés.

De repente, uma das escravas, muito jovem e esguia, vacilou e caiu, arrastando também para o chão seu companheiro preso pelo jugo. Um árabe alto de nariz adunco deu um grito selvagem e a açoitou de forma perversa. Cambaleando, o companheiro dela se ergueu parcialmente, mas a garota permaneceu prostrada, contorcendo-se debilmente sob a chibata, evidentemente incapaz de se levantar. Ela gemia de forma lastimosa por trás de seus lábios ressecados, e outros escravagistas amontoaram-se à sua volta, descendo os chicotes sobre a carne trêmula em golpes de agonia vermelha.

Com meia hora de descanso e um pouco de água, ela poderia ser reanimada, mas os árabes não tinham tempo a perder. Solomon mordeu o próprio braço, cravando os dentes na carne, lutando para se controlar, e agradeceu a Deus quando os golpes pararam, o que lhe poupou de arremessar sua adaga veloz e cintilante para colocar fim ao sofrimento da garota. Mas os árabes estavam com disposição para se divertir. Uma vez que ela não lhes renderia nenhum lucro no mercado, eles a utilizariam para seu próprio prazer, e o humor deles era tal que só mesmo quem não tivesse sangue nas veias para assistir àquilo de forma impassível.

Um grito do primeiro chicoteador fez os demais se agruparem ao redor, com seus rostos barbudos divididos em sorrisos de deliciosa antecipação, ao passo que seus aliados selvagens se aproximaram com os olhos flamejantes. Os infelizes escravos perceberam as intenções de seus donos, e um coro de gritos de piedade emergiu dentre eles.

Kane, nauseado de horror, também percebeu que a garota não escaparia de ser torturada até a morte. Ele sabia o que o muçulmano alto pretendia fazer, quando se inclinou sobre ela com um punhal afiado, igual aos que os árabes usam no jogo da esfola. A loucura sobrepujou o inglês. Ele dava pouco valor à própria vida e a arriscaria sem titubear pelo bem de uma criança pagã ou de um pequeno animal. Ainda assim, não queria desperdiçar, de forma premeditada, sua única esperança de socorrer os miseráveis daquele comboio. Mas, irrefreável, o puritano agiu de forma inconsciente. Uma pistola fumegava em sua mão, e o carniceiro alto estava caído na trilha poeirenta, com o cérebro escorrendo para fora da cabeça, antes que Kane percebesse o que havia feito.

Ele ficou quase tão surpreso quanto os árabes, que congelaram por um momento e então explodiram em uma confusão de gritos. Muitos ergueram suas espingardas toscas e mandaram balas contra as árvores, enquanto o restante, sem dúvida, pensando que era uma emboscada, correu para a selva de forma temerária. A audaz precipitação daquele movimento foi a ruína de Kane. Caso eles hesitassem apenas por mais um momento, talvez ele tivesse desaparecido sem ser visto, mas, da forma como foi, o inglês não tinha alternativa senão encontrá-los de peito aberto e vender sua vida o mais caro que pudesse.

De fato, foi com certa fascinação feroz que Kane encarou seus atacantes, que investiram contra ele aos uivos. Mas fizeram uma pausa de súbita perplexidade quando o inglês alto e sombrio saiu de trás de uma árvore. Naquele instante, um deles morreu, vítima de uma bala que restara na pistola de Kane que acertou seu coração. Então, com gritos de ira selvagem, lançaram-se contra o desafiante solitário.

Solomon Kane ficou de costas para uma enorme árvore, e seu longo florete desenhou um arco brilhante à sua volta. Um árabe e três dos seus igualmente ferozes aliados tentaram cortá-lo com suas lâminas curvas e pesadas, enquanto o restante o cercava de forma confusa, rosnando como lobos, tentando acertar o alvo com suas lâminas ou atirar nele sem ferir um dos seus.

O cintilante florete bloqueava as cimitarras sibilantes, e um árabe morreu perfurado por sua ponta, a qual pareceu hesitar apenas por um instante antes de vazar o cérebro de outro guerreiro que empunhava uma espada. Mais um atacante, que soltou sua espada e saltou para agarrá-lo na curta distância, foi estripado pelo punhal na mão esquerda de Kane, e os outros, em repentino medo, recuaram. Uma bala se estilhaçou contra uma árvore, próximo da cabeça de Kane, e ele projetou o corpo para saltar e morrer no meio deles. Então, o xeque do comboio os açoitou com seu longo chicote, e Kane escutou-o gritar ferozmente para seus guerreiros, ordenando que pegassem o infiel com vida. O puritano respondeu ao comando com um súbito arremesso de seu punhal, que passou tão perto da cabeça do xeque que cortou seu turbante e afundou profundamente no ombro de um homem atrás dele.

O xeque sacou suas pistolas com entalhes prateados, ameaçando seus próprios homens com a morte caso não capturassem seu feroz oponente, e eles investiram mais uma vez, varridos pelo desespero. Um dos guerreiros ficou na linha da espada de Kane, mas um árabe atrás dele, com impiedosa disposição, empurrou repentinamente o desgraçado para a frente, sobre a arma, que lhe atravessou o corpo até o cabo, obstruindo a lâmina. Antes que Kane pudesse libertá-la, com um grito de triunfo a alcateia abateu-se sobre ele e o colocou para baixo, fazendo uso da vantagem numérica. Enquanto era agarrado por todos os lados, o puritano desejou em vão o punhal que atirara longe. Mesmo assim, dominá-lo não foi tarefa fácil.

Sangue espirrou e rostos cederam sob seus punhos duros como ferro, que quebravam dentes e ossos. Um guerreiro recuou cambaleando, incapacitado por uma perversa joelhada desferida na virilha. Mesmo quando eles o estenderam por completo e empilharam tantos homens sobre Kane, que não conseguia mais golpear com punhos ou pés, seus longos e delgados dedos afundaram ferozmente por entre uma barba emaranhada e se fecharam em uma garganta musculosa, em um aperto que precisou da força de três homens para quebrá-lo, deixando a vítima sem fôlego e com o rosto roxo.

Por fim, ofegante pela luta terrível, eles conseguiram amarrar as mãos e os pés de Kane, e o xeque, guardando as pistolas em seu cinto de seda, caminhou até seu prisioneiro e ficou parado diante dele, encarando-o. Kane olhou para cima, para aquela figura alta de estrutura enxuta, para aquele rosto de falcão, com sua barba negra enrolada e arrogantes olhos castanhos.

– Eu sou o xeque Hassim ben Said – disse o árabe. – Quem é você?

– Meu nome é Solomon Kane – rosnou o puritano na língua do xeque. – Sou inglês, seu chacal pagão.

Os olhos escuros do árabe brilharam de interesse.

– Suleiman Kahani – disse ele, dando o equivalente em árabe ao nome inglês. – Já escutei falar de você... Lutou contra os turcos, no passado, e os corsários berberes lamberam suas feridas por causa de você.

Kane não se dignou a responder. Hassim deu de ombros.

– Você dará um bom preço – ele disse. – Talvez o leve para Istambul, onde há xás que desejariam um homem como você entre seus escravos. E recordo-me agora de Kemal Bey, um homem dos mares, que tem o rosto marcado por uma profunda cicatriz que foi obra sua e que amaldiçoa seu nome, inglês. Ele me pagará um alto preço por você. E, contemple, caro europeu: faço-lhe as honras, designando a você um guarda exclusivo. Você não andará acorrentado ao jugo, mas livre, exceto pelas mãos.

Kane nada disse. A um sinal do xeque, ele foi colocado de pé, e suas amarras soltas, exceto pelas mãos, que permaneceram atadas firmemente às suas costas. Uma corda robusta lhe foi amarrada ao redor do pescoço, e a outra extremidade foi entregue para um enorme guerreiro, que portava na mão livre uma grande cimitarra curva.

– E agora, o que pensa do meu tratamento para com você, europeu? – perguntou o xeque.

Kane respondeu em um tom de voz lento, profundo e ameaçador:

– Acho que trocaria a salvação da minha alma para enfrentar você e sua espada, sozinho e desarmado, e arrancar seu coração do peito com meus dedos nus.

A concentração de ódio em sua ressoante voz foi tamanha, e a fúria que queimava em seus olhos, tão primitiva e indomável, que o embrutecido e destemido chefe empalideceu e, involuntariamente, recuou, como quem se afasta de uma fera enlouquecida.

A seguir, Hassim recuperou a pose e, após breve palavra com seus seguidores, caminhou até a dianteira da comitiva. Kane percebeu, agradecido, que sua captura havia gerado um intervalo para que a garota caída pudesse descansar e se renovar. A faca de esfolar não tivera chance de fazer mais do que apenas tocá-la; ela seria capaz de seguir em frente. A noite não estava distante. Logo, os escravagistas seriam forçados a parar e acampar.

O inglês forçosamente seguiu a trilha, e seu guarda veio poucos passos atrás, mantendo sua enorme lâmina sempre pronta. Kane também notou, com um toque de triste vaidade, que outros três guerreiros marchavam próximos a ele, com seus mosquetes prontos e pavios acesos. Eles já tinham provado a coragem do homem e não iriam se arriscar. As armas de Kane foram tomadas, e Hassim, prontamente, se apropriara de todas, exceto do bastão ju-ju com cabeça de gato, que ele jogara fora com desdém, mas que acabou sendo apanhado por um dos guerreiros selvagens.

O inglês percebeu que um árabe magro de barba cinza caminhava ao seu lado. O homem parecia ávido por falar, mas era estranhamente tímido, e a fonte de sua timidez parecia ser, embora fosse curioso, o bastão ju-ju que ele havia tomado do homem que o pegara do chão, o qual agora examinava em suas mãos.

– Eu sou Yussef, o Hadji – disse o árabe, de repente. – Não tenho nada contra você. Não tomei parte no ataque e gostaria de ser seu amigo, caso permita. Diga-me, europeu, de onde veio este bastão e como foi parar em suas mãos?

A primeira inclinação de Kane foi mandar seu interrogador para as regiões infernais, mas a sinceridade nos modos do velho o fez mudar de ideia e responder:

– Ele me foi dado por meu irmão de sangue, um mago da Costa dos Escravos, chamado N'Longa.

O velho árabe meneou a cabeça, murmurou algo por baixo de sua barba e, a seguir, mandou que um guerreiro corresse adiante e pedisse o retorno de Hassim. O xeque alto voltou caminhando ao lado do comboio que se movia lentamente, com um clangor e retinir de adagas e sabres, trazendo o punhal e as pistolas de Kane metidos em seu largo cinturão.

– Veja, Hassim – o velho árabe estendeu o bastão. – Você o jogou longe sem saber o que fazia!

– E o que tem com isso? – grunhiu o xeque. – Nada vejo além de um bastão com a ponta afiada e a cabeça de um gato na outra extremidade. Um bastão com estranhos entalhes pagãos em seu corpo.

O ancião sacudiu-o com excitação:

– Este bastão é mais velho do que o mundo! Ele possui uma poderosa magia! Eu já li sobre ele nos antigos livros encadernados a ferro, e o próprio

Maomé, que seja louvado, falava dele por meio de alegorias e parábolas! Vê a cabeça de gato em sua ponta? É a cabeça de uma deusa do antigo Egito. Eras atrás, antes que Maomé tivesse pregado, antes que Jerusalém tivesse existido, os sacerdotes de Bast seguravam este bastão diante dos adoradores cantantes de joelhos! Com ele, Musa fez maravilhas diante do faraó e, quando os judeus fugiram do Egito, eles o levaram consigo. Durante séculos, foi o cetro de Israel e de Judá e, com ele, Suleiman ben Daoud expulsou os ilusionistas e magos, e aprisionou os *efreets* e os gênios malignos! Veja! Mais uma vez nas mãos de um Solomon, nós encontramos o antigo bastão.

O velho Yussef estava a um passo do fervor fanático, mas Hassim apenas encolheu os ombros:

– Ele não salvou os judeus da escravidão nem esse Solomon de ser capturado por nós – disse. – Não o valorizo mais do que estimo a longa e fina lâmina que esse homem usou para desatar as almas de três de meus melhores espadachins.

Yussef sacudiu a cabeça:

– Sua zombaria não lhe trará nada de bom no final, Hassim. Algum dia você encontrará um poder que não será dividido por sua espada ou cairá por suas balas. Guardarei o bastão, mas deixo um aviso: não abuse do europeu. Ele portou o sagrado e terrível bastão de Suleiman, de Musa e dos faraós, e quem sabe que magia obteve... Pois o bastão é mais velho que o mundo, conheceu as mãos de estranhos sacerdotes pré-adamitas das cidades silenciosas abaixo do mar e do Mundo Antigo, extraiu mistério e magia inimagináveis por toda a humanidade. Havia reis e sacerdotes estranhos quando os amanheceres eram jovens, e, mesmo naqueles dias, o mal já existia. E com este bastão, eles combateram tal mal, que já era antigo quando seu estranho mundo era jovem, há tantos milhões de anos que um homem tremeria caso tivesse que contá-los.

Hassim respondeu com impaciência e afastou-se, com o velho Yussef seguindo-o persistentemente e tagarelando em tom lamentoso. Kane encolheu seus poderosos ombros. Com o que sabia sobre os estranhos poderes do bastão, ele não era um dos que questionariam as asserções do ancião, por mais fantásticas que parecessem.

O que ele sabia era que o bastão fora feito de uma madeira que atualmente não existia mais em lugar algum da Terra. Bastava a prova da visão e do toque para perceber que seu material havia crescido em algum mundo à parte. O requintado acabamento da cabeça de uma era pré-piramidal e os hieróglifos, símbolos de uma linguagem que já fora esquecida quando Roma ainda era jovem, intuía Kane, é que eram adições modernas à antiguidade do próprio bastão, assim como o eram as palavras em inglês entalhadas nos monolitos de pedra de Stonehenge.

Quanto à cabeça de gato, às vezes, ao olhá-la, Kane tinha uma sensação peculiar de aliteração; um fatigado sentimento de que outrora o pomo do bastão fora entalhado com um desenho diferente. O velho egípcio que havia talhado a cabeça de Bast apenas alterara a figura original, mas o que fora tal figura, Kane jamais tentou adivinhar. Um exame minucioso do bastão sempre despertava uma inquietante e quase vertiginosa sugestão de abismos de eternidade, que não davam margem a mais especulações.

O dia passou. O Sol desceu sem piedade, depois deixou um rastro por entre as grandes árvores conforme se inclinava em direção ao horizonte. Os escravos sofriam ferozmente com a falta de água, e um choro contínuo surgiu de suas filas enquanto cambaleavam às cegas. Alguns caíam e meio se rastejavam, meio eram arrastados por seus vacilantes parceiros no jugo. Quando todos estavam deformados de exaustão, o Sol já havia se posto e a noite sucedera, uma parada foi ordenada. O acampamento foi levantado, e guardas destacados para vigilância. Os escravos receberam um pouco de alimento e água suficientes para que se mantivessem vivos, mas apenas o suficiente. Seus grilhões não foram soltos, mas eles receberam permissão de se deitar como conseguissem. Com sua terrível fome e sede ligeiramente saciadas, eles suportaram o desconforto das algemas com seu estoicismo característico.

Kane foi alimentado sem que suas mãos fossem soltas, e ele recebeu toda a água que quis. Os olhos pacientes dos escravos observavam-no beber em silêncio, e ele ficou tremendamente envergonhado de esbanjar aquilo pelo qual outros sofriam; assim, parou de beber antes que sua sede fosse plenamente saciada. Uma ampla clareira fora escolhida, cercada de todos os seus lados por árvores gigantescas. Após os árabes terem comido e enquanto os muçulmanos negros ainda cozinhavam sua comida, o velho Yussef foi até Kane e começou a falar sobre o bastão mais uma vez. Kane respondeu às suas perguntas com admirável paciência, levando em consideração o ódio que tinha por toda a raça à qual o Hadji pertencia. Durante a conversa, Hassim se aproximou e observou-os com desprezo. Hassim, Kane ponderou, era o próprio símbolo do islamismo militante: ousado, temerário, materialista, a quem nada poupava ou temia, tão seguro de seu próprio destino e tão desdenhoso com os direitos dos outros quanto o mais poderoso rei do ocidente. O xeque escarneceu:

– Você está divagando sobre o bastão novamente? Hadji, você se comporta como uma criança em sua velhice.

O rosto de Yussef estremeceu de raiva. Ele sacudiu o bastão diante de seu xeque como uma ameaça do mal.

– Essa zombaria pouco beneficia sua posição, Hassim. Estamos no coração de uma terra de trevas e assombrada por espíritos do mal, para a qual há muito tempo foram banidos os demônios da Arábia. Se esse bastão, que qualquer um, a não ser um tolo, pode dizer que não é uma vara vinda dos mundos que conhecemos, existe até os dias de hoje, quem sabe que outras coisas, tangíveis ou intangíveis, podem ter existido ao longo das eras? Essa própria trilha que seguimos... Você sabe a idade que ela tem? Os homens a usavam antes que os seljúcidas viessem do oriente, e os romanos do ocidente. Sobre essa mesma trilha, de acordo com as lendas, o grande Suleiman passou ao expulsar os demônios da Ásia para o ocidente, e os prendeu em suas estranhas prisões. E você dirá...

Um grito selvagem o interrompeu. Vindo das sombras da selva, um guerreiro saiu correndo, como se fugisse dos cães da perdição. Com os braços movendo-se freneticamente, os olhos revirados, mostrando as partes brancas, e boca aberta de forma que todos os seus dentes brilhantes estivessem visíveis, ele era uma imagem de terror absoluto, que não seria tão logo esquecida. A horda de muçulmanos levantou-se de supetão, arrebatando suas armas, e Hassim praguejou:

– É Ali, a quem eu havia mandado procurar carne... Possivelmente um leão...

Mas não havia nenhum leão atrás do homem que caiu aos pés de Hassim, dando voz a sons inarticulados e apontando freneticamente para a selva negra atrás de si, de onde os expectadores, tensos, esperavam que algum horror capaz de despedaçar o cérebro emergisse.

– Ele afirma que encontrou um estranho mausoléu dentro da selva – disse Hassim, franzindo a testa. – Mas é incapaz de dizer o que o amedrontou. Ele só sabe que um grande horror o dominou por completo e o fez correr. Ali, você é um tolo e um patife.

Ele chutou perversamente o selvagem rastejante, mas os demais árabes ficaram à sua volta, com dúvidas. O pânico se espalhava entre os guerreiros nativos.

– Eles vão fugir, apesar de nós – murmurou um árabe barbudo, observando com inquietação os aliados nativos, que se amontoavam, tagarelando excitadamente, e lançavam olhares de medo para todos os lados. – Hassim, acho que é melhor marchar mais algumas milhas. Esse é um local maligno, no final das contas; embora seja provável que esse tolo do Ali tenha se assustado com a própria sombra, mesmo assim...

– Mesmo assim – zombou o xeque –, todos vocês se sentirão melhor quando deixarmos isso para trás. Tudo bem; para apaziguar seus medos, mudarei o acampamento de lugar... Mas, primeiro, deixe-me examinar essa coisa. Açoitem os escravos até que se levantem. Vamos entrar na selva e passaremos pelo tal mausoléu; talvez seja o jazigo de algum grande rei. Ninguém terá medo se nós seguirmos em frente com um contingente armado.

Então, os escravos exaustos foram açoitados até a plena vigília e, mais uma vez, cambalearam em comboio sob as chibatas. Os nativos aliados seguiram em silêncio, nervosos, obedecendo com relutância a vontade implacável de Hassim, mas acotovelando-se próximos aos árabes. A lua cheia brilhava vermelha e taciturna, e a selva estava banhada por um sinistro brilho prateado, que gravava sombras negras nos conjuntos de árvores. O trêmulo Ali apontou o caminho, tranquilizado de certa forma pela presença selvagem de seu mestre. E, assim, eles atravessaram a selva até chegarem a uma estranha clareira que havia entre gigantescas árvores... Estranha pelo fato de que nada crescia ali. As árvores a anelavam de uma inquietante maneira simétrica, e nenhum líquen ou musgo crescia na terra, que parecia ter sido estranhamente murchada e secada. E, no meio da clareira, havia o mausoléu.

Era uma grande massa de pedra, repleta de antiga maldade. Ela parecia morta, com a morte de uma centena de séculos, e Kane tinha a sensação de que o ar pulsava ao redor dela como se fosse a lenta e inumana respiração de algum gigantesco monstro invisível.

Os nativos aliados dos árabes recuaram murmurando, assaltados pela atmosfera maligna do local; os escravos ficaram juntos em grupo, aguardando pacientemente debaixo das árvores. Os árabes seguiram em frente até a carrancuda massa negra, e Yussef, tomando a corda de Kane de seu guarda, levou o inglês consigo, como um ranzinza mastim, na condição de proteção contra o desconhecido.

– Sem dúvida, algum poderoso sultão está aqui – disse Hassim, batendo levemente na pedra com sua bainha.

– De onde vêm essas pedras? – grunhiu Yussef, irrequieto. – O aspecto delas é lôbrego e repugnante. Por que um sultão seria enterrado tão longe de qualquer habitação humana? Se existissem ruínas de uma velha cidade nas redondezas seria diferente...

Ele se inclinou para examinar a pesada porta de metal com sua admirável fechadura, curiosamente selada e fundida. Com um mau pressentimento, Yussef balançou a cabeça ao ver os antigos caracteres hebraicos entalhados na porta.

– Não consigo lê-los – ele balbuciou. – Quem sabe, seja melhor para mim que não consiga. O que reis antigos selaram não deve ser perturbado pelos homens. Hassim, vamos, portanto. Este lugar está cheio de maldade para os filhos dos homens.

Mas Hassim não lhe deu atenção.

– Aquele que jaz lá dentro não é filho do Islã – ele falou. – Por que não devemos despojá-lo das joias e riquezas que, sem dúvida, foram colocadas para descansar com ele? Vamos arrombar essa porta.

Alguns dos árabes sacudiram as cabeças, duvidosos, mas a palavra de Hassim era lei. Chamando diante de si um enorme guerreiro que portava um pesado martelo, ele ordenou que a porta fosse arrombada.

Quando o homem ergueu seu martelo de forja, Kane soltou uma cortante exclamação: "Ele está louco?" A aparente antiguidade daquela massa de pedra compacta era a prova de que ela permanecera sem ser perturbada por milhares de anos. Contudo, ele poderia jurar ter ouvido os sons de passos lá dentro! Para a frente e para trás, moviam-se, como se algo caminhasse de forma compassada pelos confins estreitos daquela terrível prisão, em um movimento de monotonia sem fim.

Uma mão fria tocou a espinha de Solomon Kane. Quer os sons fossem registrados conscientemente por seus ouvidos ou, talvez, por alguma pro fundeza muda da alma ou fossem um subsentido, ele não poderia dizer, mas sabia que, em algum lugar dentro de sua consciência, repercutia os sons de pés monstruosos vindos de dentro daquele lúrido mausoléu.

– Pare! – ele exclamou. – Hassim, eu posso estar louco, mas ouço os passos de algum inimigo dentro dessa pilha de pedra.

Hassim ergueu a mão e impediu o martelo que pairava no ar. Escutou atentamente, e os demais forçaram seus ouvidos em um silêncio que, de repente, se tornou tenso.

– Não ouço nada – grunhiu um gigante barbado.

– Nem eu – veio um rápido coral.

– O europeu está louco!

– Você escutou alguma coisa, Yussef? – perguntou Hassim sardonicamente.

O velho Hadji se movia nervoso. Seu rosto denunciava sua inquietação.

– Não, Hassim, não. Contudo...

Kane chegou à conclusão de que deveria estar enlouquecendo. Mas, em seu coração, sabia que nunca estivera mais são. Seu tino dizia que, de algum modo, aquele aguçamento oculto dos sentidos mais profundos que o diferenciava dos árabes vinha de sua longa associação ao bastão ju-ju, que o velho Yussef trazia agora em suas mãos trêmulas.

Hassim riu rudemente e fez um sinal para o guerreiro. O martelo desceu, e sua colisão, que ressoou de forma ensurdecedora, fez a selva negra estremecer em uma zombaria estranhamente alterada. Mais uma vez... Mais uma vez... E mais uma vez o martelo desceu, dirigido por toda a força dos músculos daquele poderoso corpo, que produzia amplas ondulações. Entre os golpes, Kane ainda podia escutar aquele caminhar pesado e ele, que jamais conhecera o medo como os homens temem, sentiu a mão fria do terror apertar-lhe o coração. Tal medo diferia do medo terreno ou mortal, já que o som das pisadas não era o de passos mortais. O pavor de Kane era como um vento frio soprando sobre si, vindo dos reinos exteriores de trevas inimagináveis, nutrindo-o com o mal e a decadência de uma época remanescente e de um indizível período antigo. Kane não tinha certeza se escutava aqueles passos ou se os sentia por instinto. Mas estava seguro de que existiam. Não eram iguais ao caminhar de um homem ou de uma fera; mas, dentro daquele mausoléu nuvioso, antigo e hediondo, alguma coisa inominável se movia de forma acrimoniosa e com o peso de passos de elefante.

O poderoso guerreiro sentou-se, ofegante pela dificuldade de sua tarefa. Mas, afinal, sob os pesados golpes, a antiga tranca caíra despedaçada. Com as dobradiças rompidas, a porta se abriu. E Yussef gritou.

Daquela entrada negra escancarada, nenhuma fera com presas de tigre nem nenhum demônio de carne e sangue sólidos saltou para fora. Mas um fedor horrível, em ondas quase palpáveis, além do horror que caiu sobre eles em um devastador movimento capaz de despedaçar o cérebro, transbordou para o exterior pela porta aberta, que parecia cuspir sangue. Ele envolveu Hassim; e o destemido chefe, recuando em vão diante daquele quase intangível terror, gritou com um súbito e raro pavor, enquanto sua afiada cimitarra assobiava através de algo tão vazio e invulnerável quanto o ar, e ele sentiu-se envolto por espirais de morte e destruição.

Yussef gritou como uma alma penada, largou o bastão ju-ju e juntou-se aos seus companheiros, que corriam para dentro da selva em fuga alucinada, precedidos por seus aliados, que ganiam. Apenas os escravos não fugiram, permanecendo algemados ao seu destino, chorando aterrorizados. Como em um delirante pesadelo, Kane viu Hassim ser sacudido como um bambu ao vento, envolto por uma coisa vermelha, gigantesca e pulsante, que não tinha nem forma nem substância terrena. Então, o som de ossos partidos chegou até ele, e o corpo do xeque foi dobrado como palha pisada por um casco. Nesse momento, com um esforço vulcânico, o inglês arrebentou suas amarras e apanhou o bastão ju-ju.

Hassim estava caído, esmagado e morto, esparramado como um brinquedo quebrado, com os membros tortos e despedaçados; e a coisa vermelha e pulsante deu uma guinada em direção a Kane, como uma densa nuvem de sangue no ar, que mudava de forma e contorno continuamente. De algum modo, aquele amontoado vermelho avançava, como se tivesse pernas monstruosas!

Kane sentiu as garras frias do medo em seu cérebro, mas se recompôs e, erguendo o antigo bastão, golpeou com toda a força o centro daquele horror. Ele sentiu uma substância inominável e imaterial ser tocada e ceder em face ao golpe do bastão. Então, foi quase estrangulado pela explosão nauseante de fedor profano que inundou o ar e, em algum lugar, no fundo da consciência de sua alma, um cataclismo horrendo e disforme ecoou, que ele sabia ser o grito de morte do monstro. Ele estava caído e morrendo aos seus pés, com sua cor escarlate empalidecendo em lentos surtos, tal qual ondas vermelhas se erguendo e recuando em alguma costa abominável. E, conforme a coisa empalidecia, seu grito sem som acabou por desaparecer em distâncias cósmicas, como se esvanecesse em alguma esfera longínqua e remota, além da compreensão humana.

Kane, entorpecido e incrédulo, olhou para aquela massa sem forma ou cor, quase invisível, caída aos seus pés, sabendo tratar-se do cadáver do Horror, agora arremessado de volta aos reinos escuros, do qual outrora saíra, por um único golpe do bastão de Solomon. Sim, o mesmo bastão, Kane bem o sabia, que nas mãos de um poderoso rei e mago, eras atrás, encarcerara o monstro naquela estranha prisão, para esperar o momento em que mãos ignorantes o soltassem mais uma vez no mundo

As velhas lendas eram verdadeiras, então, e o Rei Solomon havia realmente expulsado os demônios para o ocidente, aprisionando-os em estranhos lugares. Por que ele os deixou viver? Seria a magia humana fraca demais naqueles dias turvos, para não conseguir mais do que subjugar os demônios? Kane estremeceu os ombros, maravilhado. Ele nada sabia sobre magia, porém ceifou o que o outro Solomon apenas aprisionara.

E Solomon Kane estremeceu, pois havia contemplado uma vida que não era vida da maneira como ele próprio a entendia, e havia causado e testemunhado uma morte, que não era morte conforme conhecia. Mais uma vez, foi varrido pela percepção, como acontecera nos salões atlantes empoeirados de Negari, como nas repugnantes Colinas dos Mortos, como com os akaanas: a percepção de que a vida humana era apenas uma dentre a miríade existente, de que todos os mundos existiam dentro de outros mundos, e de que havia mais de um plano de existência. Kane percebeu que o planeta que os homens chamam de Terra girava há incontáveis eras e, enquanto girava, gerava vida, além de seres vivos que se contorciam ao redor dele, como larvas criadas pela decomposição. O homem era a larva dominante agora; por que deveria, em seu orgulho, supor que ele e seus iguais eram as primeiras larvas ou as últimas a governar um planeta repleto de vida desconhecida? Sacudiu a cabeça, observando com novo assombro o antigo presente de N'Longa, reconhecendo, afinal, não apenas uma mera ferramenta de magia negra, mas uma espada do bem e da luz contra os poderes do mal eterno. E o puritano se viu sacudido por uma reverência tão estranha pelo objeto, que era quase como medo. Então, inclinou-se diante da coisa aos seus pés e estremeceu ao sentir aquela estranha massa escorrer por entre seus dedos, como névoa espessa. Ele estocou o bastão sob ela e, de alguma forma, ergueu-a, jogou-a de volta ao mausoléu e fechou a porta.

A seguir, Kane contemplou o corpo estranhamente mutilado de Hassim e notou que, manchado de limo nojento, já havia começado a se decompor. Ele estremeceu novamente, mas, de súbito, uma voz baixa e tímida despertou-o de suas conjecturas sombrias. Os prisioneiros, ajoelhados embaixo das árvores, o observavam com olhos pacientes. Com um sobressalto, despediu-se de seu estado de humor compenetrado. Apanhou as suas armas – pistolas, punhal e florete –, que estavam no cadáver embolorado e limpou a sujeira aderente, que já manchava o aço com ferrugem. Ele também pegou a pólvora e a munição que os árabes tinham deixado cair quando fugiram em histeria. Kane sabia que não iriam mais retornar. Talvez morressem em fuga, talvez trinfassem sobre léguas intermináveis de selva e atingissem a costa; mas não voltariam para ousar enfrentar o terror daquela funesta clareira.

Kane foi até os escravos desgraçados e, após certa dificuldade, os libertou.

– Apanhem estas armas que os guerreiros derrubaram em sua pressa – ele disse –, e voltem para casa. Este é um lugar maligno. Retornem às suas aldeias e, quando os próximos árabes vierem, morram nas ruínas de suas cabanas em vez de serem feitos escravos.

Então, eles teriam se ajoelhado e beijado seus pés, mas Kane, contrariado, os proibiu de forma ríspida. A seguir, quando faziam os preparativos para partir, um deles lhe perguntou:

– Mestre, e quanto a você? Não quer retornar conosco? Poderia ser o nosso rei!

Mas Kane balançou a cabeça em negativa e respondeu.

– Vou para o leste.

E o povo das tribos lhe fez uma saudação e tomou o caminho de volta pela trilha, rumo aos seus lares. Kane apoiou sobre o ombro o bastão que fora o cetro dos faraós, de Moisés, de Solomon e dos desconhecidos reis atlantes, que vieram antes deles, e voltou-se para o leste, parando apenas para uma única olhadela para trás, encarando o grande mausoléu que outro Solomon construíra com estranhas artes, tanto tempo atrás, e que agora se avolumava no escuro e para sempre sob a morosidade silenciosa das estrelas.

Asas da noite

Publicado originalmente em *Weird Tales*,
julho de 1932.

1. *O horror na estaca*

Solomon Kane se apoiava em seu estranho bastão entalhado e olhava perplexo para o mistério que se desenvolvia à sua frente. Já tinha visto muitas vilas desertas nos meses que se passaram desde que voltara seu caminho para o leste da Costa Escrava e se perdera nos labirintos de selvas e rios, mas nunca uma como aquela.

Não fora a fome que fizera com que seus habitantes partissem, pois, mais ao longe, o arroz selvagem ainda crescia em fileiras mal-arranjadas nos campos sem serem lavrados. Não havia caçadores de escravos árabes naquela terra inominável... Provavelmente, uma guerra tribal tivesse devastado a vila, concluiu Kane, enquanto observava circunspecto os ossos dispersos e caveiras sorridentes que se espalhavam pelos espaços entre ervas daninhas e gramíneas. Os ossos estavam destroçados e fragmentados, e Kane viu chacais e uma hiena esgueirarem-se furtivamente entre as cabanas arruinadas. Mas por que os assassinos deixaram os espólios? Ali havia lanças de guerra, seus cabos desmoronando diante do ataque de formigas brancas. Havia escudos apodrecendo sob a chuva e o Sol. Lá estavam panelas de cozinhar e, ao redor dos ossos do pescoço de um esqueleto, brilhava um colar de cristais e conchas pintadas, decerto uma rara pilhagem para qualquer conquistador selvagem.

Ele olhou para as cabanas, perguntando-se por que os telhados de palha de tantas delas estavam desmazelados e rasgados, como se coisas com garras tivessem tentado entrar. Então, algo fez seus olhos frios se estreitarem de incredulidade.

Logo nos arredores das ruínas, que outrora foram a muralha da vila, erguia-se um gigantesco baobá, sem galhos ao longo de quase 20 metros, com um caule portentoso e largo demais para ser agarrado e escalado. Ainda assim, nos galhos mais altos, estava suspenso um esqueleto, aparentemente empalado em um ramo quebrado.

A mão fria do mistério tocou o ombro de Solomon Kane. Como aqueles restos deploráveis foram parar no alto daquela árvore? Teria alguma monstruosa mão ou um inumano ogro atirado o corpo lá? Kane ergueu os ombros largos e sua mão tocou inconscientemente a coronha de suas pistolas, o cabo de seu florete e o punhal em seu cinto. Kane não sentiu o medo que um homem comum sentiria de ser confrontado com o desconhecido e o inominável. Anos de andanças em terras estranhas e de guerras com criaturas bizarras derreteram do seu cérebro, da sua alma e do seu corpo tudo que não fosse aço e rigidez. Ele era alto e delgado, quase magro, constituído da mesma forma econômica que um lobo selvagem. Ombros largos, braços longos, com nervos glaciais e músculos como molas de ferro; ele não era menos assassino natural do que um espadachim nato.

Os espinheiros da selva foram rigorosos com ele; seus trajes estavam em farrapos, o chapéu liso rasgado e as botas de couro cordovão arranhadas e desgastadas. O sol queimara seu peito e braços, dando-lhes uma coloração bronzeada, mas seu rosto magro permanecia imune a seus raios. Sua compleição ainda era a de uma estranha e sinistra feição, que lhe conferia uma aparência quase cadavérica, desmentida somente pelos olhos frios e brilhantes.

E agora, Kane, varrendo a vila mais uma vez com seu olhar cuidadoso, puxou o cinto para uma posição mais confortável, mudou o bastão com cabeça de gato que N'Longa lhe dera para a mão esquerda e retomou seu caminho.

A oeste havia uma fina faixa de floresta que descia por uma encosta até um largo cinturão de savanas, formando um profundo mar de grama oscilante. Além dela, erguia-se uma estreita tira de mata que se aprofundava rapidamente em uma densa selva. Kane saíra daquela mesma selva como um lobo caçado por homens com dentes pontiagudos. Mesmo agora, uma débil brisa trazia o pulsar fraco de tambores selvagens que murmuravam sua narrativa obscena de ódio, voracidade e sede de sangue por milhas de selva e grama.

A memória da fuga estava vívida em sua mente, pois fora apenas no dia anterior que ele percebera, tarde demais, que estava em terras de canibais. Durante aquela tarde inteira ele se arrastara, correra e se escondera na densa selva fedorenta, dobrando e despistando suas pegadas, com os ferozes caçadores sempre em seu encalço, até que a noite caiu, e ele chegou às planícies, cruzando-as, protegido pelas trevas.

Agora, no final da manhã, ele nada vira nem escutara de seus perseguidores; contudo, não tinha motivos para crer que houvessem abandonado a busca. Estavam em seus calcanhares quando ele cruzou as savanas.

Então, Kane vistoriou a terra à sua frente. Ao leste, curvando-se de norte a sul, corria uma isolada cadeia de montanhas, em sua maior parte seca e árida, surgindo ao sul de um céu negro denteado, que fazia Kane se lembrar das colinas negras de Negari. Entre ele e aquelas colinas estendia-se uma larga extensão de terra, densamente arborizada e com ondulações suaves, mas que em nenhum lugar se aproximava da densidade da selva. Kane teve a impressão de estar em um vasto platô, delimitado pelas colinas curvas ao leste e pelas savanas a oeste.

O puritano seguiu para as colinas com suas passadas longas e incansáveis. Decerto, em algum lugar atrás dele, os demônios selvagens moviam-se furtivamente, e ele não desejava ser direcionado para a baía. Um tiro poderia fazê-los fugir em repentino terror, mas, por outro lado, eles eram tão baixos na casta da humanidade, que isso talvez não transmitisse nenhum medo sobrenatural aos seus cérebros imbecis. E nem mesmo Solomon Kane, a quem *sir* Francis Drake chamara de rei das espadas de Devon, poderia vencer uma batalha campal contra uma tribo inteira.

A vila silenciosa com seu fardo de morte e mistério desaparecia atrás dele. A mais profunda quietude reinava em meio àquelas terras altas, de secretividade absoluta, onde os pássaros não cantavam, e apenas uma silenciosa arara planava entre as grandes árvores. Os únicos sons eram as passadas felinas de Kane e o murmurar da brisa assombrada pelos tambores.

Então, Kane captou um vislumbre de algo entre as árvores que fez seu coração se sobressaltar com um súbito e inominável horror; poucos instantes depois, estava diante desse horror tão gritante e terrível. Em uma ampla clareira, em uma inclinação bastante ousada, havia uma estaca soturna e, naquela estaca, estava amarrada uma coisa que outrora fora um homem.

Kane havia remado acorrentado ao banco de uma galé turca, labutado nas vinhas berbérias, lutado contra peles-vermelhas no Novo Mundo e também definhado nas masmorras da Inquisição Espanhola. Sabia bastante sobre a horrível inumanidade dos homens, mas, agora, estremecia e sentia-se nauseado. Contudo, não eram as terríveis mutilações, por piores que fossem, que estremeceram a alma do puritano, mas sim a percepção de que o desgraçado ainda estava vivo.

Quando ele se aproximou, a cabeça coberta de sangue coagulado que pendia no peito massacrado se levantou e moveu-se de um lado para o outro, salpicando sangue dos tocos das orelhas, enquanto um bestial e barulhento gemido foi emitido dos lábios rasgados.

Kane falou com a coisa medonha, e ela gritou insuportavelmente em meio a contorções incríveis, enquanto sua cabeça sacudia para cima e para baixo com a contração de nervos mutilados, e as órbitas vazias pareciam lutar para ver além do seu vazio. E com um gemido grave e despedaçador, ela amontoou seu eu destroçado contra a estaca onde estava amarrada e levantou a cabeça em uma atitude macabra, como se procurasse ouvir algo vindo dos céus.

– Ouça – falou Kane no dialeto das tribos do rio –, não tenha medo de mim... Não vou machucá-lo. E nada mais vai feri-lo também. Vou soltá-lo.

Enquanto falava, Kane estava ciente do vazio de suas palavras. Mas sua voz fora filtrada profundamente para dentro do cérebro arruinado e agonizante do homem à sua frente e, através dos dentes quebrados, palavras caíram, vacilantes e incertas, misturadas com balbucio de imbecilidade. Ele falou uma língua parecida com os dialetos que Kane aprendera junto ao povo amistoso do rio durante suas perambulações, e o puritano descobriu que o homem devia estar preso à estaca há muito tempo... Por muitas luas, o homem choramingou delirante com a morte que se aproximava; e, durante todo aquele tempo, coisas más e inumanas haviam liberado sua monstruosidade sobre ele.

Tais coisas ele mencionou pelo nome, mas Kane não conseguiu entender nada, pois o homem usara um termo que não lhe era familiar: akaana. Mas aquelas coisas não o amarraram à estaca, pois o pobre desgraçado balbuciou o nome de Goru, um sacerdote que passara uma corda muito apertada em suas pernas... E Kane se perguntou por que a memória daquela pequena dor tardava naqueles labirintos de agonia vermelho a ponto de o moribundo choramingar sobre ela.

E, para o horror de Kane, o homem falou sobre seu irmão que ajudara a prendê-lo, e chorou com soluços infantis. Umidade formou-se nas órbitas vazias, que produziram lágrimas de sangue. E ele sussurrou algo sobre uma lança quebrada muito tempo atrás em alguma cabana sombria e, em meio a todos aqueles desatinos, Kane gentilmente cortou as amarras e acomodou o corpo destroçado na grama. Mas até mesmo ao cuidadoso toque do inglês o pobre desgraçado gritava e uivava como um cachorro agonizante, enquanto sangue recomeçava a escorrer de vários cortes horríveis, os quais, Kane notou, eram mais parecidos com feridas feitas por presas e garras do que por facas ou lanças.

Enfim, estava feito: deitada na grama macia, com o velho chapéu de Kane embaixo de sua cabeça, a coisa dilacerada e ensanguentada respirava em longas e crepitantes arfadas. Kane derramou água de seu cantil nos lábios deformados e, se aproximando, disse:

– Conte-me mais sobre esses demônios, pois, pelo Deus de meu povo, esse ato não ficará impune, mesmo que o próprio Satanás tente barrar meu caminho.

É duvidoso afirmar se o moribundo o escutou. Uma coisa era certa, porém: ele escutara algo mais. A arara, com a curiosidade de sua raça, voou de um arvoredo e passou tão perto que suas grandes asas ventilaram os cabelos de Kane. E, ao som daquelas asas, o homem lacerado se ergueu e berrou, com uma voz que assombraria os sonhos de Kane até o dia de sua morte:

– As asas! As asas! Eles retornaram! Oh, misericórdia; as asas!

Explodiu uma torrente de sangue em seus lábios, e assim ele morreu. Kane levantou-se e limpou o suor frio de sua fronte. A alta mata reluzia com o calor do meio-dia. Silêncio caiu sobre a terra como um encantamento onírico. Os olhos de Kane, escrutinando, voltaram-se para as colinas negras e malévolas ao longe e depois retornaram para as savanas. Uma antiga maldição jazia sobre aquela terra misteriosa, e sua sombra caiu sobre a alma de Solomon Kane.

Gentilmente, ele levantou a ruína vermelha, que outrora pulsou com vida, juventude e vitalidade, e a carregou até a beirada da clareira, onde, arrumando os membros gelados da melhor forma que conseguiu, e novamente estremecendo ante as hórridas mutilações, empilhou pedras sobre o corpo até o ponto em que mesmo um chacal errante teria dificuldade de chegar à carne sob elas.

Mal tinha terminado, quando alguma coisa trouxe Kane de volta de suas meditações sombrias para a percepção de sua própria posição. Um som leve – ou seu próprio instinto lupino – fez com que ele se virasse.

Do outro lado da clareira, captou um movimento na grama alta e vislumbrou uma face horrível, com um anel de marfim no nariz achatado, lábios grossos e abertos, revelando dentes cujas pontas podiam ser vistas mesmo àquela distância, olhos redondos e testa baixa e inclinada, encimada por um tufo de cabelo crespo. No instante em que o rosto desapareceu de sua vista, Kane saltou para trás, buscando o abrigo da coroa de árvores em volta da clareira, e correu como um cão de caça. Passou de árvore em árvore, esperando, a qualquer momento, escutar o exultante clamor de guerreiros e vê-los na sua retaguarda.

Mas logo concluiu que eles estavam satisfeitos em caçá-lo, como certas feras rastreiam suas presas, de forma lenta e inevitável. O inglês se apressou floresta acima, aproveitando cada mínima cobertura, e nada mais viu de seus perseguidores; contudo, sabia, tal qual um lobo caçado, que eles o seguiam de perto, esperando o momento de abatê-lo sem risco nenhum.

Kane sorriu friamente e sem alegria. Se aquele era para ser um teste de resistência, ele veria como os músculos dos selvagens se comparavam à sua própria resiliência de aço. Caso a noite caísse, ele ainda poderia, talvez, ludibriá-los. Mas, em seu coração, Kane sabia que a essência selvagem de seu ser, a mesma que se irritou por causa de sua fuga, logo o faria encarar seus atacantes, embora eles o superassem em cem para um.

O Sol afundou no oeste. Kane estava faminto, pois não tinha comido nada desde bem cedo, pela manhã, quando havia devorado um resto de carne seca. Em uma fonte encontrada ao acaso, chegou a beber água, e em dada ocasião, pensou ter visto o telhado de uma grande cabana ao longe, por entre as árvores, mas manteve distância. Era difícil de acreditar que aquele platô fosse habitado; se fosse, os nativos, sem dúvida, seriam mais ferozes do que aqueles que o estavam caçando.

À sua frente, a terra tornava-se mais bruta, com rochedos escarpados e encostas íngremes, conforme ele se aproximava dos acessos mais baixos das colinas aninhadas. E ainda nenhum sinal de canibais, exceto por breves vislumbres apanhados por olhadelas cautelosas para trás, como um movimento, uma sombra, a curvatura da grama, o súbito endireitar de um galho pisado, um ruído de folhas. Por que eram tão cautelosos? Por que não se aproximavam e acabavam logo com aquilo?

A noite caiu, e Kane atingiu os primeiros declives acentuados que levavam ao pé das colinas, as quais agora se avolumavam, negras e ameaçadoras, acima dele. Elas eram sua meta, onde esperava livrar-se finalmente de seus persistentes inimigos; entretanto, uma inexplicável aversão o avisava para afastar-se delas, pois estavam prenhas de maldade oculta, repelentes como o espiral de uma serpente adormecida, avistada na grama alta.

A noite caiu pesadamente. As estrelas brilhavam vermelhas no calor abafado da noite tropical. E Kane, parando por um momento em um bosque denso, além do qual as árvores se desbastavam nas encostas, escutou um movimento furtivo que não era o vento noturno, pois nenhuma brisa agitava as folhas pesadas.

Assim que se virou, houve um farfalhar no escuro, sob as árvores. Uma silhueta que se fundia com as sombras se arremessou sobre Kane, com um urro bestial e um estrondo de ferro. O inglês, bloqueando a arma com a ajuda do brilho das estrelas, sentiu seu agressor encurtar a distância, ficando peito a peito com ele. Braços delgados o engalfinharam. Dentes pontiagudos rangiam à sua volta, mas Kane se livrou com um selvagem contragolpe. Sua camisa esfarrapada se rasgou sob uma dentada e, momentaneamente cego, Kane encontrou a mão inimiga que segurava a faca de ferro, detendo-a, e usou seu próprio punhal, evitando ser lanceado nas costas.

Enquanto se perguntava por que os outros não vinham em auxílio de seu companheiro, empregou todos os seus músculos de ferro em um único movimento. No corpo a corpo, ambos giraram e se contorceram nas trevas, cada qual lutando para mergulhar sua lâmina na carne do outro. Quando a força superior do puritano começou a ficar evidente, o canibal uivou como um cão raivoso, mordeu e lacerou.

Uma guinada de esforço convulsivo fez a dupla rodar em meio à clareira iluminada pelas estrelas, onde, além do anel de marfim no nariz, Kane viu os dentes pontudos como os de feras se fecharem em sua garganta. Ao mesmo tempo que forçava para trás e para baixo a garra que segurava seu punho, soltando-o, Kane afundou o punhal no selvagem. O guerreiro gritou, e o odor cru e acre do sangue inundou o ar noturno. Naquele instante, Kane foi atordoado por um repentino bater de poderosas asas, que o arremessaram no chão, e o canibal levantou-se e desapareceu com um grito de agonia mortal. Kane pôs-se de pé, abalado até o fundo da alma. O grito do selvagem desgraçado soou cada vez mais fraco, acima dele.

Ao forçar os olhos para os céus, ele pensou ter vislumbrado uma coisa horrível e amorfa cruzando as estrelas embaçadas, na qual membros contorcidos de um ser humano se misturavam vagamente com grandes asas em um desenho sombrio, mas ela desapareceu tão rapidamente, que o puritano não podia ter certeza do que vira.

Ele se perguntou se tudo não havia sido um pesadelo. Tateando o chão, encontrou o bastão ju-ju com o qual bloqueara a estocada curta da lança, ainda caída ao seu lado. E, se mais provas fossem necessárias, ali estava seu longo punhal, manchado de sangue.

Asas! Asas na noite! Lembrou-se do esqueleto no vilarejo de telhados destruídos e do guerreiro mutilado, cujas feridas não foram feitas por faca ou lança, que morreu gritando algo sobre asas. Decerto, aquelas colinas eram assombradas por pássaros gigantescos, que fizeram dos homens suas presas. Contudo, se fossem pássaros, por que não devoraram por inteiro o homem na estaca? E Kane sabia, em seu coração, que nenhum pássaro de verdade jamais lançaria uma sombra como a que ele havia visto cruzar as estrelas.

O inglês levantou os ombros, confuso. A noite permanecia silenciosa. Onde estariam os outros canibais que o seguiram desde a distante selva? O destino de seu companheiro assustou-os e fez com que fugissem? Kane olhou para suas pistolas. Com canibais ou não, ele decidiu não subir as colinas escuras naquela noite.

Agora, precisava dormir, mesmo se todos os demônios da Antiguidade estivessem em seu encalço. Um grave rugido vindo do oeste alertou-o de que predadores perambulavam, e ele caminhou rapidamente pelos rochedos até desembocar em uma densa alameda, a uma boa distância do local onde lutara contra o selvagem. Escalou os galhos altos de uma árvore até encontrar uma forquilha grossa, que poderia acomodar até mesmo sua estrutura.

Os galhos acima o protegeriam de um súbito ataque de qualquer coisa alada e, se os selvagens estivessem próximos, à espreita, e começassem a escalar a árvore, Kane saberia, pois tinha sono leve como o de um gato. Quanto a serpentes e leopardos, com esses ele teria que se arriscar, como já o fizera milhares de vezes.

Solomon Kane dormiu, e seus sonhos foram vagos, caóticos e assombrados pela sugestão de um mal anterior à humanidade que, afinal, se fundiu a uma visão tão vívida quanto uma cena cotidiana. Ele sonhou e acordou com um sobressalto, sacando sua pistola. Por tanto tempo sua vida havia sido como a do lobo, para o qual buscar uma arma era uma reação natural ao despertar repentinamente.

Em seu sonho, uma coisa estranha e sombria estava empoleirada sobre um grande galho ao seu lado, observando-o, com olhos amarelos, brilhantes e vorazes, que queimavam seu cérebro. A coisa do sonho era alta e magra, estranhamente disforme, tão mesclada às sombras que ela própria parecia uma, tangível apenas naqueles estreitos olhos amarelos. E Kane sonhara que, aturdido pela incerteza, fitou aqueles olhos; então, a criatura caminhou em seus membros como uma ave o faria, levantou suas grandes asas, saltou para o espaço e desapareceu.

Kane endireitou-se, com as brumas do sonho desaparecendo. Sob a luz turva das estrelas, debaixo dos góticos galhos arqueados, a árvore estava vazia, salvo por ele próprio. Então, no final das contas, fora um sonho, mas tão vívido, tão repleto de sujeira inumana, que, mesmo agora, o cheiro exalado pelas aves de rapina ainda pairava no ar. Kane aguçou os ouvidos. Escutou o murmúrio do vento da noite, o sussurro das folhas, o distante rugido de um leão e nada mais. Novamente, Solomon dormiu, enquanto bem acima dele uma sombra girava, emoldurada pelas estrelas, circulando repetidamente tal qual um abutre em volta de um lobo morto.

2. A batalha no céu

A aurora se espalhava lívida, envolvendo as colinas do leste, quando Kane acordou. O pesadelo retornou imediatamente à sua mente, e ele, mais uma vez, perguntou-se sobre sua vivacidade à medida que descia da árvore. Uma fonte próxima saciou sua sede, e algumas frutas, raras naquelas terras altas, a sua fome.

Então, ele voltou a face para as colinas. Solomon Kane era um lutador que terminava suas batalhas. Ao longo daquele horizonte sombrio habitava algum mal, inimigo dos filhos dos homens, e aquele mero fato era um desafio para o puritano, tanto quanto teria sido uma luva batida em seu rosto por algum bufão de cabeça quente de Devon.

Renovado pela noite de sono, partiu com passadas longas, atravessando o bosque que testemunhara sua batalha noturna, e saiu em uma região onde as árvores minguavam ao pé dos rochedos. Por eles, o puritano subiu, parando por um momento para observar o caminho tomado.

Mais acima, após chegar a um platô, ele divisou facilmente a vila ao longe: um aglomerado de pequenas cabanas de barro e bambu, com apenas uma grande, que ficava próxima às demais, em um tipo de cimo baixo. Enquanto olhava, sofreu um repentino assalto de terríveis asas. O terror estava sobre ele! Kane virou-se, galvanizado. Todos os sinais haviam apontado para a teoria de que a coisa alada caçava à noite. Ele não esperava um ataque à luz do dia, mas eis que um monstro similar a um morcego estava sobre ele, saído do próprio olho do Sol nascente. Kane viu as asas poderosas se abrirem e, no meio delas, uma horrível face humana que o encarava; então, sacou e disparou com mira perfeita, acertando o monstro, que se afastou tresvariado, rodopiando no céu, até cair espatifado aos seus pés.

Com a pistola fumegante na mão, Kane inclinou-se e olhou espantado. Com certeza, aquela coisa era um demônio saído dos poços infernais, foi o que pensou a mente sombria do puritano, mas uma bala de chumbo o matou. Kane deu de ombros, perplexo; nunca vira qualquer coisa que se parecesse com aquilo, embora toda sua vida fosse repleta de bizarrices.

A coisa até parecia um homem, mas inumanamente alta e magra, com uma cabeça longa, estreita e careca: a cabeça de uma criatura predatória. As orelhas eram pequenas, próximas e estranhamente pontudas. Os olhos, fixos na morte, eram pequenos, oblíquos e de uma incomum coloração amarela. O nariz, fino e adunco, assemelhava-se ao bico de uma ave de rapina, e a boca, de corte amplo e cruel, tinha lábios finos, separados em um rosnado mortal, e salpicada de espuma, exibindo presas animalescas.

A criatura, que estava nua e sem pelos, não era como um ser humano em outros aspectos. Ombros largos e poderosos, pescoço comprido e delgado, braços longos e musculosos, e o dedão colocado ao lado dos outros dedos, assim como nos grandes símios, os cinco armados de fortes garras em forma de gancho. O peito era curiosamente deformado, com o plexo saliente como a quilha de um navio, e as costelas se curvando para trás dele. As pernas, longas e rijas, com pés enormes, traziam o grande dedão oposto aos dedos, como a mão de um homem. As garras dos pés eram meramente unhas longas. A mais curiosa característica da criatura, porém, estava em suas costas. Um par de grandes asas, moldadas como as de uma mariposa, mas com uma estrutura óssea coberta por uma espécie de couro, crescia de seus ombros, iniciando na extremidade logo atrás e acima de onde começam os braços, e se estendendo até a metade dos quadris estreitos. Essas asas, Kane pensou, deviam medir mais de cinco metros de ponta a ponta.

Ele segurou a criatura, estremecendo involuntariamente ante a sensação escorregadia da pele, e a levantou. O peso era pouco acima da metade do que teria um homem da mesma altura, com cerca de dois metros. Evidentemente, os ossos eram feitos de uma estrutura peculiar, como a de pássaros, e a pele consistia quase inteiramente de músculos fibrosos.

Kane deu um passo para trás, examinando a coisa mais uma vez. Então, seu sonho não havia sido sonho, afinal; aquela coisa pavorosa, ou alguma outra como ela, pousara de verdade na árvore ao seu lado... De súbito, um chiado de asas poderosas. Um repentino esvoaçar no céu! Ao virar-se, ele percebeu ter cometido o imperdoável crime da selva: permitiu que o espanto e a curiosidade o fizessem baixar a guarda. Um inimigo alado já estava em sua garganta, e não havia tempo para sacar e disparar a pistola. O puritano viu, em um emaranhado de asas, um pérfido rosto semi-humano; espancado e com garras atrozes afundando em seu peito, ele foi içado para o ar, sentindo o espaço vazio abaixo de si.

O ser alado, após envolver seus braços em torno das pernas do inglês e afundar as garras em seu peito, segurando-o como presas pestilentas, tentou lhe morder a garganta. O puritano, porém, agarrou o pescoço ossudo e afastou a medonha cabeça, enquanto, com sua mão direita, lutava para sacar seu punhal. O homem-pássaro subia lentamente, e um fugaz olhar mostrou a Kane que eles já estavam bem acima das árvores. O inglês já não esperava sobreviver àquela batalha nos céus, pois, mesmo se matasse seu oponente, estaria fadado à morte pela queda. Mas, com a ferocidade inata do guerreiro, empenhou-se em levar seu captor consigo.

Na luta para manter distância daquelas presas afiadas, Kane conseguiu apanhar o punhal e enfiá-lo profundamente no corpo do monstro. O homem-morcego debateu-se com brutalidade, e um grito rouco e grave explodiu de sua garganta semiestrangulada. Ele chafurdou descontroladamente, convulsionando de maneira frenética suas grandes asas, curvando as costas e torcendo a cabeça selvagem em um esforço vão para se libertar e conseguir abocanhá-lo com as presas. Afundou as garras de uma mão no peitoral de Kane, enquanto a outra rasgava seu corpo e sua cabeça. Mas o inglês, sangrando e bastante ferido, com a tenacidade e a braveza de um buldogue, escavou os dedos profundamente naquele pescoço magro e, repetidamente, mergulhou o punhal, enquanto, bem abaixo de ambos, olhos espantados observavam a batalha demoníaca que se desenrolava em uma altura estonteante.

Os dois já estavam longe do platô, e as asas do homem morcego, que rapidamente se enfraqueciam, mal conseguiam suportar o peso de ambos. Kane, cego pelo sangue e pela fúria da batalha, nem percebeu que já ocorria um mergulho veloz em direção ao chão. Com um pedaço de seu couro cabeludo arrancado, peito e ombros rasgados, o mundo havia se tornado um turbilhão cego e vermelho, no qual a única coisa que latejava na mente do puritano era a necessidade de matar seu inimigo, uma sensação irreprimível.

Em um último alento, o debater espasmódico e febril das asas do monstro moribundo manteve ambos pairando por um instante acima de um denso bosque de enormes árvores. Kane sentia a pegada das garras e dos membros entrelaçados enfraquecer, e esqueceu do laceramento em sua carne, que se tornou um fútil arranhão.

Com um rompante de energia, ele apunhalou diretamente a espinha da criatura e sentiu um tremor convulsivo percorrer toda sua estrutura. As asas amoleceram de vez, e vitorioso e derrotado mergulharam de cabeça.

Por uma onda escarlate, Kane viu os galhos balançantes em sua direção, arranhando seu rosto e rasgando suas roupas. Ainda engalfinhado em combate mortal, ele atravessou as folhas, que iludiam sua mão quando em vão tentava se segurar; então, sua cabeça bateu contra um pesado tronco, e um abismo de escuridão infinita o engolfou.

3. *As pessoas nas sombras*

Por corredores sombrios colossais de basalto negro, Solomon Kane vagou durante mil anos. Demônios alados gigantescos, horríveis, na mais completa escuridão, passavam por ele com um sopro de grandes asas, como as de morcegos. Ele os enfrentou sem nada enxergar, tal qual um rato acuado enfrentaria um morcego-vampiro, enquanto mandíbulas descarnadas babavam blasfêmias assustadoras e segredos terríveis em seus ouvidos, e crânios de homens rolavam sob seus pés vacilantes.

Kane despertou repentinamente da terra dos delírios, e sua primeira visão em sã consciência foi a do rosto de um nativo gordo e gentil, curvado ao seu lado. Kane viu que estava em uma cabana limpa, bem ventilada, e sentiu aromas saborosos partindo de um caldeirão borbulhante do lado de fora. O inglês percebeu-se vorazmente faminto e estranhamente enfraquecido. A mão que ergueu até sua cabeça enfaixada tremia, e seu bronzeado empalideceu.

O nativo gordo falou para seu companheiro, um guerreiro alto e magro, de rosto severo, que estava ali perto:

– Ele acordou Kuroba. E está lúcido.

O guerreiro magro assentiu e disse algo, cuja resposta foi dada do lado de fora.

– Que lugar é este? – perguntou Kane em uma língua que ele conhecia e era similar ao dialeto da dupla. – Quanto tempo fiquei aqui?

– Essa é a última vila de Bogonda – respondeu o gordo, usando as mãos para forçá-lo a se deitar de volta, com um toque gentil como o de uma mulher. – Nós o encontramos sob as árvores nos rochedos, desacordado e muito ferido. Você delirou durante dias a fio. Agora, coma.

Um jovem e ágil guerreiro entrou trazendo uma tigela de madeira com comida fumegante, e Kane comeu vorazmente.

– Ele é como um leopardo – disse o gordo, admirado. – Nem um em mil teria sobrevivido a tantos ferimentos.

– Sim – respondeu o outro –, e ele matou o akaana que o dilacerou, Goru.

Kane lutou para ficar sob seus cotovelos.

– Goru? – bradou com firmeza. – O sacerdote que amarra homens em estacas para que os demônios os comam?

E ele tentou se levantar para poder estrangular o gordo, mas a fraqueza abateu-se sobre ele como uma onda, a cabana rodopiou perante seus olhos e ele afundou para trás ofegante, logo caindo em um sono sonoro e natural.

Mais tarde, Kane acordou e viu uma garota magra e jovem chamada Nayela vigiando-o. Ela o alimentou e, sentindo-se bem mais forte, o inglês fez perguntas, as quais ela respondeu com timidez, porém inteligentemente.

Aquele lugar era Bogonda, governada por Kuroba, o chefe, e Goru, o sacerdote. Ninguém em Bogonda jamais ouvira falar de um branco ou vira um antes. Ela contou os dias em que Kane permaneceu deitado, indefeso, e ele ficou espantado. Mas tamanha batalha como a que enfrentou seria suficiente para matar qualquer homem comum. O inglês questionou o fato de não ter ossos quebrados, mas ela disse que os galhos amorteceram sua queda e que ele aterrissara em cima do corpo do akaana. Pediu que Goru fosse chamado, e o sacerdote gordo foi até lá, levando consigo as armas de Kane.

– Elas estavam com você no local onde caiu – disse Goru. – Algumas junto ao corpo do akaana que matou, com a arma que fala com fogo e fumaça. Você deve ser um deus... Contudo, os deuses não sangram, e você quase morreu. Quem é você?

– Não sou deus algum – Kane respondeu –, mas um homem como você. Venho de uma terra distante, do outro lado do mar, que é, veja você, a mais nobre e justa de todas as terras. Meu nome é Solomon Kane, e sou um caminhante sem casa. Dos lábios de um moribundo, escutei o seu nome. Entretanto, seu rosto parece-me gentil.

Uma sombra cruzou os olhos do xamã, e ele pendeu a cabeça.

– Descanse e recupere as forças, homem ou deus, o que quer que seja. E, em seu devido tempo, você conhecerá a antiga maldição que jaz sobre essa terra.

Nos dias que se seguiram enquanto Kane, recuperado, se fortalecia com a mesma vitalidade das feras selvagens, Goru e Kuroba sentaram-se e falaram longamente com ele, narrando muitas coisas curiosas.

A tribo deles não era aborígene dali, mas chegaram 150 anos atrás ao platô, batizando-o com o nome de seu antigo lar. No passado, haviam sido uma tribo poderosa na Antiga Bogonda, em um grande rio ao longe, no sul. Mas guerras tribais dividiram seu poder e, após um levante organizado, toda a tribo cedeu. Goru também recontou lendas de um grande êxodo de milhares de quilômetros por selvas e terras pantanosas, assolado a cada passo por cruéis inimigos.

Enfim, abrindo caminho por um país repleto de canibais ferozes, eles encontraram a segurança do ataque dos homens, mas caíram prisioneiros em uma armadilha, da qual nem eles nem seus descendentes conseguiram escapar.

Eles estavam na terra horrível dos akaanas, e Goru disse que seus ancestrais logo descobriram o riso sarcástico dos comedores de homens, que os perseguiram até os limites do platô. Bodes e uma espécie de porco selvagem que prosperavam em abundância na região. De início, o povo os comeu, mas depois poupou-os por um bom motivo: as terras entre o platô e a selva eram infestadas de antílopes, búfalos e outros animais de mesmo porte, mas, principalmente, porque havia muitos leões, que também rondavam o platô. Bogonda significa "matador de leão" em sua própria língua, e não faz muitas luas que os remanescentes dos grandes felinos desceram aos níveis inferiores. Mas os ancestrais de Goru descobriram que não eram leões que eles tinham que temer.

A caminho de um novo lar, os guerreiros da tribo perceberam que os canibais não atravessavam além das savanas; foi nessa região que descansaram de sua longa viagem e construíram duas vilas: a Bogonda Alta e a Bogonda Baixa. Kane estava na parte elevada, e já conhecia as ruínas da vila mais baixa. Em pouco tempo, a tribo viu-se extraviada em um país de pesadelos, com garras e presas gotejantes. Os ancestrais escutavam as batidas de poderosas asas à noite, viam sombras pavorosas cruzarem as estrelas e avultarem-se contra a Lua. Crianças começaram a desaparecer e, enfim, um jovem caçador desviou-se para as colinas, onde a noite o apanhou. Sob a luz cinzenta da manhã, seu cadáver destroçado e semidevorado caiu dos céus na rua da vila, e o sussurro de uma gargalhada assustadora vinda de cima congelou as testemunhas horrorizadas. Em seguida, o pleno horror explodiu sobre Bogonda.

No começo, os homens alados temiam os forasteiros. Escondiam-se e, somente à noite, saíam de suas cavernas. Depois, ficaram mais audaciosos. Em plena luz do dia, um guerreiro alvejou um deles com uma flecha, mas os demônios também descobriram que eram capazes de matar um homem; os gritos de agonia do ferido trouxeram das alturas legiões de monstros, que despedaçaram o arqueiro bem diante dos olhos da tribo.

Então, os bogondis se prepararam para deixar essa terra infernal, e cem guerreiros subiram as colinas para encontrar uma passagem. Deram de frente com paredes íngremes, que um homem teria que escalar com muito esforço, e viram que os penhascos eram apinhados de cavernas, onde os seres alados moravam. A primeira batalha nos fossos, realizada entre homens e homens-morcegos, resultou em uma vitória esmagadora para os monstros. Os arcos e lanças dos nativos provaram-se fúteis diante dos golpes dos inimigos e de suas garras, e dos cem que subiram as colinas, nenhum sobreviveu, pois os akaanas caçaram e abateram todos os que fugiram, arrastando até o último arqueiro da vila superior.

Seguiu-se que os bogondis, percebendo que não conseguiriam passar pelas colinas, decidiram abrir caminho por onde haviam vindo. Mas se depararam com uma horda de canibais nas campinas e ocorreu uma grande batalha, que durou quase o dia inteiro e fez com que os bogondis recuassem, alquebrados e derrotados. E Goru disse que, durante desenrolar da batalha, o céu ficou lotado de formas hediondas, circulando e gargalhando de terrível alegria ao ver homens morrendo indiscriminadamente.

Então, os sobreviventes das duas batalhas, lambendo suas feridas, curvaram-se ante a inevitável e fatal filosofia do selvagem. Por volta de 150 homens, mulheres e crianças permaneceram na região, construíram suas cabanas, cultivaram a terra e viveram impassíveis, à sombra de um pesadelo.

Havia muitos do povo alado, e eles já poderiam ter varrido Bogonda da existência se assim quisessem. Nenhum guerreiro fazia frente a um akaana, pois eles eram mais fortes que um homem; seus ataques eram como os de falcões e, caso errassem, suas asas os levavam para longe do alcance de um contra-ataque.

Naquele ponto, Kane interrompeu para perguntar por que os bogondis não guerrearam com os demônios usando arcos, e Goru respondeu que era preciso um arqueiro rápido e exímio para acertar um akaana em pleno voo. Outro problema: a pele deles era tão dura que, a menos que a flecha os acertasse em cheio, não penetraria. Kane sabia que os nativos, além de arqueiros bem indolentes, afiavam as pontas de suas flechas com pedra, ossos ou ferro batido, quase tão macio quanto cobre; ele pensou em Poitiers e em Agincourt, e desejou profundamente um destacamento de arqueiros ingleses ou um pelotão de mosqueteiros consigo.

Goru disse que os akaanas pareciam não querer destruir os bogondis totalmente. Sua principal comida consistia de pequenos porcos, que, então, infestavam o platô, e jovens bodes. Às vezes, eles ganhavam as savanas em busca de antílopes, porém não gostavam da terra aberta e temiam os leões. Também não assombravam as terras além, pois as árvores eram muito próximas umas das outras, o que os impedia de abrir as asas. Atinham-se às colinas e ao platô, mas o que havia além daquelas colinas? Ninguém em Bogonda sabia.

Os akaanas deixam os bogondis habitar o platô da mesma forma que os homens estocam peixes em lagos ou permitem que animais selvagens cresçam, isto é, para o próprio prazer. O povo-morcego, disse Goru, tinha um senso de humor bizarro e sombrio, movido pelo sofrimento de um humano agonizante. Aquelas colinas sinistras ecoavam berros que congelavam os corações humanos.

Goru contou que, depois que os bogondis aprenderam a não resistir ao seu flagelo, os akaanas, por muitos anos, se contentavam em apanhar um bebê de tempos em tempos ou devorar alguma jovem que se afastasse da vila ou um garoto cuja noite apanhava do lado de fora das casas. O povo-morcego desconfiava da vila; eles a circulavam do alto, mas não se aventuravam a entrar nela. Lá dentro, até poucos anos atrás, os bogondis estiveram a salvo.

Daí, os akaanas passaram a morrer rápido, disse Goru; outrora, houve esperança de que os remanescentes de sua raça conseguissem até exterminá-los; em tal evento, relatou fatidicamente, os canibais sem dúvida sairiam da selva, subiriam as colinas e colocariam todos os bogondis em seus caldeirões. Agora, ele duvidava se haveria mais de 150 akaanas no total. Kane perguntou por que então os guerreiros não saíam em uma grande caçada e destruíam os demônios por completo. Goru sorriu de forma amarga e repetiu suas afirmações acerca da mestria dos demônios em batalha. Além disso, comentou que toda a tribo de Bogonda tinha por volta de 400 almas, e o povo-morcego era a única proteção que tinham contra os canibais do oeste.

Goru disse que a tribo havia minguado mais nos últimos 30 anos do que em todos os anteriores. Conforme a quantidade de akaanas diminuía, sua selvageria infernal aumentava. Eles passaram a raptar mais e mais bogondis para torturar e devorar em suas cavernas escuras e ameaçadoras no topo das colinas. E as noites tornaram-se medonhas: gritos e murmúrios arrepiantes vindos do alto, a risada inumana de congelar o sangue, membros e cabeças arrancados, atirados do céu para cair sobre a vila estremecida, além dos soturnos banquetes feitos em meio às estrelas.

Então, veio a seca, Goru prosseguiu, e com ela, uma grande fome. Muitas fontes mirraram e as colheitas de arroz, batata doce e plátano fracassaram. Os gnus, cervos e búfalos, que constituíam a maior parte da dieta de carne de Bogonda, partiram para a selva em busca de água, e os leões, com a fome sobrepujando seu medo do homem, subiram para as terras altas. Muitos da tribo morreram, e os demais foram forçados pela fome a comer os porcos, que eram o alimento natural do povo-morcego. A redução na oferta de carne enfureceu os akaanas.

A fome dos bogondis e os leões exterminaram todos os bodes e metade dos porcos. Quando a fome ficou no passado, o estrago já estava feito. De todos os grandes rebanhos que outrora infestaram o platô, restaram poucos, e esses eram difíceis de apanhar. Os bogondis haviam comido os porcos; então, os akaanas comiam os bogondis. A vida tornou-se um inferno para os homens, e a vila mais baixa, com apenas 150 almas, revoltou-se; levada a um frenesi pelos ultrajes consecutivos, ela voltou-se contra os dominadores. Um akaana, planando nas ruas, enquanto tentava roubar uma criança, foi alvejado e morto por flechas. Assustadas, as pessoas de Bogonda Baixa entraram em suas cabanas e aguardaram seu destino.

À noite, a praga chegou. Os akaanas superaram sua cautela e destruíram as cabanas. Em voos rasantes, as legiões diabólicas cruzaram as colinas, e Bogonda Alta acordou ao escutar o terrível cataclisma de gritos e blasfêmias que marcou o final da outra vila. Durante a noite inteira, o povo de Goru permaneceu suando de pavor, sem ousar se mover, ouvindo os uivos e lamentos que tomaram a noite. Enfim, os gritos cessaram, disse Goru, limpando o suor gelado de sua fronte, mas sons de um banquete cruel e obsceno ainda assombraram a madrugada com a zombaria satânica. Ao amanhecer, o povo de Goru viu o bando infernal retornar para as cavernas da colina. Em meio à aurora, eles voavam lenta e pesadamente, como abutres satisfeitos. Mais tarde, as pessoas ousaram descer até a vila amaldiçoada, e o que encontraram lá fez com que retornassem estarrecidas. Desde aquele dia, nenhum homem ficou livre daquele horror silencioso. Kane acenou, concordando com a cabeça, e seus olhos frios ficaram mais sombrios do que nunca.

Durante vários dias depois do extermínio, Goru disse que o povo aguardou sua hora, tremendo de medo. Até que, em ato desesperado e de crueldade inominável, a tribo tirou a sorte e o perdedor foi preso a uma estaca entre as duas vilas, na esperança de que os akaanas reconhecessem isso como um símbolo de submissão. Assim, o povo de Bogonda Alta esperava escapar do destino que tiveram seus semelhantes. O costume, conforme Goru contou, foi tomado emprestado dos canibais que, nos tempos antigos, adoravam os akaanas e faziam oferendas de sacrifícios humanos a cada lua. Mas o acaso lhes mostrou que os akaanas poderiam ser mortos, então eles encerraram a adoração, ou ao menos essa era a dedução de Goru. A seguir, o sacerdote explicou que nenhum ser mortal é digno de ser adorado de fato, por mais maldoso ou poderoso que seja.

Seus próprios ancestrais foram mortos em sacrifícios ocasionais para aplacar os demônios alados, mas, até pouco tempo atrás, isso não havia se tornado um costume regular. Agora, era algo necessário; os akaanas esperavam sua prenda e, a cada lua, a tribo escolhia um jovem forte ou uma garota, de seu contingente cada vez menor, para ser preso à estaca.

Kane observou o rosto de Goru atentamente, conforme falava de sua tristeza por aquela inominável necessidade, e percebeu que o sacerdote era sincero. O inglês estremeceu ante o pensamento de seres humanos morrendo lenta e inapelavelmente nas garras e presas de uma raça de monstros.

O puritano falou do desgraçado que havia amparado e enterrado em Bogonda Baixa, e Goru acenou com a cabeça, com seus olhos gentis, mas atormentados de dor. Por um dia e uma noite, ele ficou pendurado na árvore, enquanto os akaanas saciavam sua vil lascívia por tortura, trucidando a carne agonizante e palpitante do bogondi.

Até o momento, os sacrifícios evitaram a condenação da aldeia. Os porcos que restaram forneceram sustância aos akaanas, juntamente com um bebê ocasionalmente raptado, e eles ficam satisfeitos em ter, a cada lua, uma vítima para seu esporte sem nome. Um pensamento ocorreu a Kane:

– Os canibais nunca sobem até o platô?

Goru balançou a cabeça:

– Seguros em sua selva, eles nunca passam das savanas.

– Mas eles me caçaram até a base das colinas – o inglês afirmou.

Novamente, Goru negou.

– Havia apenas um canibal; encontramos as pegadas.

Decerto, era um guerreiro mais corajoso que os demais. Ele permitira que sua paixão pela caçada suplantasse seu medo do macabro platô; por isso, pagou o preço com a vida. Os dentes de Kane foram pressionados com um estalido rancoroso, que normalmente substituía qualquer xingamento. Ele foi alfinetado pelo pensamento de ter fugido por tanto tempo de um inimigo solitário. Não é de se admirar que o canibal o seguira com tanta cautela, esperando pela noite para atacar. Mas Kane perguntou: por que os akaanas pegaram o canibal em vez dele, e por que ele não foi atacado pelo homem-morcego que pousou em sua árvore durante a noite?

O canibal estava sangrando, foi a resposta de Goru. O cheiro fez com que o demônio atacasse, pois eles farejam sangue tão bem quanto abutres. E são muito precavidos. Jamais haviam visto um homem como Kane, que não demonstrava medo. Seguramente, decidiram espioná-lo e apanhá-lo de guarda baixa antes de atacar.

Kane quis saber quem eram aquelas criaturas, mas Goru ergueu os ombros. Já estavam ali quando vieram os ancestrais, que jamais tinham ouvido falar delas antes de as verem. Como não havia relacionamento possível com os canibais, não deu para aprender nada com eles. Os akaanas viviam em cavernas, nus como bestas, nada sabiam sobre o fogo e comiam apenas carne crua... Mas tinham um tipo de linguagem e reconheciam um rei entre si. Muitos morreram durante a grande fome, quando os mais fortes devoraram os mais fracos. Estavam desaparecendo rapidamente; nos últimos anos, nenhuma fêmea ou jovem foi observada entre sua raça. Quando, afinal, aqueles machos morrerem, não haverá mais akaana.

– Mas Bogonda – observou Goru –, já estará condenada, a não ser...

Ele olhou para Kane de forma melancólica. Mas o puritano estava mergulhado em seus pensamentos.

Entre as diversas lendas nativas que ele escutou em suas andanças, uma se destacava agora. Muito tempo atrás, o velho homem ju-ju lhe contou que demônios alados vieram voando do norte e passaram por sua terra, desaparecendo no labirinto de selvas assombradas ao sul. E o homem ju-ju relatou uma lenda anciã sobre aquelas criaturas, dizendo que, no passado, elas viveram em grandes bandos, em um lago de águas amargas, muitas luas ao norte. Há várias eras, um chefe e seus guerreiros enfrentaram os seres alados com arcos e flechas e mataram muitos, empurrando os remanescentes para o sul. O nome do chefe era N'Yasunna, e ele tinha uma grande canoa de guerra, com muitos remos que a impulsionavam com velocidade pela água amarga.

Um vento frio soprou repentinamente sobre Solomon Kane, como se uma porta que se abrisse para os golfos exteriores do tempo e do espaço. E ele percebeu o que havia por trás daquele mito, e a verdade sobre uma lenda mais antiga e sombria. Pois o que era o grande rio amargo, senão o Oceano Mediterrâneo? E quem era o chefe N'Yasunna, senão o herói Jasão, que conquistou as harpias e as forçou a ir não somente para as Ilhas Estrófades, mas também para a África?

Então, a antiga lenda pagã era verdadeira, pensou Kane, atordoado, encolhendo-se horrorizado diante do estranho reino de possibilidades inquietantes que se abriram. Se o mito das harpias fosse verdadeiro, o que dizer sobre as lendas da Hidra, dos centauros, da quimera, da Medusa, de Pan e dos sátiros, todos aqueles mitos da antiguidade? Será que por trás deles jaziam e espreitavam realidades dantescas com presas e garras lacerantes embebidas em um mal estremecedor? África, o continente negro. Terra de sombras e horror, de encantos e feitiçaria, para onde todas as coisas maléficas haviam sido banidas antes que a luz do ocidente fosse acesa!

Kane saiu de seus devaneios com um sobressalto. Goru puxava sua manga de forma gentil e tímida.

– Salve-nos dos akaanas! Se você não é um deus, há o poder de um deus dentro de você! Você carrega o poderoso bastão ju-ju, que foi, em tempos idos, o cetro de impérios caídos e o bastão de poderosos sacerdotes. E você tem armas que cospem morte, fumaça e fogo, pois nossos jovens viram-no matar dois akaanas. Faremos de você nosso deus, rei, o que desejar! Mais de uma lua se passou desde que chegou a Bogonda, e a hora do sacrifício já passou, mas a estaca permanece nua. Os akaanas se esquivam da vila em que você está, não roubam mais nossos bebês. Libertamos-nos do seu jugo, pois confiamos em você!

Kane pressionou as têmporas com as mãos:

–Você não faz ideia do que me pede! Deus sabe que meu coração anseia em libertar esta terra do mal, mas não sou um deus. Com minhas pistolas posso matar alguns demônios, mas tenho pouca munição. Se pelo menos tivesse um grande estoque de pólvora e balas, além do mosquete que despedacei nas Colinas dos Mortos, assombradas por vampiros, então, de fato, teríamos uma rara caçada. Mas, ainda que eu mate todos esses demônios, e quanto aos canibais?

– Eles vão temê-lo também! – gritou o velho Kuroba, ao lado da garota Nayela, enquanto o rapaz Loga, que deveria ter sido o próximo a ser sacrificado, olhava para sua esposa com os olhos penosos.

Kane deixou o queixo cair sobre o punho e suspirou.

– Então ficarei aqui em Bogonda pelo resto de minha vida, se você pensa que sou a proteção para seu povo.

Assim, Solomon Kane ficou na vila sombria de Bogonda. O povo era um tipo gentil, cujo espírito naturalmente adorável e jovial havia sido subjugado e entristecido pela longa estadia no crepúsculo. Agora, porém, esse povo estava renovado pela presença do inglês, e distendia o coração de Kane ver a patética confiança que os bogondis depositavam nele. Passaram a cantar nos campos de plátano e a dançar ao redor do fogo, olhando para ele com adoração e fé. Kane, por sua vez, amaldiçoava a própria inutilidade, sabendo quão fútil seria aquela proteção imaginária se os demônios descessem subitamente dos céus.

Instalado em Bogonda, o inglês continuava a sonhar com gaivotas que circundavam acima dos penhascos da antiga Devon, esculpidas no céu claro e azul. Com o passar dos dias, o chamado das terras desconhecidas, muito além daquela vila, também arrebatava seu coração com um anseio feroz. Por isso, ele começou a forçar o cérebro, tentando elaborar um plano. Sentava-se e observava o bastão ju-ju durante horas, esperando que, em seu desespero, a magia negra o ajudasse onde sua mente falhava. Contudo, o velho presente de N'Longa não oferecia auxílio algum. Certa vez, ele convocara o xamã da Costa Escrava, mas somente quando foi confrontado por manifestações sobrenaturais que N'Longa pôde ir até ele, e aquelas harpias não eram sobrenaturais.

O embrião de uma ideia começou a se formar na mente de Kane, mas ele o descartou. Tinha a ver com uma grande armadilha, mas como os akaanas poderiam ser presos? O som dos rugidos dos leões era um acompanhamento sombrio para as meditações de Kane. Como o homem havia minguado no platô, as feras predadoras, que temiam apenas as lanças dos caçadores, começavam a se aproximar. Kane riu amargamente. Não eram os leões, que podiam ser caçados e mortos um a um, os inimigos com quem ele tinha de lidar.

A certa distância da vila, havia a grande cabana de Goru, outrora um salão do conselho. Aquela cabana era cheia de estranhos feitiços, sobre os quais Goru disse, com um aceno indefeso de suas mãos gordas, serem magia forte contra os espíritos do mal, mas de pouca proteção contra bestas aladas feitas de cartilagem, osso e carne.

4. A loucura de Solomon

Kane acordou repentinamente de um sono sem sonhos. Uma mistura horrível de gritos explodiu em seus ouvidos. Fora da sua cabana, as pessoas morriam na noite, terrivelmente, como gado abatido e em completa desordem. Ele tinha dormido, como sempre, com suas armas afiveladas na cintura. O puritano correu para a porta e algo, com a boca escancarada e babando, caiu aos seus pés, agarrando seus joelhos com um sorriso convulsivo e súplicas incoerentes.

Sob a luz tênue da fogueira latente ali perto, Kane reconheceu horrorizado o rosto do jovem Loga, agora assustadoramente lacerado e encharcado de sangue, já congelado em uma máscara mortal. A noite estava repleta de sons arrepiantes, uivos inumanos misturados aos sussurros das poderosas asas, o rasgar de sapé e pavorosas risadas demoníacas. Kane soltou-se dos braços mortos que o agarravam e correu até o fogo. Só conseguiu distinguir um labirinto de confusão, com formas em fuga e silhuetas esperneando; o deslocamento e os borrões de asas escuras contra as estrelas.

Ele apanhou uma brasa e tocou fogo na palha de sua cabana; enquanto saltitavam, as chamas revelaram a cena medonha, que o deixou congelado e horrorizado. A perdição vermelha e turbulenta havia caído sobre Bogonda. Monstros alados, urrando pelas ruas, manobravam acima da cabeça das pessoas em fuga e despedaçavam os tetos para apanhar as vítimas dentro das cabanas.

Com um grito estrangulado, o inglês despertou do transe de horror, sacando sua arma, e disparou contra uma sombra de olhos chamejantes, que caiu aos seus pés com o crânio partido. Kane emitiu um rugido profundo e feroz ao saltar para dentro da refrega, com toda a fúria frenética de seus ancestrais saxões pagãos estourando dentro de seu ser.

Entorpecidos e aturdidos pelo repentino ataque, além de intimidados pelos longos anos de submissão, os bogondis foram incapazes de qualquer resistência combinada e, em sua maior parte, morriam como ovelhas. Alguns, enlouquecidos pelo desespero, revidaram, mas suas flechas se perdiam ou repicavam nas duras asas, enquanto a agilidade infernal das criaturas fazia com que golpes de lanças e machados se perdessem. Pulando sobre o solo, eles evitavam os ataques de suas vítimas, movendo-se acima dos seus ombros, derrubando-os no chão, onde garras e presas desempenhavam suas funções rubras.

Kane viu o velho Kuroba, esquelético e manchado de sangue, acuado contra a parede de uma cabana, com o pé no pescoço de um monstro que não fora suficientemente veloz. O velho chefe, de rosto severo, brandia um machado de dois gumes, desferindo firmes golpes para tentar conter o assalto barulhento de meia dúzia de demônios. Kane correu em seu auxílio, mas parou ao ouvir um choro baixo e piedoso. Nayela contorcia-se fracamente, de bruços no pó ensanguentado, enquanto uma coisa, com aparência de abutre, lacerava suas costas. Os olhos embotados da garota buscaram o rosto do inglês, fazendo um apelo desesperado.

Sem hesitar, mudou de direção, praguejando, e golpeou o demônio alado, que, mortalmente ferido, se inclinou para trás com um guincho abominável e uma vibração selvagem de suas asas. Kane curvou-se sobre a garota, que beijou suas mãos, com lábios trêmulos e choramingando, enquanto ele ninava a cabeça dela em seus braços. Os olhos de Nayela ficaram imóveis. Kane deitou o corpo gentilmente, procurando Kuroba. Viu apenas um amontoado de formas terríveis que sugavam e despedaçavam algo que estava entre elas. E Kane enlouqueceu. Com um grito que rasgou o inferno e o florete em riste, levantou-se em um salto e transfixou uma garganta deformada, antes mesmo de se endireitar. Então, puxando sua lâmina enquanto a criatura caía e se estrebuchava em agonia, o puritano enraivecido investiu adiante, buscando novas vítimas.

Por todos os lados, o povo de Bogonda morria de forma horrível. Eles lutavam futilmente ou fugiam, mas os demônios os perseguiam tal qual um falcão acossa uma lebre. Quando corriam para suas cabanas, as criaturas rasgavam a palha ou estouravam a porta, e o que acontecia lá dentro fora misericordiosamente escondido dos olhos de Kane.

Com o cérebro distorcido pelo horror, o puritano culpou-se por tudo. Os bogondis confiaram nele, cancelaram os sacrifícios, desafiaram seus dominadores e, agora, pagavam um preço insuportável, enquanto Kane, o único responsável pela tragédia, era incapaz de salvá-los. Olhos em agonia se voltavam para Kane. Era raiva da incapacidade ou medo da paralisia, a dor e o choque da reprovação. Ele era adorado como um deus, mas havia falhado com a tribo.

Irado, avançou em meio ao massacre, e os demônios o evitavam, voltando-se para as vítimas fáceis. Mas Kane não era do tipo que aceita uma negativa ao que deseja. Em um nevoeiro escarlate perto da cabana em chamas, ele viu um horror culminante: uma harpia agarrou uma coisa nua e retorcida, que havia sido uma mulher, abocanhando-a com suas presas profundamente. Quando Kane correu e o estocou, o homem-morcego soltou sua presa lamentosa e voou.

Imediatamente, Kane largou o florete e, com o salto de uma pantera enlouquecida por sangue, agarrou a garganta do demônio e trancou suas pernas de ferro na cintura dele.

Mais uma vez, o inglês se viu batalhando em pleno ar, só que, agora, estava próximo dos tetos das cabanas. O coração gélido da harpia havia sido penetrado pelo terror. A criatura já não lutava para matar, desejava apenas se livrar daquele homem que a agarrara e, em silêncio, a esfaqueava tão selvagemente. Lutando pela vida e gritando de forma abominável, ela debateu-se. Quando o punhal de Kane imergiu ainda mais fundo, a besta deu uma guinada para a lateral e, já inconsciente, caiu de cabeça.

A palha de uma cabana amorteceu a queda. Kane e a harpia morta, como uma massa contorcida, colidiram contra o chão. Do lado de fora, as chamas de um casebre iluminavam vagamente o lugar onde eles haviam caído, e Kane viu outra cena de terror: presas pingando sangue, enquanto uma boca trucidava uma forma travestida de ser humano, tingida de escarlate e agonizante, com um resquício de vida.

Então, possuído por um turbilhão de loucura, ele fechou sua mão de aço na garganta da criatura, com uma pegada que nenhuma garra lacerante ou martelar de asas poderia afrouxar, e apertou até lhe quebrar o osso e sentir a vida hórrida se esvair entre seus dedos, já com o pescoço da coisa pendurado.

Do lado de fora, a matança prosseguia. Kane ergueu-se e achou um machado ao saltar para a rua. Quando uma harpia disparou em sua direção, desferiu um golpe tão poderoso que espalhou os miolos do demônio pelo ar como um jato de água. Ele seguiu em frente, sem dar qualquer chance para os inimigos, até que, cambaleando entre corpos destroçados e vertendo sangue de uma dúzia de feridas, parou perplexo e gritou de raiva.

O povo-morcego debandava, levantando voo. Os monstros não enfrentariam mais aquele estranho homem que, em sua insanidade, era mais terrível do que eles próprios. Porém, não ganharam as alturas sozinhos. Em suas garras, carregavam silhuetas que gritavam e se debatiam, e Kane, enraivecido, com seu machado gotejando sangue, percebeu que estava só em uma vila sufocada por cadáveres.

Ele jogou a cabeça para trás, expressando sua raiva para os demônios, e caíram gotas quentes e grossas lá do alto. Os gritos de agonia e a risada interminável dos monstros abarrotaram a noite durante aquele medonho banquete no céu. Ao ver o sangue que chovia das estrelas, gotejando sobre seu rosto, o último vestígio de razão de Kane desapareceu. Ele oscilou para lá e para cá, gritando blasfêmias, cambaleando entre ossos, corpos marcados por dentadas e cabeças decepadas. Seria ele, o homem que brandia um machado inútil para as formas aladas da escuridão que riam em um triunfo demoníaco e banhavam seus olhos enlouquecidos com o sangue deplorável de vítimas humanas, aquele em quem os bogondis confiaram?

5. O conquistador

Um rosto pálido como a aurora rastejava sobre as colinas negras até chegar às ruínas vermelhas que haviam sido a vila de Bogonda. As cabanas ainda estavam de pé, exceto por aquela sucumbida em brasas fumegantes, mas as palhas de muitas foram destroçadas. Ossos desmembrados, despidos de carne, jaziam nas ruas, e alguns estavam lascados, como se tivessem sido largados de uma grande altura.

Era o reino dos mortos, onde não havia um único sinal de vida. Solomon Kane segurou seu machado e olhou para a cena com uma expressão ensandecida. Estava encardido e coberto com sangue coagulado, oriundo de grandes rasgos em seu peito, rosto e ombros, mas não dava atenção aos ferimentos.

O povo de Bogonda não morreu sozinho. Dezessete harpias estavam entre os ossos. Seis delas mortas por Kane. As demais haviam caído pelo desespero fatal dos bogondis. Mas era um pedágio muito pequeno. Das mais de quatrocentas almas de Bogonda, nenhuma viveu para ver o amanhecer. Empanturradas, as harpias se refestelaram em suas cavernas nas colinas negras.

Com passos lentos e mecânicos, Kane começou a reunir suas armas. Encontrou seu florete, o punhal e o bastão ju-ju. Deixou a rua principal da vila e subiu o rochedo, para a grande cabana de Goru. Lá, ele parou, açoitado por um novo horror.

Com humor mordaz, as harpias haviam espetado a cabeça decepada de Goru acima da porta da cabana. Suas bochechas gordas estavam murchas; os lábios, moles, com um aspecto de idiotia horrorosa; os olhos, pedintes, como os de uma criança miserável. E, naqueles olhos vidrados, Kane viu espanto e reprovação.

O puritano mirou os escombros de Bogonda e a máscara da morte em Goru. Ele ergueu os punhos crispados acima da cabeça e, com os olhos brilhando e os lábios contorcidos, salpicados de espuma, amaldiçoou o céu e a Terra, e as esferas acima e abaixo. Amaldiçoou as antigas estrelas, o Sol incandescente, a lua zombeteira e o sussurro do vento. Amaldiçoou todos os destinos e as fatalidades, todos os que ele já havia amado ou odiado, as cidades silenciosas além dos mares, assim como as eras passadas e as futuras. Em uma explosão descrente, capaz de abalar a alma, ele amaldiçoou os deuses e os demônios que fazem da humanidade seu esporte. Por fim, amaldiçoou o homem que vive às cegas e, cegamente, se oferece para que os deuses pisem em suas costas com saltos de ferro.

Então, quando ficou sem fôlego, parou, como se estivesse congelado. Dos recessos mais baixos, porém, soou um profundo rugido de leão, e os olhos de Solomon Kane emitiram um brilho ardiloso. Nascido de sua loucura, cresceu um plano desesperado. Silenciosamente, ele recantou sua blasfêmia, pois, se os deuses com saltos de ferro se divertiam às custas dos homens, eles também lhe haviam dado um cérebro capaz de reunir habilidade e crueldade de forma superior às de qualquer outro ser vivo.

– Aí, você deve morar – disse Solomon Kane para a cabeça de Goru. – O Sol e o orvalho gelado da noite vão encolhê-lo, mas manterei as asas longe de você, e seus olhos hão de assistir a queda de seus assassinos. Sim, posso não ter salvado o povo de Bogonda, mas, pelo Deus da minha raça, irei vingá-lo. O homem é o esporte e o sustento de seres titânicos da noite e do horror, cujas asas gigantescas pairam acima de sua cabeça, mas até mesmo as coisas más chegam a um fim... E observe, Goru!

Nos dias que se seguiram, Kane trabalhou arduamente, começando com o primeiro raio de luz da manhã e labutando até depois de o Sol se pôr, seguindo luar adentro, até que caísse e adormecesse de exaustão. Ele apanhava alimentos enquanto trabalhava, sem dar a menor importância aos seus ferimentos, ciente de que a cicatrização viria aos poucos. Ele desceu até as terras mais baixas e cortou bambu, afiando grandes estacas. Também cortou caules longos e galhos grossos de árvores, além de videiras resistentes para servirem de cordas.

Com esse material, ele reforçou as paredes e o teto da cabana de Goru. Posicionou os bambus fincados no chão e contra a parede, entrelaçados, amarrando-os firmemente com as videiras, que eram flexíveis como cordas. Os galhos, ele apertou-os ao longo da palha, mantendo-os bem juntos. Com o serviço terminado, um elefante não conseguiria atravessar aquelas paredes.

Os leões chegaram em grande número até o platô, e os rebanhos de porcos estavam diminuindo rapidamente. Aqueles que escapavam dos felinos, Kane matava e jogava para os chacais. Aquilo despedaçava o coração do puritano, pois ele era um homem gentil, e toda aquela matança, mesmo a de porcos que seriam presas de feras caçadoras, o fazia sentir pesar. Mas o plano de vingança embruteceu seu coração.

Passaram-se semanas. Kane trabalhava dia após dia, e também noite adentro. Entre suas tarefas, conversava com a cabeça enrugada e mumificada de Goru, cujos olhos, por mais estranho que seja, não perderam a expressão vívida, mesmo após a ação do Sol incandescente e do fantasma da Lua. Na memória daqueles dias assombrosos, Kane se perguntou se, como lhe parecia, os lábios secos de Goru haviam se movido para dizer coisas estranhas e misteriosas.

Kane via os akaanas fazendo rotações no céu ao longe, mas não se aproximavam, mesmo quando ele dormia na grande cabana, sempre com a pistola na mão. Temiam sua capacidade de trazer a morte com fumaça e trovão. De início, voavam de forma morosa, ainda empanturrados com a carne consumida naquela noite rubra e com os corpos levados para as cavernas. Mas, conforme as semanas passavam, surgiam cada vez mais magros, e varriam os campos em busca de comida. Kane gargalhava loucamente.

Aquele seu plano jamais teria funcionado antes, mas agora não existiam mais humanos para encher a barriga das harpias. Também não havia mais porcos. Em todo o platô, não restara nenhuma criatura para o povo-morcego comer. Por que não migravam para as colinas ao leste? Kane suspeitava de que aquela devia ser uma região de selvas densas, tal qual a terra a oeste. Ele os viu voar pelas savanas, procurando antílopes, e notou que os leões lhes cobraram um alto preço. Afinal, os akaanas eram seres fracos entre os grandes predadores, fortes somente para matar porcos, cervos... e seres humanos.

Finalmente, começaram a planar próximos de Kane, que, durante a noite, sentia olhos gananciosos encarando-o em meio às trevas. Por isso, julgou que a hora estava chegando. Búfalos enormes, grandes e ferozes demais para que o povo-morcego matasse, haviam subido até o platô para devastar os campos desertos dos bogondis mortos. Kane separou um deles do resto da manada e o direcionou, com gritos e pedradas, até a cabana de Goru. Foi um trabalho tedioso, embora com certo perigo quando escapou por pouco dos repentinos assaltos do touro carrancudo, mas perseverou, até que, afinal, executou o ruminante com um tiro, bem de frente para a cabana.

Um forte vento soprava do oeste, e Kane arremessou punhados de sangue no ar para que o cheiro chegasse até as harpias nas colinas. Fatiou o touro e carregou seus membros para o interior da cabana, lutando, depois, para colocar também o tronco do animal lá dentro. A seguir, foi para as árvores compactas próximas dali e aguardou.

O inglês não precisou esperar muito. O ar da manhã foi repentinamente preenchido pelo soar de muitas asas batendo, e uma hedionda caravana desceu diante da cabana de Goru. Todas as bestas, ou esboços de homens, pareciam estar ali. Kane olhou abismado para as criaturas altas e peculiares, tão propensas à humanidade e, ainda assim, tão inumanas: os verdadeiros demônios das lendas sacerdotais. Elas dobraram as asas como mantos em volta de si, enquanto caminhavam de forma ereta, e conversavam umas com as outras em uma voz estridente e crepitante, que não denotava nenhum indício humano.

Não! Kane concluiu que aquelas coisas não eram homens. Elas eram a materialização de alguma brincadeira medonha da natureza. Uma caricatura da infância do mundo, quando a Criação era um experimento. Talvez fossem a cria de um cruzamento proibido e obsceno de homem e fera ou, mais provavelmente, um desvio bizarro da árvore da evolução... Há muito tempo Kane já sentia alguma verdade nas teorias hereges dos antigos filósofos, de que o homem nada mais é do que uma fera evoluída. Se a natureza fizera muitas bestas estranhas nas eras passadas, por que não teria feito experiências com formas monstruosas da humanidade? Decerto, gente como Kane sabia que o homem não era o primeiro ser a caminhar pela Terra, nem seria o último.

As harpias hesitavam, com uma desconfiança natural. Algumas, após planar até o telhado, ainda tentaram rasgar a palha. Mas Kane havia trabalhado bem. Elas voltaram para o solo, até que o cheiro do sangue e a visão da carne fresca dentro da cabana quebrou-lhes a resistência, e uma delas se aventurou para o seu interior. Em um instante, todas estavam dentro da grande cabana, despedaçando os nacos do touro vorazmente. Quando a última das criaturas entrou, Kane estendeu a mão e alcançou uma longa videira para soltar a tranca que segurava a porta. Ela caiu com um estrondo, e uma barra moldada fixou-se em seu lugar. Aquela porta seguraria o ataque de um touro enfurecido.

Ele não viu mais asas nos céus e julgou seguro acreditar que aprisionara todo o bando. Então, com um sorriso cruel, Kane bateu sua pederneira e o aço sobre uma pilha de folhas mortas próxima da parede. Lá dentro, soou um murmúrio inquieto quando as criaturas se deram conta de que se tornaram prisioneiras. Um feixe fino de fumaça curvou-se para o alto, uma labareda vermelha surgiu e, a seguir, a pilha inteira e o bambu seco se incendiaram.

Alguns instantes depois, a lateral inteira do pé da parede estava em chamas. Os demônios, lá dentro, sentiram a fumaça e ficaram irrequietos. Kane os escutou urrar selvagemente e arranhar as paredes. O inglês sorriu sem alegria, mas de forma bravia e desolada. Em seguida, uma brisa levou as chamas pela extensão da parede e para o alto, na palha acima. Com um rugido, a cabana inteira ardeu.

Do interior da cabana soou um terrível pandemônio. Kane ouviu corpos baterem contra as paredes, que balançaram com o impacto, mas resistiram. Os gritos tétricos eram como música para sua alma. Ele balançou os braços e deu gargalhadas pavorosas, apreciando o cataclismo de horror que crescia nas chamas e devorava lamentos e arquejos, misturados na fumaça que ficava cada vez mais densa. Um cheiro intolerável de carne queimada impregnou a atmosfera e, caso houvesse espaço na mente de Kane para algo além do triunfo insano, ele teria estremecido ao perceber que era o mesmo odor nauseabundo e indescritível que somente a carne humana expele ao ser incinerada.

Da espessa nuvem de fumaça, Kane viu uma besta emergir acima do teto destroçado, batendo suas asas queimadas de forma lenta e agonizante. Com calma, ele mirou e disparou, atingindo a coisa cega e chamuscada, que tombou de volta para o epicentro das chamas, bem no instante em que as paredes desabaram. Para Kane, pareceu que o rosto desfeito de Goru, desaparecido na fumaça, abriu um amplo sorriso, e que uma gargalhada humana exultante se misturou ao rugido lume. Mas a fumaça e a loucura na cabeça pregam peças.

Kane ficou estático, com o bastão ju-ju em uma mão e a pistola fumegante na outra, observando as ruínas latentes que esconderiam para sempre da vista do homem os últimos espécimes daqueles terríveis monstros semi-humanos, banidos da Europa por outro herói em uma época desconhecida. Kane era a estátua do triunfo, de olhos gelados e dominantes: o guerreiro supremo.

A fumaça subiu alto no céu da manhã, e o rugido dos leões, alimentando--se, sacudiu o platô. Lentamente, como luz rompendo as névoas, a sanidade do inglês retornou.

– A luz da manhã divina adentra até mesmo as terras sombrias e ermas – disse Solomon Kane, severamente. – A maldição governa terras devastadas do planeta, mas até mesmo o mal há de acabar. Após a meia-noite, chegará a hora da manhã em que, até mesmo nas terras perdidas, as sombras fenecem. São estranhos Vossos desígnios, Deus do meu povo! E quem sou eu para questionar Vossa sabedoria? Meus pés já caíram nos caminhos da maldade, mas, com a Sua ajuda, voltei ileso. Hoje sou um flagelo para os poderes do mal. Sobre as almas dos homens se abrem as asas de condor de monstros colossais, e todas as formas de coisas perversas espreitam o coração, a alma e o corpo dos homens. Contudo, pode ser que, em um dia distante, as sombras desapareçam e o príncipe das trevas seja acorrentado para sempre em seu inferno. Mas até lá, a humanidade nada pode fazer, senão enfrentar estoicamente os monstros dentro e fora de seus próprios corações, e, com a ajuda de Deus, ela há de triunfar.

Solomon Kane olhou para as colinas silenciosas e sentiu o chamado das distâncias indeterminadas que jaziam além. Após apertar seu cinturão, ele pressionou com firmeza o bastão e voltou seu rosto para o leste.

A mão direita do destino

Publicado originalmente em
Red Shadows, 1968.

– E ele morre de madrugada! Ho! Ho!

O orador deu uma sonora palmada na coxa e riu com voz aguda e dissonante. Olhou para os ouvintes e, orgulhosamente, engoliu o vinho que estava em seu copo. O fogo saltava e tremulava na lareira da taberna, e ninguém lhe respondeu.

– Roger Simeon, o necromante! – escarneceu a voz dissonante. – Um mercador nas artes diabólicas e um operário de magia negra! Eu digo que todo seu poder violador não pôde salvá-lo quando os soldados do rei cercaram sua caverna e o fizeram prisioneiro. Ele havia fugido quando o povo atirou pedras da calçada em suas janelas, pensando em se esconder e tentar escapar para a França. Ho, ho! Sua fuga há de ser na ponta de um laço. Um bom dia de trabalho, digo eu!

Ele jogou uma pequena bolsa sobre a mesa, com moedas sonantes, que retiniram musicalmente.

– É o preço da vida de um mago! – ostentou. – O que me diz, amargo amigo?

A última indagação foi direcionada a um homem alto e silente, sentado próximo ao fogo. Lúgubre, poderoso e com vestes escuras, ele virou seu rosto pálido e enevoado em direção ao orador e encarou-o com um par de profundos olhos gélidos.

– Eu digo que – respondeu com voz grave e potente –, no dia de hoje, você realizou uma ação condenável. Seu necromante era, provavelmente, digno de ser morto, mas confiava em você, chamava-o de único amigo, e você o traiu por um punhado de moedas sujas. Acredito que ainda irá encontrá-lo no inferno um dia.

O primeiro orador, um homem baixo, troncudo e com um rosto maldoso, abriu a boca para dar uma resposta zangada, mas hesitou ao fixar os olhos glaciais do outro por um instante. Então, o homem alto ergueu-se com um movimento felino, lento e suave, saindo da taberna com passadas longas e elásticas.

– Quem é aquele? – perguntou o fanfarrão, ressentido. – Quem ele pensa que é para defender feiticeiros contra homens honestos? Por Deus, ele tem sorte em trocar palavras com John Redly e manter seu coração batendo no peito!

O taberneiro inclinou-se, apanhando uma brasa no fogo para seu cachimbo de haste longa, e respondeu secamente:

– Na verdade, é você quem tem sorte, John, por ter ficado com a boca fechada. Aquele é Solomon Kane, o puritano, um homem mais perigoso que qualquer lobo selvagem.

Redly resmungou, murmurou uma praga e, rabugento, recolocou o saco de dinheiro no cinto.

– Vai passar a noite aqui?

– Sim – respondeu Redly, carrancudo. – Queria assistir ao enforcamento de Simeon amanhã, em Torkertown, mas tenho de partir para Londres ao amanhecer.

O taberneiro encheu as taças.

– Esta é pela alma de Simeon; que Deus tenha piedade do infeliz, e que ele fracasse em obter a vingança que jurou contra você.

John Redly fez uma pausa, praguejou e, a seguir, gargalhou em uma irresponsável bravata. O riso ergueu-se, vazio, e irrompeu em uma nota falsa.

• • •

Solomon Kane acordou repentinamente e sentou-se na cama. Ele tinha sono leve, como qualquer homem que carrega a vida cheia de perigos em suas mãos. Em algum lugar da casa, um ruído o despertara. Ele manteve-se imóvel, apurando os ouvidos. Lá fora, conforme podia ver pelas lâminas da veneziana, o mundo já clareava com os primeiros matizes do amanhecer.

Subitamente, o som retornou, mais baixo. Era como se um gato escalasse a parede lá fora. Em seguida, Kane escutou um ruído que parecia alguém tateando as venezianas. O puritano levantou-se e, com a espada em punho, cruzou o quarto e as abriu. O mundo permanecia adormecido. Uma Lua tardia pairava no horizonte ocidental. Nenhum saqueador espreitava do lado de fora da janela. Ele inclinou-se no parapeito, examinando a janela do quarto ao lado do seu. As venezianas estavam abertas.

Kane virou-se, foi até a porta e ganhou o corredor. Como sempre, agia por impulso. Aqueles eram tempos selvagens, e a taberna ficava distante alguns quilômetros da vila mais próxima, Torkertown. Assalto de bandidos era algo comum. Alguém ou alguma coisa havia entrado no quarto ao lado do seu, e seu hóspede, adormecido, poderia estar em perigo. Kane não parou para pesar os prós e os contras; apenas seguiu diretamente pelo corredor e abriu a porta do vizinho.

A janela estava escancarada, e a luz que fluía iluminava o aposento; entretanto, ele parecia mergulhado em uma névoa fantasmagórica. Um homem baixo de aspecto perverso roncava na cama, e Kane reconheceu John Redly, o homem que traiu o necromante, entregando-o para os soldados.

Então, seu olhar foi atraído para a janela. Descendo do parapeito, ele viu o que parecia ser uma gigantesca aranha que chegou ao chão e começou a rastejar em direção à cama. A coisa era larga, peluda e escura. Como Kane reparou, ela deixara uma mancha escorrendo por seu caminho, desde o batente da janela. Ela moveu-se sobre cinco pernas grossas, curiosamente articuladas, e tinha uma aparência grotesca, tão pouco convencional, que enfeitiçou Kane por um momento. À beira da cama de Redly, ela, sem perder tempo, escalou o leito de uma forma estranha e atrapalhada.

Pousada diretamente acima do homem adormecido, mas ainda na cabeceira, preparava o bote quando Kane deu um salto para a frente com um grito de aviso. Nesse instante, Redly acordou e olhou para o alto. Seus olhos se arregalaram. Um terrível grito irrompeu de seus lábios e, ao mesmo tempo, a coisa-aranha voou, aterrissando em cheio na sua garganta. Kane chegou até a cama. Viu as pernas de John Redly se distenderem e ouviu ossos se partirem.

O homem enrijeceu e ficou imóvel, a cabeça pendendo grotescamente para o lado, com o pescoço quebrado. E a coisa caiu inerte sobre a cama.

Kane curvou-se sobre o sinistro espetáculo, mal acreditando em seus olhos, pois a coisa que assassinou John Redly em sua cama, depois de abrir as persianas e rastejar pelo chão, era uma mão humana!

Agora ela jazia flácida e sem vida. Cautelosamente, Kane estocou a ponta de seu florete no meio dela, levantando-a até a altura dos olhos. Parecia a mão de um homem grande, larga e grossa, com dedos pesados. Era coberta por um tapete de pelos emaranhados, semelhantes aos de um macaco. Decepada no pulso, tinha sangue coagulado. Um fino anel de prata estava no dedo médio, um ornamento curioso, no formato de uma serpente enrolada.

Kane ficou observando a hedionda relíquia, até que o taberneiro entrou, vestindo pijamas, com a vela em uma das mãos e o bacamarte na outra.

– O que é isso? – ele rugiu quando seus olhos deram de encontro com o cadáver na cama. Então, viu o que Kane tinha espetado no florete, e sua face empalideceu. Arrastado por um impulso irresistível, ele se aproximou da coisa, com os olhos inchados. Depois, recuou e afundou-se em uma cadeira, tão macilento que Kane pensou que ele fosse desfalecer.

– Em nome de Deus, senhor – ele ofegou –, jogue essa coisa no fogo! A lareira da taberna está acesa...

• • •

Kane chegou a Torkertown antes do término da manhã. Nos arredores da aldeia, encontrou um jovem tagarela que o saudou.

– Senhor, como todos os homens honestos, o senhor ficará satisfeito em saber que Roger Simeon, o feiticeiro negro, foi enforcado nesta madrugada, assim que o sol nasceu.

– E foi valorosa a sua morte? – perguntou Kane, carrancudo.

– Sim, senhor. Ele não vacilou, mas foi uma situação estranha. Veja, senhor: Roger Simeon subiu ao patíbulo com dois braços, mas somente uma mão.

– E como foi que isso aconteceu?

– Ontem à noite, senhor, ele agachou-se em sua cela, como uma grande aranha negra, e chamou um dos guardas, pedindo-lhe um último favor. Implorou que o soldado cortasse a sua mão direita! De início, o homem não queria atendê-lo, mas, temendo a maldição de Roger, afinal ergueu a espada e decepou a mão na altura do pulso. Então, Simeon, apanhou-a com a mão esquerda e jogou-a longe, pelas barras da janela da sua cela, pronunciando palavras mágicas, estranhas e profanas. Os guardas ficaram com muito medo, mas Roger disse que não lhes faria mal, afirmando que seu ódio pertencia apenas a John Redly, que o traíra.

– O feiticeiro fez uma atadura no toco do braço para estancar o sangramento e, durante o resto da noite, sentou-se em transe – prosseguiu o jovem. Ocasionalmente, murmurava para si mesmo, como um homem que, sem perceber, fala sozinho: "Para a direita", "Agora, para a esquerda!", "Em frente, em frente!", sussurrava.

"Oh, senhor, os guardas disseram que era muito sinistro escutá-lo, ainda mais agachado e apoiado no toco ensanguentado de seu braço! Quando a madrugada ficou cinzenta, os soldados foram buscar o feiticeiro. No cadafalso, conforme passavam o laço ao redor do seu pescoço, de repente ele se contorceu e endireitou o corpo, como se fizesse grande esforço. Os músculos do braço direito, onde lhe faltava a mão, se tensionaram e até rangeram, com um som igual ao ato de quebrar o pescoço de um homem!

"Então, quando os guardas correram para agarrá-lo, ele começou a rir sem parar – contou o tagarela de Torkertown. – Sua risada, terrível e hedionda, ecoou como um rugido, até que a corda o estrangulou e ele ficou pendurado, negro e silencioso no olho vermelho do sol nascente."

Solomon Kane ficou em silêncio, pensando no terror que retorcera as feições de John Redly naquele momento antes de encontrar seu destino, entre o despertar em sobressalto e o último suspiro de vida. E uma imagem turva lhe veio à mente, a de uma mão peluda e decepada, rastejando cegamente por meio de seus dedos, como uma grande aranha entre as escuras florestas noturnas, para escalar uma parede e abrir desajeitadamente um par de venezianas de um quarto. Nesse ponto, sua visão cessou, retraindo-se ante a continuação daquele drama negro e sangrento. Que terríveis labaredas de ódio queimaram a alma do necromante condenado? Com que hediondos poderes, ele enviou aquela mão sangrenta e rastejante em uma missão de vingança, guiada pela magia e volição de um cérebro ardente?

Ainda assim, para se certificar, Solomon perguntou:

– E a mão, foi encontrada?

– Não, senhor. Os homens encontraram o local onde ela havia caído após ser atirada da cela, mas ela desapareceu, e um rastro de sangue levava até a floresta. Sem dúvida, foi devorada por um lobo.

– Sem dúvida – respondeu Solomon Kane –, e as mãos de Simeon eram grandes e peludas, com um anel no dedo médio da mão direita?

– Sim, senhor. Um anel de prata, enrolado como se fosse uma serpente.

A chama azul da vingança

Publicado originalmente em
Red Shadows, 1968.

A morte é uma chama azul que dança sobre cadáveres.

– SOLOMON KANE

1. *Espadas colidem, e um estranho chega*

As lâminas cruzaram-se com força, em uma colisão de aço venenoso, e choveram faíscas azuis. Transversalmente àquelas espadas, olhos ardentes fuzilavam uns aos outros; duros olhos pretos e azuis vulcânicos. O fôlego sibilava entre dentes travados; pés raspavam o pasto, avançando e recuando.

Aquele dos olhos escuros fintou e estocou rápido como o ataque de uma cobra. O jovem de olhos azuis bloqueou com uma meia-volta, usando seu punho de aço, e o contragolpe desferido foi como o relâmpago de uma noite de verão.

– Contenham-se, cavalheiros!

As espadas viraram para cima, e um homem corpulento colocou-se entre os combatentes, trazendo um florete com joias em uma mão e o chapéu ereto na outra.

– Está feito! O assunto está decidido e a honra, satisfeita! *Sir* George foi ferido!

O homem de olhos pretos, com um gesto impaciente, colocou para trás seu braço esquerdo, do qual o sangue jorrava de um ferimento estreito.

– Afaste-se! – ele gritou furiosamente e praguejou. – Uma ferida... Um arranhão! Isso não decide coisa alguma! Não tem a menor importância! Esta luta precisa ser até a morte!

– Sim, afaste-se *sir* Rupert – disse o vitorioso calmamente, mas seus olhos azuis eram faíscas de aço. – O problema entre nós só pode ser resolvido com a morte!

– Poupem o aço, seus galos jovens! – vociferou *sir* Rupert. – Como magistrado, eu ordeno! Senhor médico, venha e dê uma olhada no ferimento de *sir* George. Jack Hollinster, embainhe a lâmina, tratante! Não haverá assassinatos sangrentos neste distrito ou meu nome não é Rupert d'Arcy.

O jovem Hollister nada disse, tampouco obedeceu a ordem do colérico magistrado, mas afundou a ponta de sua espada na terra e, com a cabeça meio abaixada, permaneceu em silêncio e mal-humorado, observando as companhias por baixo de suas sobrancelhas pretas franzidas.

Sir George havia hesitado, mas aquiesceu, carrancudo, após um dos seus segundos em comando sussurrar urgentemente em seu ouvido. Ele entregou sua espada ao auxiliar e submeteu-se aos cuidados do médico.

Era um cenário estranho para tal situação. Uma terra onde grama amarela, agora seca, crescia espaçadamente, correndo por uma faixa larga de areia, na qual se espalhavam pedaços de madeira. Além daquela faixa, o mar jazia cinzento e incansável, uma coisa morta em cujo seio desolado o único sinal de vida era uma vela pairando ao longe. Terra adentro, por entre as charnecas sombrias, era possível avistar as casas fastidiosas de um vilarejo.

Em uma paisagem tão árida e desolada, o borrifo de cor e a vida apaixonada na praia eram um estranho contraste. Pálido, o sol de outono brilhava sobre as lâminas reluzentes, os cabos com joias e os botões de prata dos casacos de alguns dos homens, além de realçar os detalhes dourados no vasto chapéu ereto de *sir* Rupert.

Os auxiliares de *sir* George ajudavam-no com seu casaco, e os de Hollinster, um jovem robusto vestindo roupas caseiras, instavam-no a vestir o seu. Mas Jack, ressentido, afastou-o. De repente, pulou para a frente com sua espada ainda em mãos e falou, com sua voz soando feroz e vibrante de paixão:

– *Sir* George Banway, olhe para si mesmo! Um arranhão no braço não irá obscurecer o insulto que o senhor sabe qual é! Da próxima vez que nos encontrarmos, não haverá magistrado para salvá-lo!

O nobre girou com um juramento negro, e *sir* Rupert se adiantou com um rugido:

– Tratante! Como se atreve...

Hollinster rosnou e, dando as costas, afastou-se, embainhando sua espada com um movimento brusco. *Sir* George ameaçou ir atrás dele, contorcendo seu rosto sério enquanto os olhos queimavam como brasas, mas seu amigo sussurrou novamente algo em seu ouvido, apontando para o mar. Os olhos de Banway vagaram até a vela solitária que parecia suspensa no céu, e ele acenou, concordando com a cabeça.

Hollinster caminhou pela praia em silêncio, de cabeça descoberta, levando o chapéu na mão e o casaco pendurado no braço. O vento ermo trouxe frio aos cachos emplastados de suor, e parecia que ele buscava refrescar seu cérebro turbulento.

Seu auxiliar, Randel, seguiu-o em silêncio. Conforme andavam pela praia, a paisagem foi se tornando mais selvagem e escarpada; rochas gigantes, cinzentas e cobertas de musgo erguiam suas cabeças ao longo da costa e projetavam-se para fora dela, indo de encontro às ondas em linhas denteadas. Mais ao longe, um recife rugoso e perigoso enviava um gemido grave e contínuo.

Jack Hollinster parou, voltou o rosto para o mar e praguejou com um fervor vindo do fundo da alma. O espantado ouvinte entendeu o fardo de sua profanação como um arrependimento pelo fato de que ele, Hollinster, falhara em afundar sua lâmina até o cabo no coração negro do suíno, do chacal, da besta, daquele caluniador da inocência, daquele amaldiçoado vilão: *sir* George Banway!

– E agora – ele rosnou – o vilão não voltará a se encontrar comigo em uma luta justa para provar até o fim o sabor do meu aço, mas por Deus...

– Acalme-se, Jack – o honesto Randel se contorcia desconfortável; era o amigo mais próximo de Hollinster, mas não compreendia o humor furioso no qual seu companheiro caía de vez em quando. – Você surrou-o justamente; ele recebeu o pior de tudo à sua volta. Afinal, você dificilmente mataria o homem pelo que ele fez...

– Não? – Jack gritou furioso. – Eu não mataria um homem por causa daquele horrível insulto? Bem, não um homem, mas sim um nobre desonesto, cujo coração verei antes que o luar desvaneça! Você percebe que ele difamou publicamente Mary Garvin, a garota que amo? Que ele maculou seu nome enquanto tomava um drinque na taverna? Por que...

– Eu compreendo isso – suspirou Randel –; tenho escutado os detalhes completos não menos que uma dúzia de vezes. Também sei que você jogou um copo de vinho no rosto dele, esmurrou suas costeletas, virou uma mesa sobre ele e chutou-o duas ou três vezes. Verdade, Jack, você já fez o bastante para qualquer homem! *Sir* George tem altas conexões... Você nada mais é que o filho de um capitão aposentado, ainda que tenha se destacado por valor em terras estrangeiras. Bem, no final das contas, Jack, *sir* George não precisava ter lutado contra você. Ele podia ter chamado seu grupo de soldados e mandado que seus subalternos o açoitassem.

– Se ele tivesse feito isso – disse Hollinster, com um estalo rancoroso de dentes –, eu teria metido uma bala de pistola bem no meio de seus olhos pretos... Dick, deixe-me com minha loucura. Você prega o caminho correto, eu sei, o caminho da paciência e da mansidão. Mas tenho vivido onde o único guia e auxílio de um homem é a espada em seu cinto; e tenho sangue quente e selvagem. Bem, agora esse sangue se agitou até a medula por causa daquele nobre suíno. Ele sabia que Mary era minha amada; contudo, sentou-se ali e a insultou na minha presença... Sim, bem na minha cara. E por quê? Porque ele tem dinheiro, terra, títulos... Altas conexões familiares e sangue nobre. Eu sou um homem pobre, filho de um homem pobre, que carrega sua fortuna em uma bainha na lateral do cinto. Se eu ou Mary viéssemos de berço ilustre, ele teria respeito...

– O quê! – interrompeu Randel. – Quando é que George Banway teve respeito por alguma coisa? Seu nome sujo por essas redondezas é bem merecido. Ele só respeita seus próprios desejos.

– E ele deseja Mary – grunhiu o outro, taciturno – Bem, talvez ele a tome como tomou tantas outras donzelas por aqui. Mas, primeiro, terá de matar Jack Hollinster. Dick, não quero parecer rude, mas seria melhor se você me desse algum espaço. Não sou boa companhia para ninguém e preciso de solidão e da brisa fria do mar para refrescar meu sangue efervescente.

– Você não irá atrás... – Randel hesitou – de *sir* George?

Jack fez um gesto impaciente:

– Seguirei em outra direção, prometo. *Sir* George foi para casa, tratar de seu ferimento. Ele não vai dar as caras por uma quinzena.

– Mas, Jack, seus valentões são de reputação duvidosa. É seguro para você?

Jack sorriu, e o riso era lupino, apesar de suas feições francas e abertas.

– Isso seria mais do que posso pedir. Mas não tema; se ele revidar dessa forma, será na escuridão da noite, e não em pleno dia.

Randel afastou-se em direção à vila, balançando a cabeça duvidosamente. Jack seguiu ao longo da praia, cada passo levando-o mais longe das habitações do homem e mais próximo do sinistro reino de terras e águas ermas. O vento suspirava por suas roupas, cortando como faca, mas ele não vestiu o casaco. A aura fria e cinzenta do dia caía como uma mortalha sobre sua alma, e ele amaldiçoou a Terra e o clima.

Sua alma estava sedenta do distante calor das terras do sul que ele conhecera em suas andanças, mas um rosto apareceu em suas visões, um rosto feminino sorridente com cachos dourados, em cujos olhos havia um ardor que transcendia o calor dourado das luas tropicais, tornando agradável e reconfortante até mesmo aquele país árido.

Então, em seus pensamentos, outro rosto surgiu; uma face zombeteira, com olhos negros brutos e boca cruel, que mascava viciosamente, sob um denso bigode escuro. Jack Hollinster praguejou contra Deus, com sinceridade e falando alto.

Uma voz profunda e vibrante quebrou suas profanações.

– Meu jovem, suas palavras são vãs e mundanas. São como metais ressonando e pratos tilintando, cheias de sons e fúria, mas nada significam.

Jack virou-se, a mão disparando para o cabo. Ele achava que estava sozinho. Porém, sentado em uma grande pedra cinza, havia um estranho. O homem levantou-se quando Jack se voltou, tirando um manto negro e largo e deitando-o sobre seu braço.

Hollinster olhou para ele com curiosidade. O homem era do tipo que atraía atenção, mas havia algo mais. Era alguns centímetros mais alto que Hollinster, já consideravelmente acima da média. Não havia nenhuma gordura ou carne excedente naquela estrutura delgada; contudo, o homem não parecia frágil nem magro demais. Pelo contrário. Seus ombros largos, peito taurino e longos membros esguios transpareciam força, velocidade e resistência. Um perfil sob medida para espadachim, assim como o longo florete sem enfeites que ele trazia em seu cinto. Para Jack, acima de qualquer outra coisa, o homem parecia com um daqueles grandes lobos cinzentos que ele vira nas estepes siberianas.

Mas foi o rosto que, primeiramente, chamou e prendeu a atenção do jovem. O rosto era um pouco longo, bem barbeado, e apresentava uma estranha e sombria palidez, que, aliada às bochechas ligeiramente afundadas, lhe emprestava uma aparência quase cadavérica, até que se olhasse dentro de seus olhos. Estes brilhavam com vida vibrante e dinâmica vitalidade, intensos, com um controle férreo. Fitando diretamente dentro daqueles olhos e sentindo o choque frio de seu estranho domínio, Jack Hollinster foi incapaz de dizer qual era a cor deles. Havia o acinzentado do gelo antigo, mas também o azul das profundezas dos mares gelados do norte. Sobrancelhas grossas e pretas estavam penduradas acima deles, e o efeito completo das feições era distintamente mefistofélico.

As vestes do estranho eram simples, severamente modestas, e combinavam ele. O chapéu era preto, liso e desabado. Dos pés à cabeça, ele usava trajes fechados de uma tonalidade sombria, sem qualquer ornamento ou joia. Nenhum anel adornava seus poderosos dedos; nenhuma gema brilhava no cabo de seu punhal, e sua longa lâmina era guardada em uma bainha de couro liso. Não havia botões de prata em suas roupas, nenhuma fivela reluzente em seus sapatos. Apesar de estranho, o enfado de suas vestimentas era quebrado de forma bizarra e singular por uma larga cinta presa em sua cintura à moda dos ciganos. A cinta de seda, de fabricação oriental, era de um verde virulento e sinistro, como o couro de uma serpente, e dela se projetavam o cabo de um punhal e as coronhas de duas pistolas pesadas.

O olhar de Hollinster vagou por aquela estranha aparição, mesmo enquanto se perguntava como o homem chegara ali, em seu estranho aparato, armado até os dentes. Sua aparência sugeria um puritano, contudo...

– Como chegou aqui? – perguntou Jack abruptamente. – E como não vi você até que falasse comigo?

– Cheguei aqui da mesma forma que todos os homens honestos, senhor – respondeu ele, com voz profunda, enquanto envolvia seu corpo com o longo manto e sentava-se novamente na pedra. – Com minhas duas pernas. Quanto à outra pergunta, eu digo que os homens se envolvem tanto com seus próprios problemas até o ponto de usar o Nome em vão; não enxergam seus amigos e, para sua vergonha, não vêem também os inimigos.

– Quem é você?

– Meu nome é Solomon Kane, jovem senhor, um homem sem terra, outrora vindo de Devon.

Jack franziu o rosto, incerto. Em algum lugar, de algum modo, o puritano havia perdido todo o inconfundível sotaque de Devon. Pelo som de suas palavras, ele poderia ser de qualquer ponto da Inglaterra, do norte ou do sul.

– O senhor viajou bastante, não?

– Meus passos foram dados em muitos países distantes, jovem senhor.

Uma luz irrompeu em Hollinster, e ele fitou sua estranha companhia com interesse renovado.

– O senhor não foi capitão no exército francês durante um período em... – o jovem disse certo nome.

A fronte de Kane se anuviou.

– Sim. Liderei um tumulto de homens profanos, para minha vergonha, que seja dito, embora a causa fosse justa. No saque dessa cidade que você nomeou, muitos atos tolos foram cometidos sob a capa da causa, e meu coração afundou... Oh, bem... Muita água passou debaixo da ponte desde então, e afoguei algumas memórias vermelhas no mar... E falando do mar, rapaz, o que você pode me dizer daquele navio acolá, que fica indo para lá e para cá, como tem feito desde ontem ao raiar do dia?

O dedo magro apontou para o mar, mas Jack balançou a cabeça.

– Está muito distante. Não posso dizer nada sobre ele.

Os olhos sombrios perfuraram os de Hollinster, que não teve dúvidas de que aquele olhar frio poderia suplantar a distância e detectar o próprio nome pintado nos arcos longínquos da nau. Tudo parecia possível àqueles olhos cinzentos.

– De fato essa é uma distância grande demais para o olho vencer – disse Kane. – Mas pelo corte dos aprestos, acredito que o reconheço. Penso que gostaria de encontrar o comandante desse navio.

Jack nada disse. Não havia cais nas redondezas, mas um navio poderia, em clima calmo, se aproximar da costa e ancorar próximo ao coral. Aquele navio poderia ser de contrabando. Sempre havia bons negócios de cargas ilícitas ocorrendo naquela orla solitária onde os oficiais alfandegários raramente apareciam.

– Você já ouviu falar de Jonas Hardraker, a quem os homens chamam de Falcão do Mar?

Hollinster congelou. O tenebroso nome era conhecido em todas as costas do mundo civilizado, e em muitas costas bárbaras também, pois seu dono havia se tornado temido e abominado em muitas águas, frias e quentes. Jack tentou ler a face do estranho, mas os olhos meditativos eram inescrutáveis.

– Aquele pirata sanguinário? Da última vez que escutei falar, ele estava indo para o Caribe.

Kane moveu a cabeça.

– Mentiras viajam na frente de uma nau veloz. O Falcão do Mar veleja onde o seu navio está, e onde o seu navio está, somente seu mestre, Satã, sabe.

Ele se levantou e, ao enrolar a capa mais apertada na cintura, falou de forma tenebrosa:

– O Senhor tem guiado meus pés por muitos lugares estranhos e por tantos caminhos singulares. Alguns eram distantes e muitos eram imundos; às vezes, eu parecia vagar sem propósito ou orientação, mas sempre, quando procurei fundo, encontrei as razões. E escute, garoto, pois, pelos fogos do inferno, não existe fogo mais quente que a chama azul da vingança que arde no coração de um homem dia e noite, sem descanso, até que ele a extinga com sangue. No passado, foi o meu dever libertar vários homens maus de suas vidas... Bem, o Senhor é meu mastro e guia, e acho que Ele entregou meu inimigo em minhas mãos.

E assim dizendo, Kane afastou-se com longas passadas felinas, deixando Hollinster para trás de boca aberta, perplexo.

2. Os que chegam com a noite

Jack Hollinster despertou de um sonho assombrado. Sentou-se na cama e olhou ao redor. Lá fora, não havia luar, mas, em sua janela, uma cabeça e um par de ombros largos ganharam contornos negros à luz das estrelas. Um aviso, "Shhhh!", chegou até ele como o sibilo de uma serpente.

Sacando sua espada da bainha pendurada na guarnição da cama, Jack se levantou e aproximou-se da janela. Um rosto barbado com dois pequenos olhos faiscantes estava à sua frente; o homem respirava profundamente, como se tivesse vindo de uma longa corrida.

– Traga sua espada, garoto, e me siga – disse com um sussurro urgente. – Ele a pegou!

– O que é agora? Quem pegou quem?

– *Sir* George! – foi o sussurro arrepiante. – Ele enviou uma carta para ela com o seu nome, ordenando que ela fosse até as pedras, e seus capangas a apanharam e...

– Mary Garvin?

– É a pura verdade, mestre!

A sala rodopiou. Hollinster havia até pensado em um ataque contra sua pessoa, mas não supôs que a vilania de *sir* George, mesmo para alguém da sua laia, fosse sórdida o bastante para raptar uma garota indefesa.

– Que sua alma negra seque – ele grunhiu, enquanto alcançava suas roupas. – Onde ela está agora?

– Eles a levaram para a casa dele, senhor.

– E quem é você?

– Ninguém além do pobre Sam, que dorme no estábulo da taverna, senhor. Eu vi quando a agarraram.

Vestido e com a espada em mãos, Hollinster pulou pela janela. Ele não queria se arriscar a acordar seus pais ao sair pela porta da frente.

– Eu lhe agradeço, Sam. Caso viva, irei me lembrar disto.

Sam sorriu, mostrando seus dentes amarelados:

– Irei com você, mestre. Tenho um rancor ou dois para acertar com *sir* George! – os olhos brilharam de ódio, e ele mostrou um porrete com aspecto ruim.

– Venha, então. Vamos direto para a casa do suíno!

A antiga mansão de *sir* George Banway, na qual ele vivia sozinho, exceto por alguns servos com cara de mau e diversos outros comparsas, ficava a três quilômetros do vilarejo, próximo à praia, mas na direção oposta àquela tomada por Jack em sua caminhada no dia anterior. Uma casa portentosa, com algumas partes arruinadas; seus painéis de carvalho estavam manchados por causa da idade, e muitas histórias torpes eram contadas sobre ela. Entre os moradores do vilarejo, apenas arruaceiros e rufiões que gozavam da confiança do dono puderam colocar os pés lá dentro. Não havia muro de proteção, apenas uma cerca viva irregular e algumas árvores dispersas. Os charcos corriam para a parte de trás do quintal, e a frente trazia uma faixa de areia de praia que tinha por volta de 200 metros, que ficava entre a casa e a rebentação rasgada por pedras. As rochas que existiam bem diante da casa, à beira do mar, eram extraordinariamente altas, estéreis e rugosas. Dizia-se que havia cavernas inexploradas entre elas, mas ninguém sabia exatamente onde, pois *sir* George considerava aquela faixa de praia sua propriedade particular e tinha mania de dar tiros de mosquete em quem demonstrasse curiosidade de explorar o lugar.

Nenhuma luz aparecia na casa quando Jack Hollinster e seu estranho companheiro cruzaram os charcos úmidos. Uma fina neblina bloqueara a maioria das estrelas e, através dela, a grande casa negra assomava-se sinistra e agourenta, cercada pelos fantasmas curvados, que eram as árvores e as heras. Na direção do mar, tudo era velado em uma saia cinza, mas Jack chegou a pensar ter escutado o barulho abafado de uma corrente atracada. Ele se perguntou se um navio poderia ter ancorado além daquela linha venenosa da rebentação. O mar cinzento murmurava incansavelmente, como um monstro adormecido regurgita sem acordar.

– O fanfarrão, mestre... – Sam falou em um sussurro feroz. – Não tem luz acesa na casa, mas ele está lá!

Os dois seguiram juntos, em silêncio, até a grande casa escura. Jack pensou naquela quietude e na ausência de guardas. *Sir* George era tão seguro de si que não se dera ao trabalho de colocar sentinelas ou estas estavam dormindo em serviço? Hollinster forçou uma janela com cautela. Estava fechada com venezianas, que cederam com surpreendente facilidade. Enquanto se abriam, uma desconfiança cruzou sua mente como um relâmpago. Tudo aquilo estava fácil demais para ser verdade! Quando ele se virou, apenas deu tempo para ver o porrete já levantado nas mãos de Sam. Não havia tempo para arremeter ou abaixar. Contudo, mesmo naquele vislumbre fugaz da traição, ele percebeu o triunfo malévolo nos pequenos olhos sórdidos... Então, o mundo estourou à sua volta, e tudo se transformou em trevas plenas.

3. A morte caminha esta noite

Lentamente, Jack Hollinster retornou à consciência. Um rubor vermelho em seus olhos o fez piscar repetidamente. Sua cabeça doía, e aquele brilho machucava suas vistas. Ele as fechou, na esperança de que cessasse, mas, ao que parecia, a impiedosa radiação passava pelas pálpebras direto para dentro de seu cérebro latejante. Uma junção confusa de vozes chegou anêmica aos seus ouvidos. Ainda tentou levar a mão à cabeça, mas não podia se mover. Então, quando tudo retornou de uma vez, ele ficou pungente e plenamente desperto.

Seus pés e mãos foram amarrados com um aperto cruel, e ele estava deitado no chão úmido e sujo. O local era um amplo porão, com tonéis e barris atarracados e tambores pretos com aparência pegajosa. O teto ou o telhado do porão era bastante alto, apoiado em pesadas vigas de carvalho. Pendurada em uma dessas traves havia uma lanterna, da qual emanava o brilho avermelhado que feria seus olhos. Ela iluminava o lugar, mas deixava os cantos com sombras tremulantes. Um lance de escada com largos degraus de pedra chegava ao porão em uma extremidade e, na outra, um corredor escuro levava para fora dali.

Havia muitos homens no porão; Jack reconheceu os traços zombeteiros de Banway, o rosto bestialmente corado de bebida de Sam, dois ou três valentões que dividiam seu tempo entre a casa de *sir* George e a taverna do vilarejo. O resto, por volta de 10 a 12 homens, ele desconhecia. Eram todos, indubitavelmente, lobos do mar; homens peludos e bronzeados, com brincos, anéis de nariz e calças de alcatrão. Sua vestimentas eram bizarras e grotescas; alguns traziam bandanas coloridas na cabeça, e todos estavam armados até os dentes. Em evidência, apareciam cutelos com amplas guarnições de bronze, além de punhais com cabos cravejados e pistolas de prata. Esses homens jogavam dados, bebiam e praguejavam terrivelmente, e seus olhos brilhavam sob a luz da lanterna.

Piratas! Aqueles não eram homens do mar honestos e verdadeiros, com seu estranho contraste de elegância e rufianismo. De fato, trajavam calças de alcatrão e camisas de marinheiros, mas panos de seda circundavam suas cinturas; não usavam meias, e muitos tinham um aro pesado dourado que servia como brinco. Não havia uma única faca honesta de marinheiro entre eles; só caros punhais espanhóis e italianos. A falta de cerimônia, os rostos ferozes e o comportamento selvagem e blasfemo os rotulavam com a marca do comércio vermelho.

Jack pensou no navio que vira antes do crepúsculo e no som da corrente da âncora na neblina. Lembrou-se repentinamente do estranho homem, Kane, e pensou em suas palavras. Ele sabia que o navio era um bucaneiro? Qual sua conexão com aqueles homens impetuosos? Seu puritanismo seria uma mera máscara para esconder atividades sinistras?

Um homem que jovaga dados com *sir* George voltou-se subitamente em direção ao prisioneiro. Era alto, esguio, de ombros largos... O coração de Jack saltou para a boca. Depois diminuiu. Em um primeiro relance, chegou a pensar que o homem fosse Kane, mas agora via que o bucaneiro, embora tivesse constituição parecida com a do inglês, era sua antítese de todas as outras formas. Ele se vestia de forma escassa, mas cerimoniosa, ornado com um cinturão de seda, fivelas de prata e borlas douradas. Seu cinturão largo estava eriçado por cabos de punhais e coronhas de pistolas, cintilantes de joias. Um longo florete, resplandecente com gemas e detalhes dourados, jazia suspenso em uma bainha com arabescos trabalhados. De cada brinco dourado pendia um rubi brilhante de tamanho considerável, cujo fulgor rubro contrastava com aquela face sombria.

Tal face era magra, rapineira e cruel. Um chapéu vertical coroava a testa estreita, puxado para baixo, sobre esparsas sobrancelhas negras, mas não tão baixo a ponto de esconder a bandana de cores vivas. Na sombra do chapéu, um par de olhos frios e cinzentos dançava de forma temerária, com faíscas mutáveis de luz e sombra. Um nariz que parecia um bico pontiagudo se pendurava sobre a boca fina, cujo cruel lábio superior era adornado com longos bigodes caídos, bem parecidos com aqueles usados por mandarins Manchu.

– Ho! George, sua presa acorda – o homem rapineiro gritou com uma gargalhada atroz em meio às palavras. – Por Zeus, Sam, eu achei que você tinha dado a ele uma boa dose de descanso. Mas ele tem a cabeça mais dura do que pensei.

A tripulação de piratas interrompeu seus jogos para olhar de forma curiosa e trocista o prisioneiro. O rosto de *sir* George enegreceu, e ele apontou com seu braço esquerdo, mostrando a bandagem que aparecia pelas pregas da manga de seda.

–Você falou a verdade, Hollinster, quando disse que, em nosso próximo encontro, nenhum magistrado iria interferir. Só que agora, penso eu, é a sua pele podre que irá sofrer.

– Jack!

Mais profundo que os insultos de Banway, o som da voz aflita cortou como uma faca. Jack, com o sangue fervendo de ódio, torceu-se freneticamente e, girando o pescoço, teve uma visão que quase parou seu coração. Uma garota estava presa a um grande anel em um suporte de carvalho. Uma garota, ajoelhada no chão sujo e úmido, esforçava-se em direção a ele, seu rosto branco, os olhos meigos dilatados de medo, os cachos dourados bagunçados.

– Mary... Oh meu Deus! – os lábios angustiados de Jack explodiram.

Um coro brutal de gargalhadas seguiu-se à sua súplica.

– Façam um brinde ao adorável casal! – rugiu o capitão pirata alto, erguendo um drinque espumante. – Brindem aos amantes, rapazes! Parece-me que ele se ressente da nossa companhia. Gostaria de ficar a sós com a pequena meretriz, garoto?

– Seu porco de coração negro! – enraiveceu-se Jack, fazendo um esforço sobre-humano para ficar de joelhos. – Seus covardes, poltrões, infames, demônios pusilânimes! Deuses do inferno, se meus braços estivessem livres! Soltem-me, e vocês terão uma amostra da verdadeira hombridade! Soltem-me e atacarei suas gargantas suínas com as mãos nuas! Se não fizer cadáveres desses chacais, então que eu seja um escudeiro e um covarde!

– Judas! – falou um dos bucaneiros admirado. – O rapaz tem coragem mesmo. E que discurso fluido, macacos me mordam! Murche meu fígado, capitão, mas...

– Silêncio – interrompeu *sir* George brutalmente, pois seu ódio devorava o coração como um rato. – Hollinster, você desperdiça seu fôlego. Teve sua chance e falhou. Dessa vez, eu luto com armas que se encaixam melhor com o meu posto e estação. Ninguém sabe para onde você foi ou com qual finalidade. Ninguém jamais saberá. O mar já escondeu corpos melhores que o seu, e sumirá com outros ainda melhores depois que os seus ossos já tiverem virado limo no fundo do oceano. Quanto a você – ele virou-se para a garota horrorizada, que gaguejava pedidos de piedade –, vai morar comigo por um tempo, em minha casa. Neste mesmo porão, provavelmente. Então, quando tiver me cansado de você...

– É melhor já ter cansado dela da próxima vez que eu retornar, em dois meses – emendou o capitão pirata, com um tipo de jovialidade demoníaca. – Se tenho que levar um cadáver para o mar nesta viagem, e o diabo sabe quão maléfica é essa carga, eu preciso ter uma bela passageira da próxima vez.

Sir George sorriu amargamente.

– Que assim seja. Em dois meses, será sua. A não ser que ela prefira morrer antes do tempo. Você velejará logo antes do amanhecer com a desgraça vermelha que eu pretendo tornar Hollinster, envolto em uma lona, e afunde seus restos tão longe no oceano que jamais chegarão até a costa, embora poucos poderão reconhecer o cadáver depois que tiver terminado. Então, estamos entendidos... E, em dois meses, você pode retornar e levar a garota.

Enquanto Jack escutava aquela programação pavorosa e insensível, seu coração estremeceu dentro do peito.

– Mary, minha querida – falou baixinho –, como chegou até aqui?

– Um homem trouxe uma carta – ela suspirou, demasiadamente possuída pelo medo para falar mais alto. – Era escrita em uma caligrafia bastante parecida com a sua, com seu nome assinado. Dizia que você estava ferido e pedia que eu fosse até as rochas. Eu fui; esses homens me agarraram e trouxeram-me aqui por um longo e sinistro túnel.

– Como eu lhe disse, mestre – gritou o hirsuto Sam, com alegria exultante –, confie no velho Sam para enganá-los! E venha como um cordeiro! Oh, este foi um belo truque... E um raro tolo, também!

– Esperem – falou um pirata magro e lúgubre, evidentemente o primeiro imediato –, já é bastante perigoso tomar esse caminho para se livrar da pilhagem. E se encontrarem a garota aqui e ela contar o que sabe? Onde encontraremos um mercado deste lado do canal para a pilhagem do Mar do Norte?

Sir George e o capitão riram.

– Acalme-se, Allardine. Você sempre foi um patife melancólico. Eles pensarão que a meretriz e o rapaz fugiram juntos. O pai dela é contra ele, George diz. Nenhum dos moradores verá os dois novamente nem escutará falar deles, e jamais procurarão aqui. Você está deprimido porque estamos distantes do oceano. Tenha fé, homem, já não entrelaçamos o canal antes? Não se lembra de que levamos navios mercantes no Báltico, sob os narizes dos soldados?

– Pode ser – murmurou Allardine –, mas vou me sentir mais seguro quando essas águas ficarem para trás. Os dias da irmandade estão passando nesses locais. O melhor para nós é o Caribe. Sinto o infortúnio em meus ossos. A morte paira sobre nós como uma nuvem negra, e não vejo canal para atravessarmos.

Os piratas se moveram, irrequietos.

– Acalme-se, homem. Essa é uma conversa desagradável.

– O fundo do mar é uma cama ruim – respondeu o outro melancolicamente.

– Anime-se – riu o capitão, dando um sonoro tapa nas costas de seu colega desanimado. – Dê um gole no rum, e vamos brindar! Não há lugar mais sujo que a Praça de Execução, mas nós escapamos disso até aqui. Beba à noiva! Viva! À noiva de George e à minha, embora a pequena petulante não pareça alegre.

– Espere! – a cabeça do companheiro ergueu-se. – Esse não foi um grito abafado acima de nossas cabeças?

O silêncio caiu enquanto os olhos rolaram em direção as escadas, e os dedos sentiram furtivamente as beiradas das lâminas. Impacientemente, o capitão levantou seus poderosos ombros.

– Não escutei nada.

– Eu escutei. Um grito e uma carcaça caindo... Estou lhe dizendo, a morte está rondando esta noite...

Allardine – disse o capitão, com tensão contida, enquanto batia no gargalo de uma garrafa –, você está se tornando uma velha coroca, com medo das sombras. Dê um tempo! Já me desgastei alguma vez com medo ou preocupação?

– É melhor – respondeu o outro em reprimenda – você prestar mais atenção. Ainda mais, tendo um homem-lobo em seu encalço. Você aposta o pescoço dia e noite... Ah! Já se esqueceu da notícia que lhe foi enviada há dois anos?

– Bah! – o capitão gargalhou, levando a garrafa aos lábios. – A trilha é longa demais até mesmo para...

Um aspecto negro recaiu sobre ele, e a garrafa escorregou de seus dedos e espatifando-se no chão. Golpeado por uma premonição, o pirata empalideceu e voltou-se lentamente. Todos os olhos buscaram a escadaria de pedra no canto do porão. Ninguém havia escutado uma porta abrir ou fechar, mas ali, nos degraus, estava um homem alto, vestido de preto, exceto pela faixa verde brilhante na cintura. Sob pesadas sobrancelhas negras, sombreadas por um chapéu desmazelado, dois olhos gélidos brilhavam como gelo ardente. Cada mão portava uma pistola, engatilhada. Solomon Kane!

4. *A extinção da chama*

– Não se mova, Jonas Hardraker – disse Kane, com uma voz velada. – Não se mexa, Ben Allardine! George Banway, John Harker, Black Mike, Bristol Tom mantenham as mãos na frente do corpo! Que homem algum toque em sua espada ou pistola, para que não morra subitamente!

Havia por volta de 20 homens no porão, mas, naquelas duas focinheiras negras abertas diante deles, havia morte certa para pelo menos dois, e ninguém queria ser o primeiro a morrer. Então, ninguém se moveu. Somente Allardine, com sua face como neve sobre uma mortalha, resfolegou:

– Kane! Eu sabia! A morte está no ar quando ele está por perto! Eu disse a você quase dois anos atrás, quando ele lhe enviou a notícia, Jonas, e você riu! Avisei que ele vem como uma sombra e mata como um fantasma! Os peles-vermelhas nas terras novas são nada em termos de argúcia se comparados a ele! Oh, Jonas, você deveria ter me escutado!

Os olhos sombrios de Kane o congelaram, fazendo-o se calar.

– Você se lembra de mim de antigamente, Ben Allardine... Você me conhecia antes que a irmandade de bucaneiros se transformasse em uma gangue sangrenta de piratas degoladores. Eu tive assuntos com seu ex-capitão, como ambos nos lembramos, em Tortugas e novamente em Horn. Ele era um homem mau, a quem o fogo infernal sem dúvida devorou, e cujo fim eu apressei com um tiro de mosquete.

"Quanto à minha argúcia, é verdade que morei em Darien e aprendi algo sobre discrição, vida na mata e estratégia, mas seus piratas são suínos verdadeiramente fáceis de surpreender. Aqueles que vigiavam do lado de fora da casa não me viram, conforme eu vinha pela neblina espessa, e o valentão audaz, armado com espada e mosquete, guardando a porta do porão, não sabia que eu adentrara a casa; ele morreu repentinamente, apenas um curto guincho, como um porco perfurado."

Hardraker explodiu com uma imprecação furiosa.

– O que você quer? Por que está aqui?

Solomon Kane fitou-o com ódio frio e concentrado nos olhos; contudo, não era tanto o sentimento que podia gelar o sangue, mas sim a certeza desoladora do destino; uma indomável sede de sangue, que certamente seria satisfeita.

– Parte de sua tripulação já me conhece, Jonas Hardraker, a quem os homens chamam de Falcão do Mar – a voz de Kane era descolorida, mas um profundo sentimento sussurrava no fundo dela. – E você bem sabe por que eu o segui de Main até Portugal e de Portugal até a Inglaterra. Há dois anos, você afundou um navio no Caribe, o Coração Voador, egresso de Dover. Nele, havia uma jovem garota, filha de... Bem, não importa o nome. Você se lembra dela. O velho, pai da moça, era um amigo meu, e, muitas vezes, em anos passados, eu segurei a criança em meus joelhos... Criança que cresceu para ser despedaçada pelas suas mãos vis, seu demônio negro. Bem, quando o navio foi tomado, essa donzela caiu em suas garras e, logo após, morreu. A morte foi mais gentil para ela do que você. O pai dela, que soube do destino da filha pelos que sobreviveram ao massacre, enlouqueceu e permanece assim desde então. Ela não tinha irmãos; ninguém, a não ser o ancião. Ninguém poderia vingá-la...

– A não ser você, *sir* Galahad? – escarneceu o Falcão do Mar.

– Sim, eu, seu maldito porco infernal! – rugiu Kane inesperadamente.

O choque de sua poderosa voz atingiu os tímpanos, e os bucaneiros brutos empalideceram e recuaram. Nada é mais assustador ou terrível que a visão de um homem de nervos glaciais e controle férreo perdendo, repentinamente, as rédeas e se inflamando em uma explosão plena de fúria assassina. Por um breve momento, enquanto trovejava aquelas palavras, Kane foi uma imagem terrível da primitiva e incansável paixão encarnada. Então, a tempestade passou em um instante, e ele retornou ao seu perfil gélido, frio como aço, e calmo e letal como uma cobra. Um cano negro mirou diretamente no peito de Hardraker, enquanto o outro ameaçava o resto da gangue.

– Faça as pazes com Deus, pirata – disse Kane sem expressividade. – Mais um instante, será tarde demais.

Pela primeira vez, o pirata titubeou.

– Bom Deus – ele ofegou, com suor escorrendo de sua fronte –, você me abateria como um chacal, sem me dar uma chance?

– Eu o farei, Jonas Hardraker – respondeu Kane, sem um tremor na voz ou na mão de aço –, e com alegria no coração. Você não cometeu todos seus crimes sob o sol? Você não é um fedor nas narinas de Deus e uma nódoa preta nos livros dos homens? Você já poupou os fracos ou teve pena dos indefesos? Pois, agora, encolha-se diante de seu destino, covarde!

Com um esforço terrível, o pirata se recompôs.

– Por que eu me encolheria? Você que é covarde.

Ameaça e fúria somadas enevoaram os olhos frios de Kane, que pareceu retirar-se para dentro de si... Para muito além do contato humano. Ele se colocou ali, na escadaria, como uma chocante coisa inumana... Como um grande condor negro prestes a despedaçar e matar.

–Você é um covarde – prosseguiu o pirata, maquiavelicamente ousado, já que não era nada tolo, ao perceber que havia tocado em um acorde acessível no peito do puritano; o único ponto fraco na armadura de Kane: a vaidade. Embora jamais se vangloriasse, Kane tinha grande orgulho pelo fato de que, independentemente do que seus inimigos lhe diziam, nenhum homem nunca o chamara de covarde.

– Quem sabe eu mereça ser morto a sangue frio – prosseguiu o Falcão do Mar, observando-o atentamente. – Mas, se você não me der chance de me defender, os homens irão chamá-lo de poltrão.

– O louvor ou a culpa dos homens é vaidade – disse Kane, taciturno. – E os homens saberão se eu sou covarde ou não.

– Mas eu não! – gritou Hardraker triunfante. – E se você me abater, irei para a eternidade sabendo que é um bastardo, não importa o que os homens digam ou pensem do puritano!

No final, Kane, por mais fanático que fosse, ainda era humano. Ele tentou convencer-se de que não se importava com o que aquele desgraçado falara, mas, em seu coração, sabia que era muito vaidoso de sua coragem. Também sabia que, se aquele pirata morresse com um escárnio desdenhoso nos lábios, ele, Kane, sentiria a pontada pelo resto da vida. E sorriu sinistramente.

– Que assim seja. Você terá sua chance, embora o Senhor saiba que você nada merece. Diga quais são suas armas.

Os olhos do Falcão do Mar se estreitaram. A habilidade de Kane com a espada era lendária entre os selvagens párias e corsários que vagavam pelo mundo. Com pistolas, ele, Hardraker, não teria oportunidade para trapacear ou utilizar sua força férrea.

– Facas! – ele chicoteou, com um estalido vicioso de seus dentes brancos.

Kane olhou-o carrancudo por um momento. As pistolas sequer oscilaram; então, um sorriso frágil se espalhou em suas feições carregadas.

– Por mim, tudo bem; facas não são armas de um cavalheiro, mas, com uma, pode ser preparado um desfecho que não seja nem rápido nem indolor.

– Tirem suas armas – Hardraker disse aos piratas, que, mesmo de cara amarrada, obedeceram. – Agora, libertem a garota e o jovem.

Isso também foi feito, e Jack alongou seus membros anestesiados, sentiu o corte na cabeça, coberto de sangue coagulado, e tomou a lamentosa Mary em seus braços.

– Deixe a garota partir – Jack sussurrou.

– Ela nunca passaria pelos guardas do lado de fora – respondeu Solomon, balançando a cabeça.

Kane fez um sinal para que Jack ficasse na metade da escadaria, com Mary atrás de si. Ele deu a Hollinster as pistolas e, rapidamente, tirou o cinto de sua espada e a jaqueta, colocando ambos no degrau inferior. Hardraker deixava de lado suas várias armas, ficando apenas de calças.

– Vigie todos – murmurou Kane. – Vou cuidar do Falcão do Mar. Se algum outro tentar apanhar uma arma, atire rápido e certeiro. Se eu cair, suba a escada correndo com a garota. Mas meu cérebro está ardendo, com a chama azul da vingança, e eu não tombarei!

Os dois homens se aproximaram: Kane, sem chapéu e de camisa, e Hardraker, ainda com sua bandana, mas nu da cintura para cima. O pirata estava armado com um punhal turco longo, que segurava voltado para cima. Kane movimentava uma adaga à sua frente como se empunhasse um florete. Lutadores experientes, nenhum deles portava as lâminas apontando para baixo, da maneira usual, o que é pouco científico e inábil, exceto em casos especiais.

Foi uma cena estranha, um pesadelo iluminado pela lanterna gotejante na parede: o pálido jovem com as pistolas na escada e a garota encolhida atrás dele, as ferozes faces barbadas aneladas às paredes e seus olhos vermelhos brilhando com intensidade selvagem, o reluzir das fastidiosas lâminas azuis e duas figuras altas no centro, uma circulando a outra, enquanto suas sombras seguiam os movimentos, mudando e alternando conforme eles avançavam e cobriam terreno.

– Venha e lute, puritano – motejou o pirata, que, na sequência, recuou diante da aproximação firme, porém cautelosa de Kane. – Pense na meretriz, Quaker!

– Estou pensando nela, dejeto do purgatório – respondeu Kane sombriamente. – Há muitos fogos, verme, alguns mais quentes que outros... Quão mortalmente azuis as lâminas cintilam à luz da lanterna, mas, exceto os do inferno, todos os fogos serão extintos pelo sangue!

E Kane avançou com o salto de um lobo.

Hardraker bloqueou o ataque direto e, pulando para a frente, golpeou de cima para baixo com venenosa evisceração. Kane virou-se e defletiu a ofensiva da lâmina com dinâmico serpenteio de seus músculos de aço, mas o pirata recuou, saindo do seu alcance. Kane avançou com ímpeto descuidado; ele sempre era o agressor em qualquer batalha. Estocou como um raio, buscando o rosto e corpo de seu oponente e, por um instante, o pirata ficou ocupado demais, defendendo-se dos golpes assobiantes para lançar qualquer ataque próprio. Aquilo não podia durar; uma luta de facas é necessariamente curta e letal. A natureza das armas prevalece sobre qualquer longo jogo desenhado com a habilidade da esgrima.

De repente, Hardraker, vendo uma oportunidade, agarrou o punho de Kane que segurava a faca com uma pegada de ferro e, ao mesmo tempo, rasgou selvagemente, buscando a barriga. Kane, ao custo de um terrível corte na mão, apanhou o golpe em seu mergulho e deteve a lâmina a uma polegada do corpo. Por um momento, ficaram como duas estátuas, olhando nos olhos um do outro, exercendo toda a sua força.

Kane não se importava com seu estilo de luta. Ele tinha mais confiança na forma que era mais rapidamente mortal, ou seja, o estilo livre de combater: saltar e recuar, estocar e bloquear, estilo no qual a pessoa confia na rapidez de suas mãos, pés e olhos, e dava golpes abertos, assim como convidava a eles. Mas, já que era para ser um teste de força, então que assim fosse!

Hardraker começou a ter dúvidas. Ele jamais encontrara um homem que o igualasse em força bruta, mas agora estava de frente para aquele puritano, temperado como aço. Ele jogou toda sua força, que era imensa, nos punhos e nas poderosas pernas apoiadas. Kane mudou sua pegada na adaga para se adaptar à emergência. No início da enganchada, Hardraker havia forçado a mão da faca de Kane para cima. Agora, Solomon segurava sua lâmina equilibrada na altura do peito do pirata, com a ponta para baixo. Sua tarefa era forçar a mão que bloqueava seu punho até direcionar o punhal para o coração de Hardraker. A mão da faca do Falcão do Mar estava embaixo, o punhal voltado para o alto; ele buscava tensionar a mão presa de Kane e seu braço apoiado, até conseguir rasgar a barriga do puritano.

Então, lá permaneceram, homem a homem, até que os músculos de ambos inchassem em nós doloridos e o suor irrompesse de suas testas. As veias dilataram-se nas têmporas de Hardraker. A respiração assobiou aguda entre seus dentes crispados.

Durante um período, nenhum dos dois ganhou vantagem. Até que, lenta, mas decididamente, Kane começou a forçar Hardraker para trás. A mão fechada do homem não mudou em sua posição firme, mas todo o corpo do pirata começou a oscilar. Seus lábios finos se abriram em um sorriso ofegante de esforço sobre-humano, no qual não havia regozijo. Seu rosto era como o de uma caveira sorridente, e os olhos esbugalhavam para fora das órbitas. Inflexível como a morte, a força superior de Kane se afirmou. O Falcão do Mar curvou-se devagar, tal qual uma árvore cujas raízes são arrancadas e que cai lentamente. Sua respiração sibilou, enquanto ele lutava ferozmente para se firmar e recuperar o terreno perdido. Mas ele foi para trás e para baixo, passo a passo; depois do que pareceram horas, suas costas foram pressionadas contra uma mesa de carvalho, e Kane pairou sobre ele como um prenúncio da perdição.

A mão direita de Hardraker ainda segurava o punhal e a esquerda continuava fechada no punho de Kane. Mas Kane, segurando a ponta da adaga ainda para baixo, começou a descer a mão da faca. Era um trabalho lento e agonizante. As veias, com o esforço, se destacavam nas têmporas de Kane. Resilientemente, enquanto pressionava o Falcão do Mar contra a mesa, forçava também a lâmina para baixo. Os músculos saltavam e inchavam, como uma tortura de cabos de aço no braço do pirata, que era lentamente dobrado, mas a adaga continuava descendo. Às vezes, o Falcão do Mar conseguia parar seu curso impiedoso por um instante, mas era incapaz de forçá-lo para trás, uma fração que fosse. Ele empenhou desesperadamente sua mão direita, que ainda segurava o punhal turco, mas a mão esquerda ensanguentada de Kane a conteve como um torno de ferro.

Agora, a implacável ponta da lâmina estava a cinco centímetros do peito ofegante do pirata, e os olhos gélidos e mortais de Kane se equiparavam à frieza da lâmina azulada. A dois dedos daquele coração negro, a lâmina parou, contida pelo desespero do condenado. O que aqueles olhos distendidos estavam vendo? Havia um olhar vítreo, distante mesmo, embora as duas pupilas estivessem fixas na ponta da lâmina que, para elas, era o centro do universo. Mas, o que mais aqueles olhos viam? Navios afundando? Galeões que o mar negro bebeu e regurgitou? Cidades costeiras lambidas por chamas vermelhas, onde mulheres gritavam e que, em meio ao resplendor escarlate, figuras malditas saltavam e blasfemavam? Fumaça, flamas e ruínas, com silhuetas humanas penduradas no pátio das armas? Figuras contorcidas, que caíam de uma prancha colocada sobre trilhos, ou uma forma feminina de ar angelical, cujos pálidos lábios balbuciavam pedidos de piedade?

Da boca de Hardraker, além da baba nojenta, um terrível grito explodiu. A mão de Kane desceu, e a ponta da adaga afundou no peito do corsário. Na escadaria, Mary Garvin virou o rosto, pressionando-o contra a parede úmida para se esconder da visão, e tapou os ouvidos para interromper o som.

Hardraker soltou seu punhal, tentando libertar a mão direita para defender-se daquela lâmina cruel. Mas Kane a apertou como um torniquete. Contudo, ainda assim, o pirata contorcido não desistiu. Encarando a morte até o amargo fim, ele buscou fôlego, e Kane, enquanto cavoucava a ponta peito adentro, também a forçava para o fundo do coração, cada vez mais. A visão levou suor frio ao rosto dos espectadores, mas os olhos de Kane não vacilaram. Ele também pensava em um cais manchado de sangue e uma jovem e frágil garota que implorou por misericórdia em vão.

Os gritos de Hardraker cresceram insuportavelmente, e depois, diluídos, tornaram-se um guincho fino e terrível; não era o grito de um covarde com medo do escuro, mas o uivo cego e inconsciente de um homem em sua agonia depauperada. O cabo do punhal tocou seu peito, quando o grito mudou para um gorgolejo estrangulado e, por fim, cessou. Sangue explodiu dos lábios cinzentos do pirata, e o punho na mão esquerda de Kane amoleceu. Somente então os dedos da mão esquerda largaram a mão da faca de Kane, relaxados pela morte, contra a qual haviam lutado tão duramente.

O silêncio jazia como uma mortalha sobre todos. Kane libertou seu punhal, e um fio de sangue escorreu vagarosamente até estancar. O puritano açoitou mecanicamente a lâmina no ar, para limpar as gotas vermelhas que se agarravam ao aço, e, sob a luz da lanterna, pareceu a Jack Hollinster que a arma brilhava como uma chama azul, uma chama esfriada bruscamente em escarlate.

Kane alcançou seu florete. Naquele instante, Hollinster, saindo do estado de transe, viu que Sam erguia furtivamente uma pistola e mirava o puritano. Visão e ação foram uma só. Ao estampido do tiro de Jack, Sam gritou e caiu para trás, com sua pistola explodindo no ar. Ele tinha se agachado diretamente sob a lanterna. Quando foi arremessado, em seus espasmos de morte, a coronha da pistola acertou a lanterna e a despedaçou, mergulhando o porão na mais completa escuridão.

Instantaneamente, as trevas explodiram em som estridente e blasfemo. Barris foram virados e homens caíram uns sobre os outros, praguejando do fundo da alma. O aço colidiu, e as pistolas estalaram quando os marujos as encontraram, com mãos tateantes, e atiraram ao acaso. Alguém uivou profanamente quando uma das balas cegas encontrou seu alvo. Jack trazia a garota no braço, meio abrindo caminho, meio carregando-a escadaria acima. Ele escorregou, tropeçou, mas chegou ao topo e abriu a pesada porta. A luz tênue, que a abertura permitiu entrar, mostrou-lhe um homem bem atrás dele e uma sombria inundação de silhuetas escalando os degraus mais baixos.

Hollinster girou a outra pistola, ainda carregada, mas então o puritano falou: – Sou eu, Kane, jovem senhor. Saia rápido com a garota.

Hollinster obedeceu, e Kane, saltando para fora logo depois dele, virou-se e bateu a porta de carvalho na cara da horda barulhenta que surgia de baixo. Ele colocou uma trava forte em seu lugar e deu um passo para trás, olhando com satisfação para o seu trabalho. Lá dentro, gritos abafados, batidas e tiros podiam ser escutados. Em alguns lugares, a madeira da porta fazia protuberâncias para fora após as balas acertarem o lado de dentro, mas nenhuma delas atravessou inteiramente os painéis grossos e duros.

– E agora? – perguntou Jack, voltando-se para o alto puritano. Ele reparou, pela primeira vez, que uma figura bizarra jazia aos seus pés, um pirata morto com brincos e bandana colorida, com a espada e mosquete inúteis ao seu lado. Sem dúvida, era a sentinela, cuja vigília a espada de Kane havia silenciosamente terminado.

Com o pé, o puritano empurrou o cadáver para o lado e fez um sinal para que os dois amantes o seguissem. Mostrou o caminho até um lance curto de escada de madeira, descendo por um corredor escuro, até chegar a uma câmara, onde ele parou. O local estava iluminado por uma vela grande sobre a mesa.

– Espere aqui um pouco – ele solicitou. – A maior parte dos desgraçados está presa lá embaixo, mas há guardas lá fora, cinco ou seis deles. Eu me esgueirei por entre eles quando vim, mas agora a Lua saiu, e temos de ser cautelosos. Vou olhar pela janela e ver se consigo perceber algo.

Deixado sozinho na grande câmara, Jack olhou para Mary com amor e piedade. Aquela teria sido uma noite frenética para qualquer garota. E a pobre moça jamais fora acostumada a violência ou tratamento bruto. Seu rosto estava tão pálido, que Jack se perguntou se a cor voltaria um dia para aquelas bochechas, outrora rosadas. Seus olhos estavam esbugalhados e com aspecto assombrado, embora demonstrassem confiança quando ela olhava para o seu amor.

Jack tomou-a gentilmente nos braços.

– Mary, garota... – começou a dizer ternamente, quando ela, ao olhar por cima dos ombros dele, gritou aterrorizada logo após o ranger de um ferrolho enferrujado.

Hollinster virou-se. Uma abertura preta se destacava da parede onde, anteriormente, havia apenas um dos painéis da casa. E lá estava *sir* George Banway, os olhos queimando, vestes desgrenhadas e a pistola apontada.

Jack jogou Mary para o lado e sacou sua arma. Os dois tiros saíram juntos. Hollinster sentiu a bala cortar a pele de sua face como navalha afiada e pedaços de pano voaram da camisa de *sir* George. Com um soluço ofegante, Jack caiu praguejando e, enquanto ele se virava para a garota horrorizada, Banway recuou novamente. Ele bebia o ar em grandes goles, como se tivessem removido seu fôlego, mas não parecia ferido nem havia marca de sangue em seu corpo.

Espantado, pois sabia que a bala havia atingido o rival em cheio, Jack ficou atordoado, segurando a pistola fumegante, até que *sir* George acertou-o com um soco. Hollinster levantou-se, enraivecido, mas, em um segundo, Banway agarrou a garota, arrastando-a brutalmente para dentro da abertura e fechando o painel secreto atrás de si. Solomon Kane retornou o mais rápido que suas pernas longas podiam levá-lo, mas encontrou Hollinster delirando e esmagando seus punhos nus contra uma parede lisa.

Algumas poucas palavras se intercalaram com blasfêmias selvagens e ardentes autocensuras, e deram a Kane um parecer da situação.

– A mão de Satã está sobre ele – gritou o jovem desvairado. – Atirei em cheio em seu peito, mas ele não sofreu nada! Oh, tolo e imbecil balbuciante que eu sou... Fiquei ali, como uma estátua, em vez de investir contra ele com o cano da espingarda como um porrete. Fiquei lá, cego e tolo, enquanto ele...

– Que tolo eu sou por não ter pensado que esta casa poderia ter passagens secretas. Claro que essa porta secreta leva ao porão. Mas fique calmo – disse Kane, ao ver que Hollinster queria atacar o painel com o cutelo do pirata morto que ele havia trazido. – Mesmo se abrirmos a passagem secreta e entrarmos no porão por esse caminho, ou voltarmos pela porta com a trava, eles atirarão em nós como coelhos. Agora, fique calmo por um instante e me escute!

"Você viu aquele acesso escuro que conduz para fora do porão? Bem, acho que deve ser um túnel interligado às pedras que ficam ao longo da costa. Banway há muito tem relações com contrabandistas e piratas; entretanto, espiões nunca viram nenhum fardo ser carregado para dentro ou para fora da casa. Assim, conclui-se que deve haver um túnel conectando o mar ao porão. Por consequência, esses vilões, aliados de *sir* George, que jamais poderá morar na Inglaterra após esta noite, correrão para o navio pelo túnel. Iremos pela praia e os encontraremos quando saírem."

– Então, em nome de Deus, vamos nos apressar! – implorou o jovem, limpando o suor frio de sua fronte. – Uma vez naquele navio demoníaco, jamais recuperaremos Mary!

– Sua ferida está sangrando novamente – murmurou Kane com um olhar preocupado.

– Não importa; em frente, pelo amor de Deus!

5. *Para a aurora eu vou...*

Hollinster seguiu Kane, que correu para abrir a porta dianteira e saiu. Acima da neblina evanescida, a luz da Lua mostrava as pedras negras da praia a 200 metros de distância e, além delas, o navio longo abaixo, com aspecto carregado, ancorado atrás da rebentação. Dos guardas do lado de fora da casa, não havia sinal. Se escutaram a barulheira lá dentro e fugiram, se receberam algum tipo de comando ou se simplesmente tinham ordens de retornar à praia a determinada hora, Kane e Jack jamais saberiam. Eles não viram ninguém. Ao longo da praia, as rochas escuras e sinistras, como casas irregulares, escondiam o que quer que estivesse acontecendo entre a areia e o mar.

A dupla apertou o passo, seguindo adiante.

Kane não demonstrava sinais de que tinha acabado de sair de um terrível enlace de vida e morte. Parecia feito de molas de aço, e uma arrancada de 200 metros não teve efeito algum em seu fôlego nem em seus nervos. Mas Hollinster cambaleava enquanto corria. Estava fraco por causa das preocupações, da excitação e da perda de sangue. Somente seu amor por Mary e uma firme determinação o mantinham de pé.

Já perto das rochas, o som de vozes ferozes instilou cuidado aos movimentos de ambos. Hollinster, beirando o delírio, ameaçou saltar por cima das rochas e cair sobre quem quer que estivesse do outro lado, mas Kane o refreou. Juntos, se esgueiraram e, deitados de barriga em uma saliência, olharam para baixo.

A claridade do luar revelou aos observadores que os bucaneiros a bordo do navio preparavam-se para zarpar.

Abaixo dos dois, havia dois grupos de homens. Um bote cheio de tratantes já se afastava em direção ao navio, ao passo que outra parte do bando aguardava com impaciência em seu barco, descansando sobre os remos, enquanto dois líderes discutiam na areia. Era evidente que a fuga do túnel aconteceu sem desperdício de tempo. Se *sir* George não tivesse parado para apanhar a garota, ato em que a sorte ficou ao seu lado, todos os piratas já estariam a bordo. Os observadores puderam ver uma pequena caverna, que era a boca do túnel, revelada por um enorme pedregulho rolado para trás.

Sir George e Ben Allardine travavam, cara a cara, um acalorado debate. Mary, com as mãos e tornozelos amarrados, jazia aos pés de ambos. Àquela visão, Hollinster ameaçou se levantar mais uma vez, mas o pulso firme de Kane o manteve quieto por ora.

– Vou levar a garota a bordo –zangou-se Banway, aumentando a voz.

– E eu digo não! – foi a resposta ríspida de Allardine. – Nenhum bem virá disso! Veja! Hardraker está estirado em seu sangue no porão neste instante por causa de uma garota! Mulheres atiçam problemas e conflitos entre os homens... Traga a meretriz a bordo, e nós teremos uma dúzia de gargantas cortadas antes de nascer o Sol! Corte o pescoço dela aqui, insisto, e...

Ele tentou apanhar a garota. *Sir* George empurrou a mão do pirata e sacou seu punhal, mas Jack não viu aquele movimento. Livrando-se de Kane, Hollinster levantou-se e saltou temerariamente da saliência. Ao verem-no, os piratas no bote ficaram em pé e gritaram e, evidentemente pensando que estavam sendo atacados por um grupo grande, começaram a remar, deixando seu colega e patrão para lutarem sozinhos.

Hollinster, batendo o pé na areia macia, agachou-se devido ao impacto, mas imediatamente se ergueu e investiu contra os dois homens que estavam pasmos, observando-o. Ao se desviar do ataque, Allardine tropeçou e caiu, batendo em uma pedra, tendo o crânio rachado antes de sequer conseguir levantar seu aço. Então, *sir* George bloqueou o segundo golpe feroz de Jack.

Um cutelo é desajeitado e inadequado para esgrima ou uma luta inteligente. Jack provou sua superioridade sobre Banway com a lâmina reta e leve, mas não tinha o costume de usar uma arma pesada e curva, sem contar o ferimento sangrando e o desgaste. Banway, por sua vez, estava descansado.

Ainda assim, por alguns momentos, Jack manteve o nobre na defensiva pela fúria absoluta de sua arremetida... Então, apesar de seu ódio e determinação, ele começou a se enfraquecer. Banway, com um sorriso cruel e frio em seu rosto perverso, o feriu uma vez e depois novamente, no rosto, no peito e na perna. Não eram feridas profundas, mas arranhões doloridos, os quais, sangrando, contribuíam para o estado geral de fraqueza.

Sir George fintou-o com rapidez e armou o bote para sua estocada definitiva. Seu pé, porém, escorregou na areia traiçoeira; ele perdeu o equilíbrio, golpeou ferozmente e ficou vulnerável. Jack, vendo tal oportunidade com seus olhos cegos de sangue, jogou toda a energia que lhe restava em um último e desesperado esforço. Ele avançou e golpeou lateralmente, o gume afiado colidindo contra o corpo de *sir* George, entre a axila e o quadril. Aquele golpe deveria ter atravessado as costelas e chegado até o pulmão, mas, em vez disso, a lâmina se espatifou como vidro. Jack, abismado, recuou, e o cabo inútil caiu de sua mão carente de vigor.

Sir George recuperou-se e atacou com um urro selvagem de triunfo. Mas, no instante em que a lâmina cantou no ar, diretamente contra o torso indefeso de Jack, uma grande sombra caiu entre eles. O ataque de Banway foi defletido com incrível facilidade.

Hollinster, arrastando-se para longe como uma cobra, com a coluna machucada, viu Solomon Kane avolumar-se como uma nuvem negra sobre *sir* George Banway, enquanto o longo florete do puritano, inexorável como a ruína da morte, forçou o nobre a recuar, bloqueando os golpes desesperadamente.

Sob a luz do luar que congelava as rápidas lâminas em arcos prateados, Hollinster assistiu àquela luta, enquanto se inclinava sobre a garota desmaiada e tentava, com suas mãos débeis e ineptas, desamarrá-la. Ele escutara sobre a notável esgrima de Kane e, agora, teria a oportunidade de ver isso à sua frente.

Amante de espadas como era, porém, viu-se desejando que Kane enfrentasse um inimigo mais digno.

Embora *sir* George fosse um bom espadachim e feito fama como duelista mortal nas redondezas, Kane meramente brincava com ele. Além de altura, peso, força e alcance, Kane tinha também outras vantagens: habilidade e velocidade. Pois, apesar de todo o seu tamanho, era mais veloz que Banway. Quanto à habilidade, o nobre era novato em comparação ao oponente. Kane lutava com economia de movimentos e uma falta de calor que roubava de seu jogo certo brilhantismo. Ele não efetuava bloqueios espetaculares ou longas investidas de tirar o fôlego, mas cada deslocamento seu era preciso; jamais se colocava em situação difícil e nunca se excitava: uma combinação de aço e gelo. Na Inglaterra e no continente, Hollinster havia visto combatentes mais chamativos e chispantes do que Kane, mas, enquanto observava, percebeu que jamais vira alguém que fosse tão tecnicamente perfeito, habilidoso e mortal quanto o puritano alto.

Parecia-lhe que Kane poderia ter transfixado seu adversário no primeiro movimento, porém não era essa sua intenção. Ele se mantinha próximo, sua ponta sempre ameaçando o rosto do outro e, já que ele sempre mantinha o nobre na defensiva, falava em um tom calmo e sem ardor, jamais perdendo controle nem por um segundo, como se língua e braço trabalhassem independentes.

– Não, não, jovem senhor, não deve deixar o peito aberto. Vi a lâmina de Jack se despedaçar na sua lateral e não vou arriscar o meu aço, por mais forte e flexível que ele seja. Bem, bem, não se envergonhe, senhor; também já usei uma cota de aço sob a camisa na minha época, embora eu tenha a impressão de que a sua é duas vezes mais forte, a ponto de resistir a uma bala à queima roupa. Entretanto, o Senhor, em sua justiça infinita e misericórdia, criou os homens de forma que seus pontos vitais não ficassem todos trancados no peito. Achei que fosse mais habilidoso com o aço, *sir* George; envergonho-me em matá-lo, mas, bem... Quando um homem pisa em uma cobra, ele não pergunta o tamanho dela.

Essas palavras foram ditas de maneira séria e sincera, e não em tom sardônico. Jack sabia que a intenção de Kane não era fazer zombarias. *Sir* George empalidecia, e seu matiz ficava acinzentado sob o luar. Seu braço doía de esgotamento e pesava como chumbo; ainda assim, aquele titã o pressionava mais do que nunca, anulando os mais desesperados esforços do homem com facilidade sobre-humana.

De repente, a face de Kane ficou soturna, como se tivesse a tarefa desagradável de fazer algo, o qual deveria cumprir rapidamente.

– Basta! – ele gritou com sua voz profunda e brilhante, que estremeceu e congelou os que a escutaram. – Esse é um ato vicioso... Que ele seja consumado rápido!

O que veio a seguir foi célere demais para os olhos acompanharem. Hollinster jamais tornaria a duvidar que a lâmina de Kane podia ser excelente quando ele queria. Jack captou um breve relâmpago de uma finta na coxa; um repentino turbilhão cegante de aço polido e *sir* George Banway caiu morto aos pés de Solomon Kane, sem espasmos. Uma leve trilha de sangue verteu de seu olho esquerdo.

– Através do globo ocular e para dentro do cérebro – disse Kane, carrancudo, limpando a ponta da arma, na qual brilhava uma única gota de sangue. – Ele não soube o que o atingiu e morreu sem dor. Que Deus permita que todas as mortes sejam assim tão fáceis. Mas meu coração está pesado em meu peito, porque ele era pouco mais que um jovem, embora maligno, e não se equiparava à minha habilidade com a espada. Bem, o Senhor julgará nós dois no Dia do Juízo Final.

Mary chorava nos braços de Jack, recuperada de seu desfalecimento. Uma estranha incandescência se espalhava pela terra, e Hollinster escutou um estalido peculiar.

– Olhe! A casa está queimando!

Flamas saltitavam do telhado negro da mansão de Banway. Os piratas em fuga atearam o fogo que, agora descontrolado, turvava a Lua. O mar reluzia como se estivesse coagulado, e o navio pirata, que partia para o alto mar, velejava no horizonte escarlate, com suas velas refletindo o brilho vermelho.

– Ele navega em um oceano de sangue! – bradou Kane, com toda a superstição latente e poesia despertadas nele. – Navega em coágulos e suas velas estão tingidas de sangue! Morte e destruição o seguirão, e o inferno virá logo depois! Vermelha será sua ruína e negro o seu destino!

Com uma repentina mudança de humor, o fanático virou-se para Jack e a garota.

– Costuraria e enfaixaria seus ferimentos, garoto – disse com gentileza –, mas acho que não são tão sérios, e ouço o barulho de muitos cascos além da charneca; seus amigos em breve estarão aqui. Do trabalho penoso advém força, paz e felicidade, e talvez os caminhos de vocês dois sigam diretamente nessa direção após essa noite de horror.

– Mas quem é você? – perguntou a garota, segurando-o. – Não sei como agradecê-lo...

– Você já me agradeceu, pequena – respondeu o estranho. – Já é suficiente ver que você está bem e fora de perigo. Que ambos prosperem, casem e tenham filhos fortes e filhas doces.

– Mas quem é você? De onde veio? O que busca? Qual caminho seguirá?

– Sou um homem sem terra – uma expressão estranha, intangível e quase mística reluziu em seus olhos gelados. – Saí do ocaso e rumo para a alvorada, vou para onde o Senhor guiar meus pés. Eu busco a salvação da minha alma, talvez. Vim para cá seguindo a trilha da vingança. Agora devo partir. O amanhecer não tarda, e não quero que ele me encontre parado. Pode ser que não os veja mais. Meu trabalho aqui acabou; a longa trilha vermelha terminou. O homem sanguinário está morto, mas há outros homens sanguinários e outras trilhas de vingança e retribuição. Executo a vontade de Deus. Enquanto o mal florescer e os injustos se enfileirarem, enquanto homens forem perseguidos e mulheres molestadas, enquanto coisas fracas, humanas ou animais, forem maltratadas, não haverá descanso para mim sob o céu nem paz em qualquer mesa ou cama. Adeus!

– Fique! – Jack gritou, levantando-se, as lágrimas vertendo de seus olhos.

– Por favor, espere, senhor! – chamou Mary, estendendo seus braços brancos.

Mas a silhueta alta havia desaparecido na escuridão, e nenhum som veio da direção que seguira.

Apêndice

Cartas

De: Dr. I. M. Howard
Para: H. P. Lovecraft,
29 de junho de 1936

Sr. H. P. Lovecraft
66 College Street
Providence, R.I.

Meu caro sr. Lovecraft:

É bem possível que o senhor já tenha escutado por alguma outra fonte sobre a morte de meu filho, Robert E. Howard. Se não, devo dizer que, após três semanas de zelo vigilante ao lado do leito de sua mãe, na manhã de 11 de junho de 1936, às oito horas, ele saiu de casa, entrou em seu carro parado na frente da garagem, levantou as janelas e deu um tiro na cabeça. A cozinheira que estava perto da janela, na parte de trás da casa, o viu entrar no carro. Pensou que ele iria dirigir até a cidade, como de costume. Quando escutou o som abafado da arma e o viu cair sobre o volante, ela correu para chamar o médico, na sala de jantar, que tomava uma xícara de café e conversava comigo. Corremos para o carro e, a princípio, quando o encontramos, pensamos que estivesse morto – ele atirou logo acima da sua têmpora, mas a bala atravessou o cérebro e saiu do lado oposto, logo acima e atrás da orelha esquerda –, mas ele se manteve vivo por oito horas, sem, porém, recobrar a consciência.

Eu observava Howard, sabia que premeditava isso, mas não pensei que se mataria antes de sua mãe morrer. Ela já estava em coma há muitas horas quando isso aconteceu. Havia duas enfermeiras treinadas na casa, e médicos estavam lá o tempo todo. Ele não perguntou a um médico nem a mim, mas perguntou a uma enfermeira se ela acreditava que sua mãe voltaria a recuperar a consciência para conseguir reconhecê-lo, e a enfermeira disse que achava que não. Eu não sabia disso. Se soubesse, poderia ter me prevenido, porque sei agora que o tolo se decidiu para não ter que ver a mãe morrer.

Em março passado, um ano atrás, quando sua mãe estava muito doente no Hospital King's Daughters, em Temple, Texas, o doutor McCelvey manifestou o temor de que ela não se recobraria. Howard começou a falar comigo sobre seu negócio, e eu imediatamente compreendi o que aquilo significava. Conversei com ele, tentando dissuadi-lo de tal curso, mas sua mãe começou a melhorar. Imediatamente, após a melhora dela, ele ficou animado e não se falou mais no assunto. Novamente, este ano, em fevereiro, sua mãe estava mal e não esperava viver mais que alguns dias. Na ocasião, ela estava no Shannon Hospital, em San Angelo, Texas, que fica a mais ou menos a 160 quilômetros de casa. Todos os dias, ele ia até lá e voltava para casa. Certa noite, disse-me que eu encontraria todos os seus negócios, o pouco que havia, cuidadosamente escritos em um grande envelope em sua mesa. Mais uma vez, implorei para que não fizesse aquilo, mas ele não tinha a intenção de viver após a partida de sua mãe.

Com o passar dos meses, sua mãe mostrou alguma melhora. Ele aceitou a condição dela como uma melhora permanente e que iria continuar. Eu bem sabia que não seria assim, mas nada lhe disse. Duas semanas antes de morrer, quando ela começou a declinar rapidamente, eu vi uma terrível preocupação recair sobre ele. Eu o seguia, observando atentamente, mas não achei que fosse fazer algo até que sua mãe tivesse partido.

Nisso eu estava enganado, porque ele jamais teve intenção de ver sua mãe morrer. Uma noite antes de sua morte, ele assumiu uma atitude quase alegre, parecendo estar muito interessado em tomar conta de mim, como se tivesse intenção de assumir a liderança da casa. Ele veio até mim no meio da noite, abraçou-me e disse: "Anime-se, você vai conseguir superar isso tudo". Ele me desarmou completamente sobre a intenção de sua morte, mas eu bem sabia o que esperar depois. Ele morreu sem mostrar o mínimo sinal de retorno de consciência, às quatro horas da tarde, do dia 11 de junho de 1936. Sua mãe durou 31 horas, sem jamais recobrar a consciência.

Enterrei os dois no cemitério Greenleaf, em Brownwood, Texas, depois de escolher caixões idênticos. Uma semana antes do ocorrido, ele comprara uma sepultura, que fica no lado restrito do cemitério. A compra incluía a manutenção perpétua.

Quando comprou o lote, ele foi conversar com o coveiro; queria saber se o contrato era genuíno e quem se encarregaria de cuidar. Disse ao coveiro: "Eu quero saber se o lote será mantido em ordem. Meu pai e eu iremos embora e nunca mais retornaremos". O sr. Brass, o coveiro, ficou impressionado e pensou que partiríamos para sempre; Robert sabia que o choque poderia me matar. Ele foi cuidadoso ao manter enfermeiras e médicos à minha volta, mas, sem dúvida, pensou que eu morreria em consequência do choque, o que estava indicado nas últimas frases que ele escreveu. Essas linhas foram encontradas em um pedaço de papel dobrado em seu bolso, após ele dar um tiro em si próprio. As linhas diziam:

Tudo fugiu... Tudo acabou, então levante-se sobre a pira...
O banquete acabou, e as lâmpadas expiram.

Não sei se essas palavras eram uma citação ou originais, mas foram escritas, sem dúvida, pouco antes de sua morte.

Não sei o que se passou na sua mente. Tenho tentado interpretar isso como sendo o fim de toda a família, o banquete de trinta anos de amor em nosso lar. Robert me amava com um amor que era lindo. Ele adorava a minha companhia, acima da de todos, e sempre que a oportunidade era possível, passava seu tempo comigo. Como sou um médico de campo e praticando medicina em um país comparativamente mal resolvido, eu ficava longe de casa a maior parte do tempo, mas, quando podia estar em casa, passávamos horas agradáveis em discussões de homens, falando sobre mulheres, animais, vida ao ar livre e aventura, além de histórias dos homens das fronteiras do passado e coisas assim. Ele era um grande leitor. Deixava-me muito feliz sentar-me ao seu lado e escutá-lo. Pela leitura, ele adquiriu grande conhecimento de história e de coisas que eu jamais soube. Para não preocupá-lo mais com esta, irei encerrar, mas direi em minha conclusão, sr. Lovecraft, que Robert era um grande admirador do seu trabalho. Escutava-o dizer com frequência que você era o melhor escritor sobrenatural do mundo, e ele, de fato, adorava se corresponder com você. Sempre expressava a esperança de que você um dia viesse visitá-lo, de forma que ele, sua mãe e eu pudéssemos vê-lo e conhecer sua personalidade. Robert valorizava todos os escritores do sobrenatural, e eu sempre o escutava falar com respeito sobre eles separadamente e manifestar sua mais alta consideração por todos. Disse-me que eles eram grandes homens e que os admirava bastante.

A Howard Payne College, de Brownwood, pediu-me cartas de correspondentes. Se o senhor estiver de acordo, darei a eles parte de sua correspondência com Robert, já que mantinha algumas em seus arquivos, e eles têm interesse nessas cartas.

Os livros que já foram entregues a Howard Payne College farão parte do acervo do Memorial Robert E. Howard. O acordo para ampliar a coleção foi feito de modo que se possam adicionar obras de seus amigos. Se você tiver algum livro que gostaria de adicionar ao acervo, com um autógrafo, será muito apreciado.

Atenciosamente seu,

Dr. I. M. Howard
Enviarei a você um maço de papéis
que contêm o total de tudo isso.

De: Robert E. Howard
Para: August Derleth,
9 de maio de 1936

Caro sr. August:

Sinto muitíssimo por saber sobre as mortes em sua família. A morte dos mais velhos é inevitável, mas, de algum modo, sinto com frequência que ela é uma tragédia maior que a morte dos jovens. Quando um homem morre jovem, ele deixa de sofrer, mas os velhos só têm a vida como posse e, para mim, o despedaçar de dedos fracos e piedosos é mais trágico que o ato de pilhar uma vida em sua plenitude. Não quero viver para envelhecer. Quero morrer quando a minha hora chegar, rápida e repentinamente, no auge de minhas forças e saúde.

Muito obrigado por "Retreat to Nature". Você colocou em palavras, vividamente e de forma poderosa, o que tentei dizer, em minha maneira vacilante, dezenas de vezes, ao escárnio de vários aspirantes a sofisticados. Irei manter seu artigo à mão e esfregá-lo no rosto deles, em vez de, como já imaginei antes, lhes acertar a cabeça com uma barra de ferro. Sempre me deu certa raiva ver algum espertalhão dizendo "Derrotismo!", quando ele próprio, pessoalmente, não se importa em fazer. Admito que raramente comungo com a natureza; somente caminho pelas matas quando busco um respiro do doce brilho da Lua. Embora tenha sido criado no campo, minha ignorância sobre árvores, animais, etc. é perturbadora até mesmo para mim. Mas admito, de coração, ter afinidade com o primitivo, e tenho o mais puro respeito pelos amantes e intérpretes da natureza. Para o inferno com psicólogos e psicanalistas criados nas cidades, e todos os outros imbecis que a nossa civilização podre deu à luz. Por tanto tempo, eles têm vivido entre concreto e telhas que se esqueceram de sua origem. Eles precisam sair antes que o Sol nasça e caminhar descalços na grama pela manhã, apenas para ter uma experiência diferente. Certa vez, escrevi uma rima na qual tentei expressar esse ressentimento:

You have built a world of paper and wood.
Culture and cult and lies;

Has the cobra altered beneath its hood,
Or the fire in the tiger's eyes?
You have turned from valley and hill and flood,
You have set yourselves apart,
Forgetting the earth that feeds the blood
And the talon that finds the heart.
You boast you have stilled the lustful call
Of the black ancestral ape,
But life, the tigress that born you all
Has never changed her shape.
And a strange shape comes to your faery mead,
With a fixed black simian frown,
But you will not know and you will not heed
*Till your towers come tumbling down.**

Esqueci o resto, mas isso não importa. Fico feliz em saber de todas as suas vendas e dos livros publicados. Não escrevo uma história estranha há quase um ano, mas tenho pensado em uma que fala sobre a expedição de Coronado às Planícies Staked, em 1541. Um bom tema, se conseguir desenvolvê-lo.

Gostei bastante do seu *Lesandro's familiar*. Foi a melhor narrativa da edição, talvez até notável. Fiz como o poema de Smith e de Kramer. Ignore minha vindoura *Black Canaan*. Começa como uma boa história, passada na verdadeira Canaã, que fica entre a Enseada Tulipa e o Rio Ouachita, no sudoeste do Arkansas, terra natal dos Howard, mas eu cortei tanto de sua visceralidade, em resposta a pedidos editoriais, que, em sua forma de publicação, ela não se parece com o tema original, tecido em torno do misterioso Kelly, o Conjurador, que foi um personagem real nos anos 1870: um gigante de ébano com anéis de

*Vocês construíram um mundo de papel e madeira. / Cultura, culto e mentiras; // A cobra muda por baixo da sua pele, / Ou o fogo nos olhos do tigre? / Vocês rotaram dos vales, colinas e cheias, / Vocês se afastaram, / Se esquecendo da terra que alimenta o sangue / E a garra que encontra o coração. / Vocês dizem que acalmaram a lascivia / Do antigo macaco negro ancestral, / Mas a vida, a tigresa que pariu a todos / Nunca mudou sua forma. / E o seu doce mel toma uma forma estranha, / Com uma firme fronte simiesca, / Mas você não saberá e não prestará atenção / Até que as suas torres venham abaixo. (N.T.)

cobre nas orelhas e o dom da magia, que, em uma noite escura, veio de lugar nenhum e desapareceu quando as corujas piavam nos ciprestes e o vento murmurava em meio à cabana dos negros.

Obrigado pela fotografia. Gostei. Você tem um tipo de sorriso de combatente com um humor sombrio, como se tivesse acabado de nocautear um crítico diante de uma parede de tijolos. Estou retribuindo ao anexar a minha última foto.

Cordialmente,
Bob

P.S.: Você pode ver a copeira a oeste da janela da cozinha; acredito que ela faz o melhor julepo do mundo. Meu método de fazer julepos de hortelã é pouco convencional, mas me satisfaz, e não tento agradar a mais ninguém, como certa vez um cidadão de Kentucky disse profanamente ao criticar minha técnica. Acho que um pouco de hortelã amassada no uísque e certos tipos de *highballs* dão bastante sabor ao amargo.

Solomon Kane – o filme

Há bastante tempo já se cogitava levar para as telas de cinemas outro herói de Robert E. Howard, na ânsia de repetir o sucesso meteórico dos dois filmes de Conan, estrelados por Arnold Schwarzenegger. Outras tentativas foram feitas com os personagens Sonja e Kull, porém nenhuma logrou grande êxito. Consta que a produtora Wandering Star Pictures adquiriu os direitos sobre Solomon Kane em 1997. Entretanto, o desenvolvimento do longa-metragem ficou congelado por mais de uma década antes que o filme entrasse efetivamente em produção, em 2008.

Em parceria com as produtoras Davis-Film e Czech Anglo Productions, o filme tornou-se uma colaboração entre três países – Reino Unido, França e República Checa – e foi concebido desde o início para ser o primeiro de uma trilogia. Infelizmente, uma série de erros, decisões equivocadas e a má receptividade por parte do público acabaram relegando-o a um único título.

O roteiro, escrito por Michael J. Bassett (que também é o diretor), optou por não adaptar nenhuma aventura de Howard, mas criar uma história original, o que foi a primeira falha do filme. Bassett concebeu um conto no qual o arrogante e sanguinário Kane, um guerreiro poderoso, impiedoso e cruel, é confrontado por uma criatura demoníaca, o Ceifador do Diabo, que condena sua alma por todas as ações terríveis que cometera em vida. O puritano, para escapar à danação eterna, não tem opção senão se redimir e, para tanto, decide agir em nome do bem e ajudar os fracos e desprivilegiados, a começar por uma família em dificuldades.

A opção de inserir esse elemento sobrenatural na trama é desagradável. Não que as histórias de Howard não incluíssem o sobrenatural, muito pelo contrário, mas um dos grandes trunfos do personagem Kane na literatura é a sua complexidade emocional e psicológica. O que impele os leitores – e os faz ler e reler as aventuras do personagem – é, principalmente, a tentativa de compreender a *persona* contraditória de Kane, delineada por Howard por meio de comentários subjacentes no texto, descrições vívidas e instigantes e, obviamente, as próprias ações e decisões que ele executa e toma ao longo das narrativas. Ao trabalhar com uma chantagem infernal no estilo "Fausto", além de dar vazão a um clichê tremendamente explorado em todas as formas de arte – e desnecessário para um herói como Kane –, o diretor perdeu, também, o aspecto fundamental que tornou Kane icônico: sua psique!

Solomon Kane: o caçador de demônios, como foi batizado no Brasil, é apenas o terceiro filme de Michael J. Bassett, sendo que os anteriores, *Deathwatch* (2002) e *Wilderness* (2006), ambos com um pé no terror, indicavam que ele era um nome promissor. De fato, Bassett acerta a mão em diversos momentos de sua película, como na direção de atores e na ambientação – destaque para os cenários perfeitos e assustadores, o uso de câmeras de forma a trazer o espectador sempre para dentro da ação, a atmosfera suja e visceral e a total ausência de concessões, principalmente na primeira metade do longa –; contudo, tais acertos não conseguem salvar o filme de ser apenas uma fantasia mediana.

Para viver o puritano, Bassett escolheu o ator James Purefoy – uma opção acertadíssima. O inglês chamara atenção na série televisiva *Roma* e, talvez enxergando Solomon Kane como uma grande oportunidade para sua carreira, mergulhou no personagem, física e emocionalmente. Corroborando com o componente visual espetacular da película, Purefoy criou um Kane perfeito, o que mostra que estudou as descrições de Howard atentamente. Apesar de limitado pelos equívocos do roteiro, também somou a atitude emocional correta, o que faz de seu Kane um personagem cativante e curioso. Mas, se existe uma falha nessa dinâmica, ela está na impossibilidade do Kane do cinema conseguir estabelecer um elo emocional com o público que, ao receber a origem do personagem mastigada, não consegue se identificar com ele.

A presença do veterano ator Max von Sydow é um luxo para a produção, porém o resto do elenco, embora se esforce, é inexpressivo. Os efeitos especiais, contudo, são bastante convincentes e dão à luz criaturas quase reais, como o caricato, porém impressionante, Ceifador do Diabo, interpretado por Ian Whyte.

O ritmo da película cai após a primeira hora, e a segunda metade é prejudicada pelos clichês habituais que acometem o gênero, soluções fáceis e um pouco aceleradas, e direção burocrata. Purefoy tenta manter a densidade do papel, mas a previsibilidade do roteiro não ajuda (assim como a forma com que a personalidade de Kane é "açucarada"), e o filme acaba catalogado no mesmo rol de infindáveis produções similares de ação e fantasia.

O filme ficou pronto em abril de 2009, de acordo com um anúncio oficial do diretor, porém chegou aos cinemas britânicos apenas em fevereiro de 2010, gozando de boa aceitação por parte da crítica. O público, contudo, não correspondeu. Embora o longa tenha a classificação bastante positiva de 82% de aprovação no famoso site Rotten Tomatoes, a renda bruta de 19 milhões de dólares em todo o mundo foi decepcionante. Solomon Kane fez boa carreira no mercado de DVDs, mas insuficiente para cobrir os custos de produção: foi orçado em 45 milhões de dólares, de acordo com informações oficiais da Paradox Entertainment (empresa responsável pelo espólio de Robert Howard). O fracasso nas telas implodiu os planos para uma trilogia, e *Solomon Kane* acabou sendo uma incursão única no cinema.

Curiosidades

- Em 2001, chegou a ser anunciado que a produção havia recebido sinal verde e que Kane seria vivido pelo ator Cristopher Lambert. Nessa época, os direitos pertenciam à New Line Cinema, que não conseguiu levar a proposta adiante.
- James Purefoy machucou-se durante uma luta com um dublê no *set* de filmagens, tendo de receber cinco pontos na testa.
- O filme estreou no Brasil em 10 de setembro de 2010, em circuito restrito. Nos Estados Unidos, o filme sofreu um atraso considerável, sendo lançado apenas em 2012.

- O filme teve uma novelização inédita no Brasil, escrita por Ramsey Campbell, publicada pela Titan Books.

Ficha técnica – Solomon Kane	
Título original:	*Solomon Kane*
Ano de produção:	2009
Direção:	Michael J. Bassett
Elenco:	
James Purefoy	Solomon Kane
Max von Sydow	Josiah Kane
Rachel Hurd-Wood	Meredith Crowthorn
Mackenzie Crook	Padre Michael
Pete Postlethwaite	William Crowthorn
Ian Whyte	Ceifador do Diabo
Alice Krige	Katherine Crowthorn
Ben Steel	Fletcher
Anthony Wilks	Edward Crowthorn
Jason Flemyng	Malachi
Samuel Roukin	Marcus Kane
Robert Russel	Abbott

Solomon Kane – fan film

O belo poema de Robert E. Howard, *The return of sir Richard Grenville*, publicado em *Fanciful Tales* (1936), foi adaptado para as telas pela produtora amadora Mystic Hammer, responsável por filmes como as animações *Avatar: child of peace* e *Avatar: torment*.

O filme foi dirigido e editado por Lucas Knight, e, com apenas 3'59" de duração, revela de imediato que se trata de uma produção sem recursos. Contudo, a bela narração de Andrew Bowyer compensa toda e qualquer falha técnica do filme, que também acerta na ambientação e na escolha do ator, Michael Ellison, que encarna Kane com perfeição. O elenco ainda conta com

Rob Batie e Evens Deplessy Jr. e com uma bela música original de Wolfgang Mittendorfer.*

A seguir, a versão original do poema, que narra uma desventura de Kane ao lado do fantasma de *sir* Richard Grenville, famoso explorador e capitão inglês que, na vida real, foi morto em 1591 na Batalha de Flores, contra os espanhóis. No universo de Howard, Kane estava presente no momento da morte de Greenville, o que justifica o estranho retorno do lorde do mundo dos mortos para auxiliar o puritano.

THE RETURN OF SIR RICHARD GRENVILLE

One slept beneath the branches dim,
Cloaked in the crawling mist,
And Richard Grenville came to him
And plucked him by the wrist.
No nightwind shook the forest deep
Where the shadows of Doom were spread,
And Solomon Kane awoke from sleep
And looked upon the dead.
He spake in wonder, not in fear:
"How walks a man who died?
Friend of old times, what do ye here,
Long fallen at my side?"
"Rise up, rise up," Sir Richard said,
"The hounds of Doom are free;
The slayers come to take your head
To hang on the ju-ju tree.
"Swift feet press the jungle mud
Where the shadows are grim and stark,
And naked men who pant for blood
Are racing through the dark."
And Solomon rose and bared his sword,
And swift as tongue could tell,

* O filme pode ser assistido *on-line*, no *site* da produtora: <http://www.mystichammer.com/SolomonKane/>.

The dark spewed forth a painted horde
Like shadows out of Hell.
His pistols thundered in the night,
And in that burst of flame
He saw red eyes with hate alight,
And on the figures came.
His sword was like a cobra's stroke
And death hummed in its tune;
His arm was steel and knotted oak
Beneath the rising moon.
But by him sang another sword,
And a great form roared and thrust,
And dropped like leaves the screaming horde
To writhe in bloody dust.
Silent as death their charge had been,
Silent as night they fled;
And in the trampled glade was seen
Only the torn dead.
And Solomon turned with outstretched hand,
Then halted suddenly,
For no man stood with naked brand
*Beneath the moon-lit tree.**

* **O RETORNO DO *SIR* RICHARD GRENVILLE**
Ele dormia sob galhos soturnos / Envolto pelas brumas rastejantes / E até ele Richard Grenville foi / E pelo punho o puxou / Nenhum vento noturno sacudia a floresta / Onde as sombras do Destino haviam se espalhado / E Solomon Kane despertou de seu torpor / E para os mortos ao redor ele olhou / Com temor e não com medo ele disse: / "Como caminha um homem que morreu? / Amigo de outrora, que fazes aqui, Há muito caído ao meu lado?" / "Levante-se, levante-se", *Sir* Richard respondeu, / "Emissários da Sina foram libertados; / Os matadores vêm para levar sua cabeça / E pendurar na árvore ju-ju." / "Fuja veloz pela selva lamacenta / Onde as sombras são escuras e austeras, / E homens nus que anseiam por sangue / Se apressam em meio às trevas." / E Solomon Kane levantou-se e sacou sua espada / Mais rápido do que alguém poderia dizer, / A escuridão despejou uma horda pintada / Como sombras saídas do Inferno. / Suas pistolas trovejaram pela noite, / E em meio às explosões de fogo / Ele viu olhos vermelhos brilharem de ódio, / E contra ele os vultos vieram. / Sua espada era como o bote de uma cobra / E a morte cantarolou sua melodia; / Seu braço era de aço e um carvalho nodoso / À luz da Lua nascente. / Mas ao seu lado outra espada cantava, / Uma grande forma rugia e apunhalava, / E a horda agonizante caía como folhas / Se contorcendo na poeira ensanguentada. / Silenciosa como a morte o ataque havia sido, / Silencioso como a noite eles fugiram; / E na clareira pisoteada só restou / Os mortos despedaçados / E Solomon voltou-se com a mão estendida, / Então parou de repente, / Pois homem algum estava ao seu lado / Sob as árvores iluminadas pela Lua. (N.T.)

SOLOMON KANE